朗读者

主编 董卿

2

人民文学出版社

图书在版编目（CIP）数据

朗读者. 2 ／ 董卿主编. —北京：人民文学出版社，2017（2025.9重印）
ISBN 978-7-02-013071-9

Ⅰ.①朗…　Ⅱ.①董…　Ⅲ.①中国文学—当代文学—作品综合集　Ⅳ.①I217.1

中国版本图书馆CIP数据核字（2017）第152054号

责任编辑　付如初　廉　萍　欧阳韬
装帧设计　陶　雷
责任校对　王　璐　李　雪
责任印制　王重艺

出版发行　人民文学出版社
社　　址　北京市朝内大街166号
邮政编码　100705

印　　刷　北京中科印刷有限公司
经　　销　全国新华书店等

字　　数　234千字
开　　本　890毫米×1290毫米　1/32
印　　张　10.5
印　　数　728001—731000
版　　次　2017年8月北京第1版
印　　次　2025年9月第42次印刷

书　　号　978-7-02-013071-9
定　　价　52.00元

如有印装质量问题，请与本社图书销售中心调换。电话：010-59905336

序言一

　　这段时间，身边许多朋友都在谈论《朗读者》。他们中有些是文学界的同行，但大多数从事的工作与文学并无直接关联。他们有着各自不同，甚至罕有交集的身份，然而当谈论《朗读者》、谈论节目里那些经典篇章的时候，他们的眼睛里流露着相同的情感，那就是温柔与感动。我愿意相信，在这一刻，我与他们共享着同一个幸福的身份，那就是文学的阅读者、人类心灵的倾听者。

　　我同时注意到，由《朗读者》而起的诵读文学经典的热潮，并没有仅仅停留在媒体传播和好友热议的层面，它已经渗入了广大的人群，成为生活场景：许多城市都设置了"朗读亭"，每一个经过的人都可以走入其中，朗读自己喜爱的篇章并进行录制，他们的声音和形象将有可能出现在《朗读者》节目的正片之中。听说许多城市的"朗读亭"外都排起了长队，也有读者为了录制三分钟的视频，在亭外耐心等待了足足九个小时。

　　《朗读者》已经成为了一道醒目的文化风景、一种引人深思的文化现象。它向我们证明，诚挚、深沉、优美、健康的内容，在今天依然能够获得普遍的关注，好的文学永远拥有直指人心的伟大力量。常有人说，我们生活在一个匆忙浮躁的时代，当代人的精神世界平庸而匮乏。对于这样的观点，我只能部分地认同。当下的生活固然匆忙，很多时候，我们也的确面临着浮躁的问题；但即使出于种种原因，我们同自己内心相处的时间相对有限，人们依然会本能地渴望着纯粹、辽阔、有质量的精神生活。近年来，以《朗读者》为代表的一批文学文化类节目广受欢迎，正是因为它们引导人们放慢生命节奏，倾听内心的声音，顺应和满足了人们对精神生活的渴望。

《朗读者》中出现的文本，很多是经过漫长时间检验的名篇佳作；即使是出于今人之手的篇章，此前也多已在读者间广为流传。它们中有相当一部分，都当得起"经典"二字。何为经典？答案可能有很多，但我想最直接的一条，就是它们拥有温暖而强劲的力量，能够长久不衰地体贴灵魂、拨动心弦，触碰到我们情感深处最柔软最深刻的部位。这种力量，并不会因时间流逝和年代更迭而减弱。《朗读者》里的许多篇章，都是我早年间的挚爱；那些熟悉的文字，关乎爱与恨、喜与悲、生与死、豪情与希望，曾经深刻地启示了、影响了我们这一代人。很多年过去了，我发现，今天的年轻读者依然会为之鼓舞、感动；其中有许多句子，我至今能够脱口背诵，它们在新一代读者心中同样激起了深沉的回响。好的文学就是这样，它能够跨越年龄和代际的鸿沟，陪伴一代又一代人成长，在情感体验和文化记忆的代代传承之中，把种种高贵和美好的品质传递给无尽的后来人。

朗读，就是朗声诵读，是倾听自己的声音，也是倾听他人的声音。通过口的诵读与耳的倾听，汉语和它内在的气质、精神，以焕然一新的方式进入了我们的心灵。古老而常新的汉语,具有抑扬顿挫的独特韵律,这韵律不仅是美的,而且包含着我们共同的文化记忆和我们共同的情感。正是在这个意义上,《朗读者》使阅读成为了认同的过程,一个人在朗读中寻求更为广大的联系——通过这美好的母语,我们不仅彼此看见,我们还得以彼此听见,我们得以完成彼此身份的响亮确证,由此结成血脉相连、情感相通的共同体。

现在,《朗读者》里的诵读篇目已被整理成书,由人民文学出版社出版,将有更多的读者阅读和朗读这些作品,从中感受真善美的力量,感受文学的力量。同时,这一切也是对包括我在内的写作者的提醒:一个人内心的声音在广大的人群中持久回响,这是世上最美好的事,这更是一份严肃庄重的责任。我们会更深刻地记住这份提醒,认真地写下去,把心交给读者,把更多的好作品献给我们的人民。

序言二

今年年初,我受邀参与录制了中央电视台《朗读者》节目。这个节目的创意与国家文化大格局相契合,激发人们对读书的热情,是一件功在当代、利在千秋的好事。

《朗读者》的同名图书由人民文学出版社出版,是再合适不过的事情。有国家级文学专业出版社为《朗读者》图书把关,是可以让读者放心的,也可以更好地推动全民阅读,提升读者的阅读品位。

我和人民文学出版社是老朋友了,五十九年前,他们就曾出版过我的译著《哥拉·布勒尼翁》。我对编辑认真负责的工作态度印象深刻。几十年来,人民文学出版社出版了众多中外文学经典,影响了中国几代人。

《朗读者》选择的文本大多是经典之作。作者既有莎士比亚、塞万提斯、约翰·多恩、雨果、梭罗、裴多菲、罗曼·罗兰、泰戈尔、吉卜林、海明威等外国名家,也有李白、杜甫、刘禹锡、苏轼、老舍、冰心、巴金等中国文学大家。《朗读者》的出版,以一种新的形式把人民文学出版社高质量的经典作品又传递给新的青年一代,让我国的文化传承生生不息。

听说青年人喜欢《朗读者》，我非常高兴。因为青年人能把宝贵的时间留给那些伟大的作品，我觉得是很好的事。我本人就深受经典作品的恩惠。小学时背诵的中国古典诗文让我爱上了中文的意美、音美和形美（鲁迅语）。中学时代，老师让我背诵的莎剧、欧文作品等的选段激发了我学英文的兴趣。在西南联大求学时，当时的课程可谓空前精彩，我阅读了很多中外名著，从中感受到美的乐趣，这也是我翻译工作的起点。我认为人生最大的乐趣是发现美、创造美，这个乐趣是用之不尽、取之不竭的，而美的乐趣来自阅读，阅读这些名篇佳作。

七十九年前，我进入大学校园。那时候，国家贫穷落后，凶残的日本帝国主义者侵略中国，人民在受苦受难。在那艰苦的环境下，西南联大师生排除万难，一心向学；有的投笔从戎，为民族复兴而流血牺牲。今天，中国的国势蒸蒸日上，希望青少年朋友们珍惜宝贵的时间，多多阅读中外名著，以人类文明的精华滋养我们的精神。也希望在你们之中能够涌现出更多传播优秀文化的使者和创造者，让中国文化走向世界，做出比我们这一代人更优异的成绩。

我衷心希望更多的人会爱上《朗读者》，爱上朗读，爱上阅读。

2017 年 7 月 7 日
于北大畅春园

目录

第一次

朗读者　王学圻　5
读　本　平凡的世界（节选）　路遥　12

朗读者　柯　洁　19
读　本　哈利·波特与死亡圣器（存目）　［英］J.K.罗琳　24

朗读者　许镜清　25
读　本　灯　巴金　31

朗读者　刘震云　35
读　本　一句顶一万句（节选）　刘震云　42

朗读者　王珮瑜　51
读　本　念奴娇·赤壁怀古　〔宋〕苏轼　57

朗读者　杨利伟　59
读　本　这一刻，突然看见太空奇景　杨利伟　65

眼　泪

朗读者　陆　川　77
读　本　藏羚羊跪拜　王宗仁　83

朗读者　斯琴高娃　87
读　本　写给母亲　贾平凹　93

朗读者　赖　敏　丁一舟　97
读　本　你是我不及的梦（存目）　三毛　105

朗读者　张家敏　107
读　本　飞鸟集（节选）　[印度]泰戈尔　112

朗读者　张鲁新　115
读　本　钢铁是怎样炼成的（节选）
　　　　[苏联]尼·奥斯特洛夫斯基　122
　　　　青春　[美]塞缪尔·厄尔曼　130

告　别

朗读者　姚　晨　137
读　本　阿长与《山海经》　鲁迅　143

朗读者　程　何　149
读　本　堂吉诃德(节选)　[西班牙]塞万提斯　155
　　　　不会成真的梦　[美]乔·达里安　165
　　　　关于"疯狂"的独白　[美]戴尔·瓦瑟曼　166

朗读者　曹文轩　167
读　本　草房子(节选)　曹文轩　174

朗读者　李立群　181
读　本　我的理想家庭　老舍　187

朗读者　维和部队战士　191
读　本　等着我吧……
　　　　　　——献给B.C.　[苏联]西蒙诺夫　197

朗读者　王　蒙　201
读　本　明年我将衰老　王蒙　207

勇　气

朗读者　江一燕　225
读　本　晶莹的泪珠　陈忠实　231

朗读者　汪明荃　罗家英　241
读　本　老夫老妻　冯骥才　247

朗读者　秋爸爸　秋妈妈　255
读　本　写给女儿的诗　海桑　262

朗读者　李　宁　277
读　本　做一个战士　巴金　283

朗读者　翟　墨　287
读　本　海燕之歌　[苏联]高尔基　293

朗读者　樊锦诗　295
读　本　莫高窟(节选)　余秋雨　302
　　　　在敦煌(节选)　季羡林　309
　　　　人类的敦煌(节选)　冯骥才　320

第一次

The First Time

人这辈子要遇到很多很多个第一次。刘震云第一次给《安徽文学》投稿，拿到了七十多块钱的稿费，立马就请女朋友去吃饭；许镜清老人第一次在人民大会堂，拥有了属于他自己的一场音乐会，他为这一天等了三十年；王学圻二十年前就第一次当导演了，可是这部电影拍到最后就剩下了三个人，让他欲哭无泪。

这都是非常宝贵而难忘的第一次，因为它们意味着我们的成长。就像作家汪曾祺所说的："人的第一次，往往需要勇气。"但是第一次也往往会有意想不到的收获，因为它是探索、是挑战、是机遇。所以说，如果你的人生能够拥有更多的第一次，也就意味着你的人生更丰富、更多彩！

其实细想来，每一个人都是在第一次过自己的人生，不是吗？在这条不能回头的人生道路上，正是许多不可复制的第一次，让我们从昨天走到今天，走向未来。

第一次

The First Time

Readers

WANG
XUE
QI

王学圻 朗读者

王学圻 1946 年生于北京，十四岁就参军入伍了。那一年，他被一辆载着二十个北京小孩的大卡车拉入吉林深山的绝密部队，开始了他的军旅生涯。在那个火红的年代，他和很多同龄人一样，立志报效祖国、献身国防，并没有想到自己日后会成为一名影星。

李雪健曾透露，王学圻在文工团时有个外号叫"阿齐"。这个名字来自日本电影《望乡》里的角色"阿齐婆"，那是个戏很少但很出彩的龙套。王学圻从三十一岁开始演戏，与陈凯歌、张艺谋合作过《黄土地》《大阅兵》，由于是军人出身，不便出演"反派"，演过许多军衔不等却腔调雷同、步调一致的军人角色，一直不温不火。直到 2008 年出演《梅兰芳》里的"十三燕"，他才开始声名显赫，从此片约纷至，角色不拘一格。这一年，王学圻已经六十二岁。

人们喜欢用"大器晚成"来形容王学圻，但对于王学圻本人来说，电影就像是他一辈子也无法走出的梦境。演戏是他最热爱的事，只要有好戏，什么时候"成"都好。如今，已进入古稀之年的王学圻并不惧老，在演戏之外，他仍愿意不断迎接新的挑战，去获得更多的"第一次"，为此他重操旧业，踏上了导演之路。

朗读者 ❖ 访谈

董　卿：要不是这一次做节目，我还真不知道，二十年前您就当过导演了。

王学圻：对对对。1996年我拍了一个电影，叫《兰陵王》。我记得那时候刚认识杨丽萍。一天早上，我在那儿化妆，她就给我讲了，她有这么一个半自传性质的故事。我听完之后就觉得，这个故事很美。

董　卿：当时是根据杨丽萍的经历，写了这么一个《太阳鸟》的故事。那为什么要找您做导演呢？那时候拍《兰陵王》您是演员呐。

王学圻：是。她也找过很多导演。有的杨丽萍自己觉得，导演的想法跟她不一样；有的是时间等方方面面的碰不上，反正是七凑八凑的，最后就赶到我这儿了。

董　卿：可是那时候您没导过戏。

王学圻：是啊。我说这我哪行啊。她说，你没问题，你就来吧。就是赶鸭子上架嘛。

董　卿：那您当时心里觉得您做这事成吗？

王学圻：哎呦，（摇头）要不然我把杨丽萍拉上呢。我说你必须得来当导演。

董　卿：联合导演是吗？

王学圻：对。我记得那时候有人介绍我说，这是我们导演。我真的抬不起头来，脸红、出汗，真不好意思。这电影一拍就拍了将近四五年吧。拍着拍着，没想到……

董　卿：出问题了。

王学圻：当时是杨丽萍自己投资的。九十年代，投了七八百万。

董　卿：大制作呀！（观众笑）

王学圻：绝对大制作了。但是你要知道，摄制组是个花钱不眨眼的地方。拍到中间的时候，资金有问题了。

董　卿：是指拍到了一年、两年，还是三年？

王学圻：拍了将近一个多月吧。这时候有好几个广告找杨丽萍。杨丽萍从来不做广告。她真的很纯粹。可是当时组里这个情况，又面临着马上要结账，于是她就接了这个广告。最后，还不错，不管怎么样拍完了。

董　卿：看来整个拍摄的时间不是很长。

王学圻：两个多月就完成了。当时我们觉得以后这剪辑需要的人也少了，就好办了。没想到，苦难刚刚开始。剪辑我也没学过，不懂，觉得就剪呗。剪来剪去，一遍一遍地都不行，不满意。后来一看，还真不是一天半天的事。资金的问题跟着又来了。

于是，就精简剧组，精简到最精简，只有三个人：一个我，一个杨丽萍，还有一个剪辑员，剪辑师都没钱请了。于是我们三个开始大张旗鼓地剪，从北影厂里面的树是绿的，剪到它是黄的，再剪到它是白的，再剪到它是绿的，一直剪了十五剪。

董　卿：一般的电影可能剪三四剪已经很多了。

王学圻：对。我整个一个全结构都剪。

董　卿：你是从头至尾，全部翻篇儿重来，剪了十五遍？

王学圻：对，十五遍。那时候电影局有一个专家，可能看我实在太可怜了，语重心长地跟我说："小王啊，找个明白人吧。"但是为什么我没换导演剪？我是想，如果说我觉得好，你们觉得不好，那我是糊涂人，要找一个明白人来；关键是我也觉得不好，所以我不服啊！那我得剪到我认为好的时候。第一次送审，就我和杨丽萍两个人去的。电影局说，你怎么不找制片主任送来？我说制片主任就是杨丽萍。（笑）

董　卿：电影局的人，每次把你送审的还给你说不行，你每次都能虚心接受吗？

王学圻：能接受。因为我也觉得不好看。（笑）这个我一点儿没有分歧意见。

董　卿：我觉得要把掌声送给学圻老师的诚实。（观众笑）

王学圻：每次看完以后他们都说，不好看。我说怎么回事儿呢？什么问题呢？太奇怪了。我都花费那么大心思剪了，还是不好看。

董　卿：您都没有想过要放弃，说这事儿我干不了了？

王学圻：没有，一点儿都没有。

董　卿：杨丽萍也没有对你失去过信心吗？

王学圻：她可能也不敢说吧，看我那么卖命地剪，一本正经地投入创作的状态。我真是全在创作中，满脑子都是《太阳鸟》。

董　卿：最终通知你说过了的时候，那个心情是不是……

王学圻：我估计是慢慢看、慢慢看，也能更了解这片子讲的是什么东西，不明白的也明白了。

董　卿：但是《太阳鸟》其实好事多磨，后来到加拿大蒙特利尔电影节上，居然还拿了个大奖。

王学圻：对对，这个是没有想到的。当时我看着一舞台的奖杯，就剩俩了，一个评委会大奖，一个美洲杯奖。突然电影局的翻译说，《太阳鸟》！王学圻！我什么都没考虑就站起来，真是矫健的步伐，"噔噔噔"就上去了。上去以后呢，接过奖杯，突然感觉到情绪往上拱。其实我平常看很多人获奖掉眼泪，我还说呢："这装什么呢，得个奖还掉眼泪。"真轮到自己，还真是要掉眼泪的感觉，就是一种委屈，特别委屈。完了我就说，站在舞台上的还应该有杨丽萍、摄影张黎、李岚华、赵季平。我听说当时张黎在国内听到我念他名字的时候，也掉泪了。

董　卿：第一次当导演的经历，现在再回过头去看，二十年了，给你带来了什么？

王学圻：有些你认定能做的东西，要坚持。但是这个坚持不是盲目地坚持，要很清醒、理智地想到是哪儿的问题，我怎么能把这个问题解决了。坚持下去，就会达到自己预期的目的，对我来说，这可能是印象最深的。

董　卿：我想第一次是需要勇气去尝试的，知道自己能力的边际在哪里；但是也需要有勇气去承担，如果是失败又会怎样。那您今天要为我们读什么呢？

王学圻：《平凡的世界》节选。孙少平这个人物，确实很打动我，他的坚持，他的性格，我真的很喜欢。我想献给《太阳鸟》摄制组的全体人员。

朗读者 ❋ 读本

平凡的世界（节选）

路遥

在我们这个星球上，每天都要发生许多变化。有人倒霉了，有人走运了；有人在创造历史，历史也在成全或抛弃某些人。每一分钟都有新的生命欣喜地降生到这个世界，同时也把另一些人送进坟墓。这边万里无云，阳光灿烂；那边就可能风云骤起，地裂山崩。世界没有一天是平静的。

可是对大多数人来说，生活的变化是缓慢的。今天和昨天似乎没有什么不同；明天也可能和今天一样。也许人一生仅仅有那么一两个辉煌的瞬间——甚至一生都可能在平淡无奇中度过……

不过，细想起来，每个人的生活同样也是一个世界。即使最平凡的人，也得要为他那个世界的存在而战斗。从这个意义上说，在这些平凡的世界里，也没有一天是平静的。因此，大多数普通人不会像飘飘欲仙的老庄，时常把自己看作是一粒尘埃——尽管地球在浩渺的宇宙中也只不过是一粒尘埃罢了。幸亏人们没有都去信奉"庄子主义"，否则这世界就会到处充斥着这些看破红尘而又自命不凡的家伙。

普通人时刻都在为具体的生活而伤神费力——尽管在某些超凡脱俗的雅士看来，这些芸芸众生的努力是那么不值一提……

不必隐瞒，孙少平每天竭尽全力，首先是为了赚回那两块五毛钱。他要用这钱来维持一个漂泊者的起码生活。更重要的是，他要用这钱帮助年迈的老人和供养妹妹上学。

他在工地上拼命干活,以此证明他是个好小工。他完全做到了这一点——现在拿的是小工行里的最高工钱。

去年和"萝卜花"一块上那个工时,他曾装得一个字也不识。现在他又装成了个文盲。一般说来,包工头不喜欢要上过学的农村青年。念书人的吃苦精神总是让人怀疑的。

孙少平已经适应了这个底层社会的生活。尽管他有香皂和牙具,也不往出拿;不洗脸,不洗脚,更不要说刷牙了。吃饭和别人一样,端着老碗往地上一蹲,有声有响地往嘴里扒拉。说话是粗鲁的。走路弓着腰,手背抄起或筒在袖口里;两条腿故意弄成罗圈形。吐痰像子弹出膛一般;大便完和其他工匠一样拿土圪垯当手纸。没有人看出他是个识字人,并且还当过"先生"呢。

虽然少平看起来成了一个地道的、外出谋生的庄稼人,但有一点他却没能做到,就是在晚上睡觉时常常失眠——这是文化人典型的毛病。好在别人一躺下就打起了呼噜,谁知道他在黑暗中大睁着眼睛呢?如果大伙知道有一个人晚上睡不着觉,就像对一个不吃肥肉的人一样会感到不可思议。

是的,劳筋损骨熬苦一天以后,孙少平也常常难以入眠,而且在静静的夜晚,一躺进黑暗中,他的思绪反而更活跃了。有时候他也想一些具体的事。但大多数情况下思想是漫无边际的,像没有河床的洪水在泛滥;又像五光十色的光环交叉重叠在一起——这些散乱的思绪一直要带进他的梦中。

当然,不踏实的睡眠并不影响他第二天的劳动;他终究年轻,体力像拉圆的弓弦那般饱满……

转眼间一个月过去了。

清明之前,天气转暖,大地差不多完全解冻。黄原河岸边的柳枝,已经萌生起招惹人的绿意。周围山野里向阳的坡坬上，青草的嫩芽顶破潮润的地皮，准备出头露面了。

在工艺厂的工地上，干活的人已经穿不住棉衣，一上工便脱下撂在了一边。现在，宿舍楼起了第一层；楼板安好后，开始砌第二层的屋墙。少平的工作是把浇过水的湿砖用手一块块往二层上扔——这需要多么大的臂力和耐力啊！这无疑是小工行里最苦的活；可是他应该干这活，因为他拿的是这一行的"高工资"。

这工地站场监工的是包工头胡永州的一个侄子，他年龄不大，倒跟上他叔叔学得有模有样，嘴里叼根黑棒卷烟，四处转悠着，从早到晚不离工地，指手画脚，吆吆喝喝。胡永州本人一般每天只来转一转，就不见了踪影——他同时包好几个工程，要四下里跑着指挥。晚上他是回这里来住的。胡永州和他侄子分别住在工地旁厂方腾出来的闲窑里。紧挨着的是灶房。做饭的除过那个雇来的小女孩，还有一位六十多岁的老汉，也是胡永州的亲戚；这老汉和胡永州的侄子住在一孔窑里，那个小女孩晚上就单独在灶房里睡觉。其他工匠在这里吃完晚饭，就回到坡下那个垃圾堆旁的窑洞里去了。

工程大忙以后，需要的人也多了。胡永州陆续从东关大桥头又招回一些工匠；同时也打发了几个干活不行的人。

人手一多，一老一小两个做饭的就应付不过来。他们光做饭还可以，但那个老汉还兼管采买，大筐的土豆和白菜，五十斤一袋的面粉，老汉一个人拿不动。胡永州突然决定由少平帮助老汉出去采买东西。对于工匠们来说，这是个轻松活，人人巴不得去干。但胡永州念少平是一个县的老乡，把这好差事交给了他。

少平就像被"提拔"了一样高兴。他现在每天只在工地上干半天活，另外半天就和做饭的老汉一块到街上去采买东西；一天下来，感觉当然比过去轻松多了。

活路稍微一轻松,他突然渴望能看点什么书——算一算,他又很长时间没见书的面了。正月里返回黄原到现在,他也没有去找田晓霞借书,因为他一直装个文盲,借回来书也没办法看。再说,他口袋里空空如也,想专心干活积攒一点钱,好给家里和县城的妹妹寄,根本没心思想其他的事。

就是现在,他也不能暴露他的"文盲"身份。正因为他是个只会卖力气的"文盲",包工头才信任他,让他去干采购工作。要是胡永州知道他是个学生出身的人,又在他这里清闲得看起了书,说不定马上就会把他打发走。他舍不得离开这工程啊!一天赚两块半工钱不说,现在还不要像其他工匠一天顶到头地出死力。

但读书的愿望一下子变得如此强烈,使他简直无法克制。他思谋:能不能找个办法既能读书又不让人发现呢?

只有一个途径较为可靠,那就是他晚上能单独睡在一个地方。

主意终于有了。他准备和胡永州说一说,让包工头同意自己住在刚盖起的那一层楼房里。虽然那楼房还正在施工,新起的一层既没安门窗,更不可能生火,但现在天气已经转暖,可以凑合;就是冷一些也不要紧,只要一个人住着能看书就行了。

胡永州并不反对他挪地方住——只要你小子不怕冷,就是愿意住在野场地里也和我胡永州球不相干!

孙少平搬到没门窗的楼房后,才想起这里晚上没灯。他就在外出采购东西的时候,捎带着给自己买了一些蜡烛。

条件一具备,他就打算到晓霞那里去借几本书回来。

过罢清明节,少平在一个星期六的傍晚,破例拿出牙具和香皂,偷偷到小南河里洗刷了一番,又换上自己的那身"礼服",就蛮有精神地去地委找田晓霞。

在地委田福军的办公室和晓霞相会后，晓霞又高兴又抱怨地问他为什么这么长时间不来找她。

少平吞吞吐吐解释了半天。

一段时间没见晓霞，少平吃惊地发现她的个码似乎蹿高了一大截——他一时粗心，没有留意她换了一双高跟鞋。

两个人像往常那样，一块儿吃了晓霞从大灶上买回来的饭菜，接着热烈地谈论了许多话题。

临走时，晓霞给他借了一本艾特玛托夫的《白轮船》。她告诉他，这是她很喜欢的一本书，是前几年内部发行的；父亲买回来后，她看完就偷偷地占为己有了。

少平打开书，见书前有"任犊"写的一篇批判性序言。晓霞说，那"畜生"全是胡说八道，不值得理睬。

少平很快和晓霞告辞了——既然这本书他的"导师"如此推崇，他就迫不及待地想读它。

回到"新居"以后，他点亮蜡烛，就躺在墙角麦秸草上的那一堆破被褥里，马上开始读这本小说。周围一片寂静，人们都已经沉沉地入睡了。带着凉意的晚风从洞开的窗户中吹进来，摇曳着豆粒般的烛光。

孙少平一开始就被这本书吸引住了。那个被父母抛弃的小男孩的忧伤的童年；那个善良而屡遭厄运的莫蒙爷爷；那个凶残丑恶而又冥顽不化的阿洛斯古尔；以及美丽的长角鹿母和古老而富有传奇色彩的吉尔吉斯人的生活……这一切都使少平的心剧烈地颤动着。当最后那孩子一颗晶莹的心被现实中的丑恶所摧毁，像鱼一样永远地消失在冰冷的河水中之后，泪水已经模糊了他的眼睛；他用哽咽的音调喃喃地念完了作者在最后所说的那些沉痛而感人肺腑的话……

这时，天已经微微地亮出了白色。他吹灭蜡烛，出了这个没安门窗的房子。

他站在院子里一堆乱七八糟的建筑材料上，肿胀的眼睛张望着依然在熟睡中的城市。各种建筑物模糊的轮廓隐匿在一片广漠的寂寥之中。他突然感到了一种荒凉和孤独；他希望天能快些大亮，太阳快快从古塔山后面露出少女般的笑脸；大街上重又挤满了人……他很想立刻能找到田晓霞，和她说些什么。总之，他澎湃的心潮一时难以平静下来……

选自北京十月文艺出版社《平凡的世界》

路遥为《平凡的世界》呕心沥血，为记录时代的巨大变革呕心沥血。在《平凡的世界》里，路遥首先是把他的目光注视于平凡人的命运。一个人，不管他多么平凡，只要他是为自己的生活意义而奋斗，那么他与国家民族的命运、与时代的巨大变革就都是息息相关的。唯其如此，这本书才具有如此广泛的读者群，拥有如此巨大的影响力。

中国作家协会副主席、著名评论家　李敬泽

K E

J I E

柯洁 朗读者

柯洁，职业围棋九段棋手，六岁开始学棋。1997年出生的他，未满二十岁就已拿下四个世界冠军，被誉为"天才棋手"。同时，他也是在世界第一位置上停留时间最长的中国棋手。在他的世界里没有"第二名"这种说法，如果不是第一，就是失败。

2016年，韩国围棋高手李世石以1∶4负于机器人阿尔法围棋（AlphaGo），这场对弈具有跨时代的意义，因为对于人工智能来讲，围棋一直是一个禁区，而阿尔法围棋的推出无异于一道宣战书，所有人类都是它的对手。李世石战败之后，柯洁放出豪言："就算阿尔法围棋能赢得了李世石，也赢不了我。"但遗憾的是，经过几番激烈的人机大战，柯洁以失败告终。

人类被自己创造的智能打败，不知道该值得骄傲还是该觉得沮丧。柯洁说："从现在开始，我们棋手将会结合计算机，迈进全新的领域，达到全新的境界。新的风暴即将来袭，我将尽我所有的智慧终极一战！"

朗读者 ❋ 访谈

董　卿：之前好像你说过一句话，你说 AlphaGo，你可以打败李世石，但是你打败不了我。

柯　洁：对。之前我说过这句话。我希望我能通过一些很自信、很阳光的言论，来吸引更多的人关注，知道我们中国也有很多很出色的棋手。

董　卿：你的意思是你这句话只是为了引起关注吗？

柯　洁：当然也不是这样子。当时我是真的认为，自己能击败 AlphaGo。

董　卿：AlphaGo 后来是以 Master（大师）的化名在网上对决李世石、聂卫平、古力，也包括你。你们都输了。

柯　洁：是的，这是真的。因为之后它的成长是飞速的。很多人可能还不知道，它的原理其实是这样的，它有一个深度自我学习的功能。它多的时候一天甚至能下上亿盘。人的一生最多也就下两三万盘棋。

董　卿：输给它的时候，和输给真正的人类对手，感觉有什么不一样吗？

柯　洁：最开始是很震惊。因为在之前我们都认为，人工智能这十年内是不可能打败我们人类棋手的。我们跟它对局，有一个很明确的感受就是，它不是人类，它真的是机器。它是一个很冰冷、很恐怖的东西。

董　卿：那你再想象一下，未来它有没有可能完全取代职业棋手。

柯　洁：我觉得这个是不可能的。因为我们人类棋手在对局的时候，可能会出现一些很好笑的失误。很多事情有残缺才是有美的。

失误才会引起战斗。

董　卿：对，我同意。而且反过来讲，如果你通过自己的步步为营、咬牙坚持，最后反败为胜的话，心理感受和精神的力量，也完全是机器无法体会的。它完全是不感知这个世界的。

柯　洁：对。它是无法感知的。我们人类下棋的时候，如果对手下出妙手的话，除了自己的一些懊恼以外，还会赞叹、折服；然后我再想想看，我还有没有更妙的，能把这棋破解了或者扳回来的办法，所以我觉得人类和人类的对决是不会被取代的。

　　我知道人工智能总有一天可以完全碾压人类，我们人类会一点机会都没有。但是，我还是应该下好自己的棋。我是一个在围棋上追求尽善尽美的人。我希望自己能超越一切。有的时候会累到这种程度，我啃着苹果，拿着书，"啪嗒"，苹果掉了，我睡着了。我一直都认为，亚军什么都不是，只有冠军才能……

董 卿：扬名立万。才是有意义的。那你怎么样来预测你跟AlphaGo之间的一个正面交锋？

柯 洁：非常荣幸我能代表人类与AlphaGo去对局。

董 卿：站在人类的高度看这个问题。（笑）

柯 洁：对，站在人类的高度去迎战这个机器。我非常渴望胜利。我非常渴望我能把它零封。卿姐你刚才问我说的那句话：就算AlphaGo赢了李世石，但赢不了我。如果我这场输了，这句话会被大家拿出来嘲讽。我不会怕，怕，就输了一辈子了。

董 卿：有人说人生有六个字，前面三个字是"不害怕"，后面还有三个字，"不后悔"，努力去做吧！

柯 洁：谢谢。

董 卿：那你今天是要为谁来朗读？为AlphaGo吗？

柯 洁：为来自未来的对手。为了AlphaGo也好，为了人工智能也好，我希望能献给它们。

董 卿：这个朗读的对象很有趣，献给所有的超强的对手。

柯 洁：对。无论是人类对手还是人工智能对手，我觉得只要是我的对手，我就会去尊敬他。尊敬之后再拼尽全力去争取胜利。然后拼搏过后，争胜之后，钩心斗角之后，结束了之后，大家还是能够融洽地相处，大家能够回味这盘棋的精彩的地方。我觉得做这样的棋手是最有意义的。

董 卿：遇到强大的对手有时候也是一种幸运，强大的对手会重塑强大的自我。

柯 洁：如果没有对手的话，围棋是不完美的。我们不能像AlphaGo一样左手和右手互搏，我们是人类。

朗读者 ❦ 读本

哈利·波特与死亡圣器（存目）

[英] J.K. 罗琳

　　霍格沃茨魔法学校是全世界哈迷的向往之地。惊险、刺激的课堂，有个性的老师，亲密无间的友谊……一所理想学校应该有的，这里都有。而且，每一堂课的魔法，都像让人脑洞大开的"第一次"一样，让人惊喜。哈利·波特系列和全世界少年心里的英雄梦有关，所以它才会赢得那么多哈迷的心，创造那么多的出版奇迹。

XU
JING
QING

许镜清 朗读者

许镜清的名字对很多人而言可能会觉得陌生，但是他的作品你一定不会感到陌生。他是 1986 年版电视连续剧《西游记》的作曲，25 集电视剧中的十三首歌曲、上百段配乐以及十几首脸谱歌均出自他的手笔。

1983 年春，在中国农业电影制片厂担任音乐设计的许镜清，进入《西游记》剧组。四年后，随着电视剧播出，他的音乐流入千家万户。其中，片头曲《云宫迅音》，片尾曲《敢问路在何方》，插曲《女儿情》《天竺少女》，器乐曲《猪八戒背媳妇》等经久不衰，成为传世佳作。尤其是片头曲，巧妙地运用刚刚进入中国的电声，惟妙惟肖地表现出孙悟空腾云驾雾的神奇与潇洒，给人耳目一新的感受。在当时，这是超越时代的音乐手法，在电视配乐中开了民乐、电音与管弦乐相结合的先河。

2016 年是 1986 年版《西游记》开播三十周年。许镜清已经七十四岁了，但他迎来了自己的"第一次"——"《西游记》音乐会"终于在北京人民大会堂举办，圆了许镜清三十年来的梦。为了筹办这次音乐会，老人不眠不休，对音乐做了许多再创作。"我的创造力还没有消失。"许镜清说，"总有一些光亮，让人觉得可以向前迈出脚步。"

朗读者 ❀ 访谈

董　卿：和许老师对话，一定得在晚上，因为白天您要休息。
许镜清：三十多年没看见过北京早上的太阳怎么升起来的。
董　卿：就是因为《西游记》改变了您的作息吗？
许镜清：是的。
董　卿：我知道当时因为整个的创作量非常大，所以您老要熬夜，连夜要赶稿子。
许镜清：是的。插曲十三首，加上上百段的音乐，另外还有脸谱歌曲，大约有十多首。
董　卿：这么大的创作量，您是用了多长时间来完成的？
许镜清：从1983年的下半年，一直到1987年的春节。
董　卿：四年多的时间。说到这个，《西游记》所有的音乐里边，最广为人知、广为传唱的，就是《敢问路在何方》了。
许镜清：是的。那天我是坐公交车到单位去。当时我看着窗外，我就在想人这一生，忙忙碌碌为了什么。我自己答不上来。很多东西对我而言，情感一转变，马上就会变成音乐。（唱）"一番番春秋冬夏"，一下冒出来了。（唱）"一场场酸甜苦辣。"我自己都被这两句感动了。到了下车，嘴里还在唱。我说不行，我要一会儿忘了怎么办，得赶紧把它记下来。一摸兜，没有纸，有一个烟卷盒，一两根烟就揣兜里了，然后把烟卷盒撕了，展开。没有笔，正好一个小学生放学，从我面前过。我就拍拍小孩，小朋友，赶紧借我一支笔。小朋友就赶紧从铅笔盒里拿了一个铅笔头，问叔叔你想干吗？我说叔叔要做一

件大事。我就在电线杆子上，把这两段音乐写下来了。回到办公室以后，我就从第一句开始写，然后大约是不到一个小时，这首歌就写完了。

董　卿：一个多小时，一首经典的歌曲诞生了。而尽管您创作了这么成功的一部电视剧的所有的音乐，似乎也没有给您带来很多的名利吧。

许镜清：我对名和利，基本上没有想过，也没有去刻意追求过。我说谁想买我的版权，我卖。他说你多少钱卖？我说给我几万块钱我都卖了。那时候我觉得我真的很缺钱，太需要钱了。

董　卿：您为什么说自己太需要钱了？

许镜清：《西游记》播完之后，我就有一个开音乐会的念头，但是我做不了。它确确实实需要一笔钱，而且是一笔不小数目的钱。

董　卿：您这个想法酝酿了多久？就是"我想开一场属于自己的音乐会"这个想法。

许镜清：至少有个二三十年。我曾经做过几次努力，但一次次地碰壁，一次次地失败。但是我这人就是，我就要开，我必须得开，我不开这个音乐会我死不瞑目。网友们就说，你众筹吧，我们大家都支持你。后来我就众筹成功了，终于在人民大会堂开了两场《西游记》的音乐会，而且大家都说好，评价都很高。这圆了我一个梦，几十年的一个梦。

演出的时候，我不敢上台。我不敢坐在观众席上去看。我就坐在下面的化妆室里。大家都走了，就我一个人孤独地在那里边，心里很矛盾。我又怕观众责备我，又怕观众太喜欢了，我受不了这刺激。所以我就在里头，一直就不敢动。

董　卿：上台说话了吗？

许镜清：我简单地讲了几句话。主持人问我，你现在想跟大家说什么？我说我想哭。我就说了这么一句话，因为当时我确实想哭。那天晚上我回到家里以后，真的，我就百感交集。这么多年的努力，今天终于见到成果了。我真的觉得完成了我这个心愿。在我生命的路上，我画了一个比较完美的句号。所以我就大声地喊了几声：真不容易呀！

董　卿：许老师人生的第一场属于您的音乐会，似乎来得晚了一点儿，到您七十岁那年才……

许镜清：也不晚。我想，只要我活着就不晚。

董　卿：对，只要开始去做了，永远为时不晚。而且在这个时候，也许也是一个最好的时候。您看，《西游记》是您这一生最重要的音乐作品。《西游记》里边，师徒几人去西天取经，那是要经历九九八十一难的呀。它就是要告诉我们，人要取得真经，要获得真意，是一定要经历坎坷的。这场音乐会也让我们对这个道理又有了更深的感悟。"敢问路在何方？路在脚下。"

许镜清：每个人的一生都有这个问题，要追寻梦，然后你努力地向前走，这个路就在你的脚下。路是靠你自己走的。靠自己的努力，才能够取得成功，才能够达到你要达到的最终目标。

董　卿：那您今天想为大家朗读什么呢？

许镜清：我今天想给大家朗读巴金先生的散文《灯》。

董　卿：其实巴金先生也是希望通过这篇文章告诉大家，人生中遇到黑暗的时候，只要有耐心、有信心，就可以渐渐地看到，在黑暗的海面上出现指路灯。

许镜清：对。因为人的一生总有痛苦的时候，总有找不到路的时候，总有看不到前路的时候，这时候有一丝光亮，你就觉得那是方向，就可以往那儿走。

灯

巴金

我半夜从噩梦中惊醒,感觉到室闷,便起来到廊上去呼吸寒夜的空气。

夜是漆黑的一片,在我的脚下仿佛横着沉睡的大海,但是渐渐地像浪花似的浮起来灰白色的马路。然后夜的黑色逐渐减淡。哪里是山,哪里是房屋,哪里是菜园,我终于分辨出来了。

在右边,傍山建筑的几处平房里射出来几点灯光,它们给我扫淡了黑暗的颜色。

我望着这些灯,灯光带着昏黄色,似乎还在寒气的袭击中微微颤抖。有一两次我以为灯会灭了。但是一转眼昏黄色的光又在前面亮起来。这些深夜还燃着的灯,它们(似乎只有它们)默默地在散布一点点的光和热,不仅给我,而且还给那些寒夜里不能睡眠的人,和那些这时候还在黑暗中摸索的行路人。是的,那边不是起了一阵急促的脚步声吗?谁从城里走回乡下来了?过了一会儿,一个黑影在我眼前晃一下。影子走得极快,好像在跑,又像在溜,我了解这个人急忙赶回家去的心情。那么,我想,在这个人的眼里、心上,前面那些灯光会显得是更明亮、更温暖罢。

我自己也有过这样的经验。只有一点微弱的灯光,就是那一点仿佛随时都会被黑暗扑灭的灯光也可以鼓舞我多走一段长长的路。大片的飞雪飘打在我的脸上,我的皮鞋不时陷在泥泞的土路中,风几次要把我摔倒在污泥里。我似乎走进了一个迷阵，永远找不到出口，看不见路的尽头。但是我始终挺起身子向前迈步，因为我看见了一点豆大的灯光。灯光，不管是哪个人家的灯光，都可以给行人——甚至像我这样的一个异乡人——指路。

这已经是许多年前的事了。我的生活中有过了好些大的变化。现在我站在廊上望山脚的灯光，那灯光跟好些年前的灯光不是同样的么？我看不出一点分别！为什么？我现在不是安安静静地站在自己楼房前面的廊上么？我并没有在雨中摸夜路。但是看见灯光，我却忽然感到安慰，得到鼓舞。难道是我的心在黑夜里徘徊，它被噩梦引入了迷阵，到这时才找到归路？

我对自己的这个疑问不能够给一个确定的回答。但是我知道我的心渐渐地安定了，呼吸也畅快了许多。我应该感谢这些我不知道姓名的人家的灯光。

他们点灯不是为我，在他们的梦寐中也不会出现我的影子。但是我的心仍然得到了益处。我爱这样的灯光。几盏灯甚或一盏灯的微光固然不能照彻黑暗，可是它也会给寒夜里一些不眠的人带来一点勇气，一点温暖。

孤寂的海上的灯塔挽救了许多船只的沉没，任何航行的船只都可以得到那灯光的指引。哈里希岛上的姐姐为着弟弟点在窗前的长夜孤灯，虽然不曾唤回那个航海远去的弟弟，可是不少捕鱼归来的邻人都得到了它的帮助。

再回溯到远古的年代去。古希腊女教士希洛点燃的火炬照亮了每夜泅过海峡来的利安得尔的眼睛。有一个夜晚暴风雨把火炬弄灭了，让那个勇敢的情人溺死在海里。但是熊熊的火光至今还隐约地亮在我们的眼前，似乎那火炬并没有跟着殉情的古美人永沉海底。

这些光都不是为我燃着的，可是连我也分到了它们的一点点恩泽——一点光，一点热。光驱散了我心灵里的黑暗，热促成它的发育。一个朋友说："我们不是单靠吃米活着。"我自然也是如此。我的心常常在黑暗的海上飘浮，要不是得着灯光的指引，它有一天也会永沉海底。

　　我想起了另一位友人的故事：他怀着满心难治的伤痛和必死之心，投到江南的一条河里。到了水中，他听见一声叫喊（"救人啊！"），看见一点灯光，模糊中他还听见一阵喧闹，以后便失去知觉。醒过来时他发觉自己躺在一个陌生人的家中，桌上一盏油灯，眼前几张诚恳、亲切的脸。"这人间毕竟还有温暖。"他感激地想着，从此他改变了生活态度。"绝望"没有了，"悲观"消失了，他成了一个热爱生命的积极的人。这已经是二三十年前的事了。我最近还见到这位朋友。那一点灯光居然鼓舞一个出门求死的人多活了这许多年，而且使他到现在还活得健壮。我没有跟他重谈起灯光的话。但是我想，那一点微光一定还在他的心灵中摇晃。

　　在这人间，灯光是不会灭的——我想着，想着，不觉对着山那边微笑了。

选自人民文学出版社《巴金散文》

　　这篇《灯》写于1942年2月，抗战最艰难的时刻，是在凄风苦雨、非常黑暗的时刻。巴金说："我要写一篇文章，这个文章的题目就应该叫作《灯》。"不管是什么灯，

实际上当它亮起来的时候，都是那个让我们觉得不管怎么样都能够坚持下去的、都能感觉到生命美好的理由。

中国作家协会副主席、著名评论家　李敬泽

LIU ZHEN YUN

朗读者

刘震云

中国当代作家，如果有一个影响力排行榜的话，那么这位一定榜上有名。他是一位出色的作家，也是一位优秀的编剧，他用犀利而又不失幽默的文笔在书写着当今中国。

刘震云从大学时开始写作，1987年开始发表作品，逐渐为读者所熟悉。在这些作品中，他确立了平民立场，确立了幽默风格。长篇小说《一句顶一万句》于2011年获得了第八届茅盾文学奖。

因小说结构庞杂、语言繁复，诸多评论将刘震云称为"中国最绕的作家"。因笔下的人物接地气、幽默又富有命运感，他被导演冯小刚倚重，组成了影视圈著名的"冯刘组合"。作为当下少有的获得主流文学和商业文学双重认可的作家，他却自觉地与两者都保持相当的距离——在多个场合，他都强调自己不是专业作家，没有拿过纳税人的钱；而另一方面，崔永元曾向他提出疑问——涉足影视如何保持写作状态，他回应道，"一年365天，一个晚上在电影圈，一个晚上在电视圈，剩下的363天在书桌前，跟书里的人物在一起。"

朗读者 ❋ **访谈**

董　卿：2016年您有两部作品被搬上了银幕，一部是《我不是潘金莲》，一部是《一句顶一万句》，人们都把那年称为"刘震云年"。

刘震云：不管是《我不是潘金莲》还是《一句顶一万句》，无非都是借了文字的种子。但是这个种子从耕耘到灌溉，到除草，最后到收割，都是小刚导演和雨霖导演在做。

董　卿：您提到的雨霖导演就是您的女儿刘雨霖。这是您第一次和女儿合作是吗？

刘震云：合作是第一次，但是这里边也有一个误会。雨霖导演并不因为是我的女儿就增加合作的说服力。合作的时候，无非我是一个作者，她是一个导演。合作的基础是这个导演为什么要改编这部小说。书跟电影是两个完全不同的动物。电影非常讲究节奏，像一头豹子，要跑得非常非常快；而小说是一头大象，可以边走边想。书最擅长的是心理描写，而这个心理描写对电影是完全没有用的。

　　其实《一句顶一万句》出版是2009年，出版之后就有导演想把它改成电影，但是遇到一个特别大的问题。因为这部书从上个世纪二三十年代一直写到当下，里边的人物有一百多个，而且这些人物并不是集中在一个故事里。要改编成电影，就好像把一百多匹骆驼关到一个冰箱里。2015年，雨霖导演从美国给我打电话，说她想改编《一句顶一万句》，我说你怎么能够把一百多匹骆驼关到一个冰箱里？她说我从中间找一段，可以关两匹骆驼。我觉得可能是有道理的。第

二个道理说得稍微好一些,她说,真正的好电影是看不见导演的电影,是看不见摄影机、看不见演员的电影,看到的就是里边的人物和人物的情感。

董　卿:就算在片场您也叫她雨霖导演,她叫您刘老师吗?

刘震云:包括在生活中也是。

董　卿:您是说你们家女儿在家里也叫你刘老师吗?

刘震云:基本上是这样的。

董　卿:为什么?

刘震云:因为上了大学之后,她已经不是一个孩子了,她开始有自己的想法。对于自己的想法,我从来都是尊重的。平常我们通电话,都不会超过两分钟。我特别喜欢跟两分钟之内能搞定事儿的人打交道。

董　卿:那也就是说从来没有那种嘘寒问暖、家长里短的电话。

刘震云：我觉得嘘寒问暖基本上都是废话。

董　卿：家里人嘛，有时候就得说说废话，不然怎么叫家里人呢？家里人坐在一起天天就是只谈工作，只谈报告？

刘震云：也不谈工作，是谈她做这个事情背后的道理，这一点只要沟通清楚就可以了。（掌声）

董　卿：鼓掌的都是喜欢听道理的人。

刘震云：都是有学问的人。（观众笑，掌声）比如她出门说，爸我走了。我说好。你没什么要说的吗？我说有。第一，出门注意安全。什么叫注意安全呢？走路的时候别看手机。她说我记住了，Yes Sir。就结束了。

董　卿：那您出门还是有关照的。她一个人去美国读书前，您有什么关照吗？

刘震云：没有。我觉得其实对一个人最大的关照就是不关照。比如讲家长送孩子到学校门口，交代的话一定是好好学习，尊敬老师，上课多提问，这些话全是废话。其实家长说这些话的时候非常自私：我该说的都说了，我没责任了，剩下的是你的事。

她小的时候，我只是告诉过她一件事：不管是考试的时候还是回家做作业的时候，不会的题就不要做了，因为做也做不对。但是你能不能把自己会的给它做对？你只要把会的做对，你得分一定就不低了。我们每一个人，从来都是在细节上犯错误。细节上犯的错误就是会的事没有做对。

董　卿：我们今天的主题词是"第一次"。除了您和女儿的第一次合作，我想再追溯得久远一点儿，您第一次写作在什么时候？

刘震云：上大学的时候。

董　卿：第一篇作品发表在什么地方？

刘震云：《安徽文学》。

董　卿：第一次的稿费有多少？

刘震云：七十多块钱吧。

董　卿：后来用在哪儿了？

刘震云：请女朋友吃饭。

董　卿：是不是就是现在的太太？

刘震云：是。

董　卿：我看过一篇报道，是您太太说的吗？说你请她吃饭，她当时心里想，这么抠门儿的人请我吃饭。

刘震云：我还没有七十多块钱的时候，曾经有一次我说咱俩一块儿吃饭吧，她说好。我说吃西餐，她说好啊。然后我们可能花了十几块钱吃了，吃完之后我跟她说，我没拿钱哎。（观众笑）

董　卿：（笑）您怎么好意思呢？

刘震云：我没钱嘛。

董　卿：没钱您还说请人吃饭，那就别请了，就散散步啊，溜达溜达。

刘震云：已经溜达一下午了。（全场笑）

董　卿：因为这样的一种同学之间知根知底的感情，是不是使得你们现在的夫妻关系特别地和谐、稳定？

刘震云：我觉得和谐、稳定最大的、决定性的因素是不啰嗦。

董　卿：互相不啰嗦，是一种特别好的相处方式，可是在《一句顶一万句》里边，大家在纠结的就是"说得着、说不着"这件事。

刘震云：其实说得着和说不着不在话语量，而在那些特别根本的话上。有一句诗，臧克家先生写的："有的人活着，他已经死了；有的人死了，他还活着。"其实书和电影，都是为了那些应该再活一回的人，重新在书和电影里永远地活下去。

董　卿：您今天要为大家朗读什么呢？

刘震云：是《一句顶一万句》的一个片段。

董　卿：那想献给谁呢？

刘震云：我想献给喜欢这本书的读者和喜欢这个电影的观众。

朗读者 ❦ 读本

一句顶一万句（节选）

刘震云

　　杨百顺十岁到十五岁，在镇上老汪的私塾读过五年《论语》。老汪大号汪梦溪，字子美。老汪他爹是县城一个箍盆箍桶的箍桶匠，外加焊洋铁壶。汪家箍桶铺子西边，挨着一个当铺叫"天和号"。"天和号"的掌柜姓熊。老熊他爷是山西人。五十年前，一路要饭来到延津。一开始在县城卖菜，后来在街头钉鞋；顾住家小之后，仍改不了要饭的习惯，过年时，家里包饺子，仍打发几个孩子出去要饭。节俭自有节俭的好处，到了老熊他爹，开了一家当铺。这时就不要饭了。一开始当个衣衫帽子、灯台瓦罐，但山西人会做生意，到老熊手上，大多是当房子、当地的主顾，每天能有几十两银子的流水。老熊想扩大门面，老汪他爹的箍桶铺子，正好在老熊家前后院的东北角，使老熊家的院落成了刀把形，前窄后阔；老熊便去与老汪他爹商量，如老汪他爹把箍桶的铺面让出来，他情愿另买一处地方，给老汪他爹新盖个铺面。原来的门面有三间，他情愿盖五间。门面大了，可以接着箍桶，也可以做别的生意。这事对于老汪家也合算，但老汪他爹却打死不愿意，宁肯在现有的三间屋里箍桶，不愿去新盖的五间屋里做别的生意。不让铺面不是跟老熊家有啥过节，而是老汪他爹处事与人不同，同样一件事情，对自己有利没利他不管，看到对别人有利，他就觉得吃了亏。老熊见老汪他爹一句话封了口，没个商量处，也就作罢。

　　老汪的箍桶铺面的东边，是一家粮栈"隆昌号"，"隆昌号"的掌柜叫老廉。这年秋天,汪家修屋顶,房檐出得长些,下雨时,雨顺着房檐,滴洒在廉家的西墙上;廉家的房檐也不短,已滴洒了汪家东墙十几年。但世上西北风多,东南风少,廉家就觉得吃了亏。为房檐滴雨,两家吵了一架。"隆昌号"的掌柜老廉,不同于"天和号"的掌柜老熊。老熊性子温和,遇事可商可量;老廉性子躁,遇事吃不得亏。两家吵架的当天晚上,他指使自己的伙计,爬到汪家房顶,不但拆了汪家的房檐,还揭了汪家半间瓦。两家从此打起了官司。老汪他爹不知打官司的深浅,也是与老廉赌着一口气;官司一打两年,老汪他爹也顾不上箍桶。老廉上下使钱,老汪他爹也跟着上下使钱。但汪家的家底,哪里随得上廉家?廉家的粮栈"隆昌号",每天有几十石粮食的进出。延津的县官老胡又是个糊涂人,两年官司打下来,也没打出个所以然,老汪他爹已经把三间铺子折了进去。"天和号"的掌柜老熊,又花钱从别人手上把三间铺子买了过来。老汪他爹在县城东关另租一间小屋,重新箍桶。这时他不恨跟自己打官司的"隆昌号"的掌柜老廉,单恨买自己铺子的"天和号"的掌柜老熊。他认为表面上是与廉家打官司,廉家背后,肯定有熊家的指使。但这时再与老熊家理论,也无理论处,老汪他爹另做主张,那年老汪十二岁,便把老汪送到开封读书,希冀老汪十年寒窗能做官,一放官放到延津,那时再与熊家和廉家理论。也是"君子报仇,十年不晚"的意思。但种一绺麦子,从撒种到收割,也得经秋、冬、春、夏四个季节,待老汪长大成人,又成才做官,更得耐得住性子。性子老汪他爹倒耐得住,但一个箍桶匠,每天箍几个盆桶,哪里供得起一个学生在学府的花销?硬撑了七年,终于把老汪他爹累吐了血,桶也箍不成了。在病床上躺了三个月,眼看快不行了,正准备打发人去开封叫老汪,老汪自己背着铺盖卷从开封回来了。老汪回来不是听说爹病了,而是他在开封被人打了。而且打得不轻,回到延津还鼻青脸肿,拖着半条腿。问谁打了他,为啥打他,他也不说。只说宁肯在家里箍桶,再也不去开封上学了。老汪他爹见老汪这个样子,连病带气,三天就没了。临死时叹了一口气:

"事情从根上起就坏了。"

老汪知道他爹说的不是他挨打的事,而是和熊家、廉家的事,问:

"当初不该打官司?"

老汪他爹看着鼻青脸肿的老汪:

"当初不该让你上学,该让你去当杀人放火的强盗,一来你也不挨打了,二来家里的仇早报了。"

说这话已经晚了。但老汪能在开封上七年学,在延津也算有学问了。在县衙门口写诉状的老曹,也只上过六年学。老汪他爹死后,老汪倒没有箍盆箍桶,开始流落乡间,以教书为生。这一教就是十几年。老汪瘦,留个分头,穿上长衫,像个读书人;但老汪嘴笨,又有些结巴,并不适合教书。也许他肚子里有东西,但像茶壶里煮饺子一样,倒不出来。头几年教私塾,每到一家,教不到三个月,就被人辞退了。人问:

"老汪,你有学问吗?"

老汪红着脸:

"拿纸笔来,我给你作一篇述论。"

人:

"有,咋说不出来呢?"

老汪叹息:

"我跟你说不清楚,躁人之辞多,吉人之辞寡。"

但不管辞之多寡,在学堂上,《论语》中"四海困穷,天禄永终"一句,哪有翻来覆去讲十天还讲不清楚的道理?自己讲不清楚,动不动还跟学生急:

"啥叫朽木不可雕呢？圣人指的就是你们。"

四处流落七八年，老汪终于在镇上东家老范家落下了脚。这时老汪已经娶妻生子，人也发胖了。东家老范请老汪时，人皆说他请错了先生；除了老汪，别的流落乡间的识字人也有，如乐家庄的老乐，陈家庄的老陈，嘴都比老汪利落。但老范不请老乐和老陈，单请老汪。大家认为老范犯了迷糊，其实老范不迷糊，因为他有个小儿子叫范钦臣，脑子有些慢，说傻也不傻，说灵光也不灵光。吃饭时有人说一笑话，别人笑了，他没笑；饭吃完了，他突然笑了。老汪嘴笨，范钦臣脑子慢，脑与嘴恰好能跟上，于是请了老汪。

老汪的私塾，设在东家老范的牛屋。学堂过去是牛屋，放几张桌子进去，就成了学堂。老汪亲题了一块匾，叫"种桃书屋"，挂在牛屋的门楣上。匾很厚，拆了马槽一块槽帮。范钦臣虽然脑子慢，但喜欢热闹，一个学生对一个先生，他觉得寂寞，死活不读这书。老范又想出一个办法，自家设私塾，允许别家的孩子来随听。随听的人不用交束脩，单自带干粮就行了。十里八乡，便有许多孩子来随听。杨家庄卖豆腐的老杨，本不打算让儿子们识字，但听说去范家的私塾不用出学费，只带干粮，觉得是个便宜，便一口气送来两个儿子：二儿子杨百顺，三儿子杨百利。本来想将大儿子杨百业也送来，只是因为他年龄太大了，十五岁了，又要帮着自己磨豆腐，这才作罢。由于老汪讲文讲不清楚，徒儿们十有八个与他作对。何况随听的人，十有八个本也没想听学，只是借此躲开家中活计，图个安逸罢了。如杨百顺和李占奇，身在学堂，整天想着哪里死人，好去听罗长礼喊丧。但老汪是个认真的人。他对《论语》理解之深，与徒儿们对《论语》理解之浅形成对比，使老汪又平添了许多烦恼，往往讲着讲着就不讲了，说："我讲你们也不懂。"

如讲到"有朋自远方来，不亦乐乎"，徒儿们以为远道来了朋友，孔子高兴，而老汪说高兴个啥呀，恰恰是圣人伤了心，如果身边有朋友，心里的话都说完了，远道来个人，不是添堵吗？恰恰是身边没朋友，才把这个远道来的人当朋友呢；这个远道来的人，是不是朋友，还两说着呢；只不过借着这话儿，拐着弯骂人罢了。徒儿们都说孔子不是东西，老汪一个人伤心地流下了眼泪。由于双方互不懂，学生们的流失和变换非常频繁，十里八乡，各个村庄都有老汪的学生。或叔侄同窗，或兄弟数人，几年下来，倒显得老汪桃李满天下。

老汪教学之余，有一个癖好，每个月两次，阴历十五和阴历三十，中午时分，爱一个人四处乱走。拽开大步，一路走去，见人也不打招呼。有时顺着大路，有时在野地里。野地里本来没路，也让他走出来一条路。夏天走出一头汗，冬天也走出一头汗。大家一开始觉得他是乱走，但月月如此，年年如此，也就不是乱走了。十五或三十，偶尔刮大风下大雨不能走了，老汪会被憋得满头青筋。东家老范初看他乱走没在意，几年下来就有些在意了。一天中午，老范从各村收租子回来，老汪身披褂子正要出门，两人在门口碰上了；老范从马上跳下来，想起今天是阴历十五，老汪又要乱走，便拦住老汪问：

"老汪，这一年一年的，到底走个啥呢？"

老汪：

"东家，没法给你说，说也说不清。"

没法说老范也就不再问。这年端午节，老范招待老汪吃饭，吃着吃着，旧事重提，又说到走上，老汪喝多了，趴到桌角上哭着说：

"总想一个人。半个月积得憋得慌，走走散散，也就好了。"

这下老范明白了，问：

"活人还是死人？怕不是你爹吧，当年供你上学不容易。"

老汪哭着摇头：

"不会是他。是他我也不走了。"

老范：

"如果是活着的人，想谁，找谁一趟不就完了？"

老汪摇头：

"找不得，找不得，当年就是因为个找，我差点儿丢了命。"

老范心里一惊，不再问了，只是说：

"我只是担心，大中午的，野地里不干净，别碰着无常。"

老汪摇头：

"缘溪行，忘路之远近。"

又说：

"碰到无常我也不怕，他要让我走，我就跟他走了。"

明显是喝醉了，老范摇摇头，不再说话。但老汪走也不是白走，走过的路全记得，还查着步数。如问从镇上到小铺多少里，他答一千八百五十二步；从镇上到胡家庄多少里，他答一万六千三十六步；从镇上到冯班枣多少里，他答十二万四千二十二步……

老汪的老婆叫银瓶。银瓶不识字，但跟老汪一起张罗着私塾，每天查查学生的人头，发发笔墨纸砚。老汪嘴笨，银瓶嘴却能说。但她说的不是学堂的事，尽是些东邻西舍的闲话。她在学堂也存不住身，老汪一上讲堂，她就出去串门，见到人，嘴像刮风似的，想起什么说什么。来镇上两个月，镇上的人被她说了个遍；来镇上三个月，镇上一多半人被她得罪了。人劝老汪：

"老汪，你是个有学问的人，你老婆那个嘴，你也劝劝她。"

老汪一声叹息：

"一个人说正经话，说得不对可以劝他；一个人在胡言乱语，何劝之有？"

倒对银瓶不管不问，任她说去。平日在家里，银瓶说什么，老汪不听，也不答。两人各干各的，倒也相安无事。银瓶除了嘴能说，与人共事，还爱占人便宜。占了便宜正好，不占便宜就觉得吃亏。逛一趟集市，买人几棵葱，非拿人两头蒜；买人二尺布，非搭两绺线。夏秋两季，还爱到地里拾庄稼。拾庄稼应到收过庄稼的地亩，但她碰到谁家还没收的庄稼，也顺手牵羊捋上两把，塞到裤裆里。从学堂出南门离东家老范的地亩最近，所以捋拿老范的庄稼最多。一次老范到后院新盖的牲口棚看牲口，管家老季跟了过来，在驴马之间说：

"东家，把老汪辞了吧。"

老范：

"为啥？"

老季：

"老汪教书，娃儿们都听不懂。"

老范：

"不懂才教，懂还教个啥？"

老季：

"不为老汪。"

老范：

"为啥？"

老季：

"为他老婆，爱偷庄稼，是个贼。"

老范挥挥手：

"娘们儿家，有啥正性。"

又说：

"贼就贼吧,我五十顷地,还养不起一个贼?"

这话被喂牲口的老宋听到了。喂牲口的老宋也有一个娃跟着老汪学《论语》,老宋便把这话又学给了老汪。没想到老汪潸然泪下:"啥叫有朋自远方来呢?这就叫有朋自远方来。"

选自长江文艺出版社《一句顶一万句》

刘震云一向注重人性的细微神经和生活的内在肌理,而且语言本身就含带了很丰富的意味,幽默风格本身就体现了他的审美。小说何以是语言的艺术?刘震云的《一句顶一万句》既是他个人风格的阐释,又是一个典型化的示范。

中国社会科学院研究员、著名评论家　白烨

WANG
PEI
YU

朗读者

王珮瑜

她是新中国成立之后培养的第一位女老生，是京剧余派的第四代传人，被誉为"当代孟小冬"。十六岁的时候，她就得到了京剧前辈的赞赏和提携；二十三岁时就拿下了戏剧梅花奖；二十五岁时就成了上海京剧院一团的副团长。她的人生听上去顺利、完美，但了解她的人会知道，她是在机遇和拼搏当中，不断地完善、突破和超越着自己。

1978年生于苏州的王珮瑜，由票友舅舅领进京剧大门。开蒙学的是老旦，几个月之后，就以一出《钓金龟》获得江苏省票友大赛第一名。后来改学老生，十六岁便以一折《文昭关》技惊四座。著名京剧表演艺术家谭元寿惊叹道："这不就是当年的孟小冬吗？"从此，"小冬皇"芳名远播。

但对王珮瑜来说，她不满足于做一个"继承者"。京剧是一门太美的艺术，然而传承却越来越难。她要做一个"传播者"，要用所有人都能听懂的方式去传播京剧。她上综艺、玩直播，教网友如何发声练习唱戏。在她看来，世上只有两种人：一种是喜欢京剧的人，一种是还不知道自己喜欢京剧的人。这两者之间，需要一个推手，她愿意去做那个推手。"我愿意这样一辈子做下去。"王珮瑜说。

朗读者 ❋ **访谈**

董　　卿：珮瑜今天这段朗读要献给谁？

王珮瑜：我想献给余派最好的传人孟小冬先生。

董　　卿：我觉得既在情理之中，又在意料之外。在情理之中是你被人们称为是"小孟小冬"；在意料之外的是，她去世的那一年你还没有出生呢。

王珮瑜：她1977年去世，我1978年出生。所以有一些人就说，是不是孟小冬投胎啊！

董　　卿：而你自己和孟小冬真正有第一次跨越时空的、精神上的共鸣是在什么时候？

王珮瑜：有一段时间一直听她，尤其是1947年的那版《搜孤救孤》的现场录音，很多人都觉得是空前绝后的版本。那个氛围太迷人了。每次听我都想，如果有朝一日我可以成为这样的角儿，该多好啊。我记得有一年在天津，好像是2008年的时候，千挑万选选到冬至这一天，演墨壳原态的舞台剧《乌盆记》，是一个跨界的作品。我对这个演出非常重视，甚至有点惶恐，下那么大的雪，没想到还是客满。那样的一次演出，我想，不仅仅是孟小冬先生了，余叔岩先生也在看着我，很多爱我的老师们都在关注着这个事，所以我觉得我一定要演好，不能辜负了他们。

董　　卿：无论是孟小冬先生还是梅葆玖先生，到后来都担负起京剧传承的重任，都去教学生。你也不例外，只是你年龄上比他们介入更早。

王珮瑜：其实还是学生的时候，我就经常会去中学，甚至是幼儿园、小学，进行学生与学生之间的这种交流互动。

董　卿：真的有孩子因为你的讲座爱上京剧，甚至开始学习京剧吗？

王珮瑜：有。我第一次上一个三百人的小型公开课，当时有一个80后的妈妈，带着她三岁的女儿来到现场。最后有一个环节，我们做互动，然后这个妈妈就抱着她女儿到台上来，说能不能教她一下。其实我有点措手不及。

董　卿：三岁？

王珮瑜：对。我就教她"今日痛饮庆功酒"这一段。过了三个月，又在更大的一个剧场开公开课，这个妈妈又把她带过来了，她就完完整整地把这段"今日痛饮庆功酒"唱下来了。然后这件事就过去了。一直到去年，我在京剧院排练，练功房有四五个小女孩，大概十来岁的样子，在学花旦的身段动作，其中一个我一看，好面熟，这不是贝贝吗？她说，对，老师，

　　　　　我现在已经五年级了，一直在学京剧。我非常喜欢京剧。你看，当年种下的一个种子开始发芽了。
董　卿：你是给他们打开了一扇门，让他们起码能够看到有这样的世界的存在，然后有机会走进去，了解它的奥妙所在。
王珮瑜：2001年，我在北大开过京剧的公开课，印象很深。这些年轻的学子们，其实跟京剧是有距离的。做互动的时候，他用现代话，我来跟他用韵白，用湖广音中州韵对仗。
董　卿：所有的都是可以用韵白念出来的是吗？
王珮瑜：基本上。
董　卿：这个挺有趣的。比如说董卿呢？
王珮瑜：我来想想，"董卿她是个美人"（韵白）。
董　卿：我也得学一下，"珮瑜她是个才女"（韵白）。很有味道。你也是在用这种方法吸引大家的关注和兴趣。
王珮瑜：迅速地用他可以接受的方式，让他觉得京剧离他并不远。
董　卿：光从人生履历上来看，珮瑜有一张非常顺利的履历表。但是我记得，你也曾跟你的同行们说过一句话，你说学习戏曲那是要受得起委屈的。那你觉得自己在这个过程当中所受的最大的委屈是什么？
王珮瑜：委屈其实倒也谈不上。我觉得唱戏的人都有一种很坚韧的意志力，这是从小一点一点培养起来的。每天都会遇到一些困难。
董　卿：每天？
王珮瑜：每天。比如说我们要练功、吊嗓、每天要排练。京剧是一个团队合作的艺术，不是我一个人。所以不仅仅要学戏，要演出，要面对市场、面对观众，还要面对身后的老师，你的团队，跟你合作的人。在这个过程中,一定会遇到各种各样的问题。

　　大家还是依着我们这行的老例管我叫"老板",所以我还肩负着一些比较重要的责任。另外一个很重要、很重大的困难,就是传承的困难。那些喜欢我、教我戏的先生们有的离开了,有的老了,教不了戏了。大家知道我是余派的第四代传人,余派老生戏本来就是在象牙塔里,本来传承就很难。然后到了今天,你既背负着余派传人这样一个头衔,要一直传下去,还要教学生,自己也要演出。可是,戏传承越来越难,所以路很漫长。

董　　卿:那你今天想要为孟小冬读点儿什么呢?
王珮瑜:我想读一首词"大江东去"。
董　　卿:苏东坡的《念奴娇·赤壁怀古》。很适合你。
王珮瑜:对,正面积极,正能量。我觉得不管遇到什么样的困难,永远不要丢了自己的目标,这个很重要。心系"我是一个京剧演员",做京剧演员的分内事。

朗读者 ❖ 读本

念奴娇·赤壁怀古

〔宋〕苏轼

大江东去，浪淘尽，千古风流人物。故垒西边，人道是，三国周郎赤壁。乱石穿空，惊涛拍岸，卷起千堆雪。江山如画，一时多少豪杰。　遥想公瑾当年，小乔初嫁了，雄姿英发。羽扇纶巾，谈笑间，樯橹灰飞烟灭。故国神游，多情应笑我，早生华发。人间如梦，一尊还酹江月。

苏轼在四十多岁的时候遭过一场大难，就是被朝廷贬谪到湖北的黄州。在这首词里面，苏轼所要表达的既有对历史、江山的无限向往，同时也有对自己处境的不胜悲叹。但总的来讲，这首词传递给我们的情怀，是比较旷达的。

北京师范大学文学院教授　康震

YANG LI WEI

杨利伟

朗读者

中国的航空事业到 2016 年已经有整整六十年了。在这六十年里，我们创造了两弹一星、载人航天、月球探测等许多辉煌的成果；在这六十年里，有着太多弥足珍贵的"第一次"。而能够参与、见证每一个"第一次"的人无疑都是非常幸运的。杨利伟就是其中之一。

2003 年 10 月 15 日九时整，中国第一次进行载人航天飞行。时间一到，"神舟五号"飞船的火箭尾部发出巨大的轰鸣声，几百吨高能燃料开始燃烧，八台发动机同时喷出火焰。当推力让重达四百八十七吨的飞船升起时，大漠颤抖，天空轰鸣。杨利伟作为中国培养的第一代航天员，就乘坐在这艘飞船中。

在普通人看来，太空是神奇而美妙的。但对于要进入太空的航天员来说，太空更是危险而残酷的。没有重力、氧气和水，还要在密闭狭小的飞船里，经历超重、失重相互交替的过程。为了圆满完成飞行任务，杨利伟经历了常人难以忍受的高强度训练。

最终，一段历时二十一小时二十三分的太空旅行，让世人记住了这个名字——杨利伟。他以自己的无畏壮举和飒爽英姿，赢得了每一位中国人的尊敬，同时也让全世界为之瞩目。2003 年 11 月，杨利伟被授予"航天英雄"荣誉称号。

朗读者 ❈ 访谈

董　卿：当我说到您的第一次，也是中华民族飞天梦的第一次的时候，我有点儿热血沸腾了。2003年的10月15日，这对您来说也是一辈子最重要的一天了吧。

杨利伟：对我来讲确实是终生难忘的。而且后边的每一次任务，都会让我想起这"第一次"。随着我们的火箭徐徐地离开地面，进入了太空，我想许多人的心也跟着去了。这一刻实际上不单单是我一个人的"第一次"，也是无数人、无数航天人，经过几十年的奋斗，迎来的"第一次"。无数人的很多次，造就了这个"第一次"。

董　卿：那天是北京时间九点整发射的，是吗？升空的过程中，好像还有一个特别惊心动魄的二十六秒。

杨利伟：对。那是在火箭发射以后，大概在离地面三十几公里的时候，火箭发生了震动，是一个低频的震动。那个时候我有一种濒临坚持不住的感觉。我以为我要牺牲了。那感觉就像，我坐在中间，然后四周全是大鼓，同时在敲，震动得让我觉得已经忍受不了了。

董　卿：当时地面看到了你的画面了吗？

杨利伟：那个时候，不管是测控，还是地面的技术跟踪，都没有现在这么发达。发射了之后，在指挥大厅里边，静极了。那时候，我在返回舱里面的画面静止了。大家说这个都不知道怎么办。

董　卿：看上去像静止了。

杨利伟：都很紧张。我记得特别清楚，到三分二十秒的时候，整流罩

打开。因为是上午九点钟发射，返回舱的舷窗，一缕阳光照进来，特别特别刺眼。一刺眼，我眼睛就在眨；一眨眼，大厅里边不知谁喊了一声，"你看他还活着，他的眼睛在动！"

　　我当时不知道那是一个异常的情况。我以为正常就是这样，是我自己不行。回来之后，我和我们的工程人员交流。在后面的任务当中，到神舟七号的时候，就把它完全解决掉了。其实就是我们把这个频率给它挪开。

董　卿：所以您的第一次，给后来的航天员提供了很多宝贵的数据。
杨利伟：是这样。那时候去飞行，可能就相当于绿皮火车时代，现在肯定是高铁了。
董　卿：而且2003年那年，其实出现了很多航空灾难。美国、俄罗斯、巴西，有航天员罹难的。
杨利伟：对。我记得特别清楚，2月1日，就是美国哥伦比亚号航天飞机失事的时候,我们在过春节。我记得所有的航天员被集中到一起,开了个座谈会。实际上后来就变成请战会了。我们也知道,我们从事的是一个高风险的职业。它不单单是我们自己选择的任务,或者选择的职业,更多的是我们对国家、对民族的承诺和责任。

董　卿:您的家人在得知10月15日您要去执行这个任务之后,他们是什么样的反应?

杨利伟:我的父亲、母亲,包括我爱人、小孩,都十分担心。我看到我父亲趴在我们家的窗台上,一棵一棵地抽烟,整晚上也没有睡觉。我母亲,还有我爱人,她们都是这样。

　　　　反过头来去看,我们很多的工程人员,同样是这样。我们的零号指挥员,当宣布二百公里,进入轨道了,就是发射取得成功的时候,他把话筒扔到旁边,就开始流泪。很多老科学家,白发苍苍,都在流眼泪。包括我回来之后,到了航天中心,我们一些退休的老同志,拉着我的手,流着眼泪说:"我非常遗憾,干了几十年的航天,但是没有亲手把你送到太空去。"实际上是祖国和人民用智慧的双手,把我们航天员送到太空的。这么说一点都不为过。

董　卿:第一次飞天的任务大概是二十一小时二十三分。

杨利伟:对。飞行时间对我来讲确实太珍贵,太珍贵了。所以在上面的每一分每一秒,都想把它利用起来。舍不得睡,想在上边体会更多的动作,想回来之后给后续的航天员提供更多在上边的依据。

董　卿:记得你的一篇文章里曾经写到,在太空看地球,美得无法想象。

杨利伟:对,就是让你有一种透不过气来的感觉。以前我们在媒体上也会看到国外的航天员拍的照片。但那一刻，当自己也可以从这个角度，去俯瞰我们人类赖以生存了数百万年的美丽家园的时候，那种感受实际上不单单是视觉带来的。

董　卿：有一种精神上的冲击。

杨利伟：对，是这样的。

董　卿：那在返回到地面的那一刻，是什么样的一种感受和心情？

杨利伟：接地还是比较重。那一瞬间实际上飞船又弹起来了，弹起来之后又有二次接地。二次接地的时候把我嘴磕了一口子。前段时间我看网上还在说，说我满脸是血，实际上并没有，是旁边的一个麦克把我嘴磕破了。我当时都没感觉到疼，就突然间一麻，我觉得可能是不对劲了。手边没有其他东西，然后我把航天服手套摘下来，里边还有线手套，就用那个手套去止血。

　　这个时候，内心实际上还是非常非常激动和兴奋的。真的是有一种回家的感觉。凌晨六点多，非常巧合，跟天安门升国旗是同一时刻。太兴奋了！很多人现在还在问我，看你从舱里出来的时候傻愣愣的，在想什么？实际上那一瞬间，我想的就是任务。因为我们的首要任务是要自主出舱，就是我自己要从里边能够走出来。我记得我们的医监、医生老要扶我，我说没有问题，我可以走出去。我上去的时候，看到很多人欢呼雀跃。下面有很多人在喊，利伟你说话，你说话！我说："我为祖国感到骄傲！"这是出舱之后说的第一句话。现在如果回过头来说，还有其他的语言能够表达当时的心情吗？真的是没有。

董　卿：其实当一个人的第一次可以和国家、和民族、甚至和整个人类进步关联在一起的时候，那是怎样的一份自豪和荣耀啊！

朗读者 ❦ 读本

这一刻,突然看见太空奇景

杨利伟

飞船此后的飞行非常顺利。在将近 10 分钟时,飞船仿佛一下子跳进了轨道。我突然有了失重的感觉。

失重的确是突然来到的。因为一直有火箭推着飞船,一直在加速,加速就有过载,有相对重力作用。近 10 分钟时,最后一级火箭跟飞船分离,突然一分离,飞船没有推力了,身体感觉猛地往上一提,我意识到已经处在微重力环境了。

这时,我被束缚带固定在座椅上,人肯定飘不起来,但是我突然感觉离开了座椅,不贴着它了。我注意到飞船里的灰尘"噗"的一下,全起来了。

灰尘肯定是有,再洁净也会有灰尘。正好 9 点多钟的阳光从两个舷窗外边照下来,因为没有大气的原因,没什么遮挡,光线非常明亮,就跟早上把窗帘一打开差不多,细微的灰尘在光线里一下"升"起来。跟我一样,所有的物体在失重时都会"升"起来。好像舱里的万物一下有了生命和翅膀,会自由飞翔了。我的眼睛几乎不够用。

我低头往下看,只见所有的束缚带,在飞船里用来固定物体的绳子,全都竖了起来,微微摇动,挺有韵律感,特别好看。就像湖水中的水草一样,在水中蓬勃生长,舞动着生命的活力。

我太惊奇了,尽管读过关于失重的描述,也曾有过体验,但在地面不可能见过这种现象,也无论如何想不到这种奇特情形。

我明确地知道，自己已经真正进入茫茫太空了！

测控数据显示，飞船正确入轨，此时它的速度接近第一宇宙速度，是每秒 7.83 公里；轨道近地点为 200 公里，远地点是 400 公里。

入轨之后两分钟，飞船按指令调整姿势。我的工作是操作太阳能帆板，让它像两只翅膀一样展开。之后我按程序向地面报告："飞船工作正常！"我的身体"感觉良好"。

在克服了初到太空的不适之后，除了要做的工作和与地面的配合，我就迫切地想赶快看看太空是什么情形，但这需要等地面的指令。

10 时 31 分，舱内环境监测正常，地面指挥人员下达指令，允许我摘手套、解束缚带。我内心的渴望早就迫不及待了。我以最快的速度摘下手套，解开系在膝盖下方的束缚带，第一时间先往起一飘，然后拽着座椅很轻松地就过去了，飘到了舷窗边上。

哈，太空和地球一下子出现在我的眼前。

在选择先细看太空还是先细看地球这一点上，我内心涌动着对家园深深的眷恋，我贪婪地向下张望。

地球真的太漂亮了，漂亮得无可比拟。

以前不理解文学描写中"美得让人窒息"是什么情形，而此时我真的是屏住呼吸，久久看着眼前的景象，心里激动得不得了。

在太空的黑幕上，地球就像站在宇宙舞台中央那位最美的大明星，浑身散发出夺人心魄的、彩色的、明亮的光芒。她披着浅蓝色的纱裙和白色的飘带，如同天上的仙女缓缓飞行。

我无法形容内心的喜悦和倾慕，啊，养育我们的地球母亲，您太完美了。

我仔细端详这美丽的星球，生怕错过一处风景。我深知这是亿万中华儿女梦寐以求的美景，而唯一的机会幸运地降临到我身上。我一定要替所有的中国人好好看看她。我一边看，一边不停地按动着相机的快门，我要留下所有我见到的奇异景色。

随着飞船的飞行，地球在我面前呈现着不同的景观，我动用了脑海里所有的地理知识观察她。上学时，我们经常看地图，平时我们会转动家里的地球仪给孩子讲述地形地势的概念。而现在，我眼前的地球却以无与伦比的维度伸展着她的壮丽身躯。她的形象使得所有的地图变得苍白简单，也使所有的地球仪呆板无趣。她真实地在宇宙中自如地永不停歇地运转着，以她的宏大、美妙向我阐述着生命之星的往世今生。

仿佛在告诉我，孩子，你一定要知道地球母亲在这广阔无垠的宇宙中是怎样运行生存的，你要仔细看看你赖以生存的这颗星球。她是宇宙的宠儿，而你们人类是她的宠儿。

地理知识告诉我，地球上大部分地区覆盖着海洋，我果然看到了大片蔚蓝色的海水，浩瀚的海洋骄傲地披露着广阔壮观的全貌；我还看到了黄绿相间的陆地，连绵的山脉纵横其间；我看到我们平时所说的天空，大气层中飘浮着片片雪白的云彩，那么轻柔，那么曼妙，在阳光普照下，仿佛贴在地面上一样。海洋、陆地、白云，它们呈现在飞船下面，缓缓驶来，又缓缓离去。

当飞行员的时候，我曾飞到内蒙古或新疆上空，看到下边的草原绿油油的，白羊一群群的。现在我看见云彩就像草原上的羊群，蓝色的海面和多彩的陆地，披着淡淡的白云，美轮美奂。我就随着这美轮美奂的星球一起转，乐此不疲。

在地球蓝色的弧形地平线之外，是深远幽黑的宇宙。

我以敬慕的心情凝望宇宙的远处。在太空看到的宇宙是黑色的，是那种纯净的墨一般的黑。宇宙是真空的，没有空气折射光线，所以它是黑色的，不像我们在地面看到的是蓝色天空。去过西藏的人都看到过透亮的、满天星斗的星空，而此时在太空中观看星空，是更透彻、更明亮的。没有物质的遮拦，没有大气产生的折射，星星眨眼睛的现象看不到，所有的星星就那么远远地耀眼地亮着，一颗一颗，像色调不一的晶莹宝石，悬在黑色天鹅绒的背景上。

我知道自己还是在轨道上飞行，并没有完全脱离地球的怀抱，冲向宇宙的深处，然而这也足以让我震撼了。我并不能看清宇宙中众多的星球，因为实际上它们离我们非常遥远，很多都是以光年计算。正因为如此，我觉得宇宙的广袤真实地摆在我的眼前，即便作为中华民族第一个飞天的人我已经跑到离地球表面400公里的空间，可以称为"太空人"了，但是实际上在浩瀚的宇宙面前，我仅像一粒尘埃。

我不是一个很容易对外界事物激动的人，但当看到这些壮美奇丽的景观时，我的心情非常激动。原本非常镇定的我，脑子里一会儿想想这个，一会儿想想那个。

我为人类的伟大感到骄傲，为我们国家的科技发展感到自豪。中国人能把这个八吨重的金属飞船，弄到好几百公里以外的太空飞行，多么不容易。飞行原理虽然我十分清楚，但在太空飞行的过程中，我在神五上围着地球一圈圈绕行时，我仍然觉得不可思议。我惊叹人类的能力，我深深为国家的强盛、民族的伟大而自豪。

虽然独自在太空飞行，但我想到了此刻千万中国人翘首以待。我不是一个人在飞，我是代表所有中国人，甚至人类来到了太空。我看到的一切证明了中国航天技术的成功，我认为我的心情一定要表达一下，就拿出太空笔，在工作日志背面写了一句话："为了人类的和平与进步，中国人来到太空了。"以此来表达一个中国人的骄傲和自豪。

写这句话，事前并没有设计。我因为太激动了，而且是在真空中用特殊的笔写的，字就写得很潦草。写完之后，我立刻拿到摄像镜头前让大家看。我想把自己的骄傲和喜悦表达出来，和全国人民一起分享激动的心情。

返回地面后在香港访问，曾有人问我：你在太空的时候有没有看到上帝？我就说，我看到了——全国人民就是我的上帝。这是我的真实想法。是祖国和人民送我上天，祖国和人民是赋予我使命的"上帝"，也是给我力量和勇气的"上帝"。在太空飞翔最喜悦的时候，最激动的时候，我想到的，就是祖国和全国人民。

我并不是在喊口号，也许只有身临其境才会有这样的感受。在广袤无垠的空间，看看无边无际的星空，看看地球，看看黑色的宇宙，我觉得自己很渺小，太微不足道了，我不过是地球上的高级动物人类中的一个个体。没有国家、民族的合力，我不可能飞到如此高远的天空。我自然而然地理解了人类、祖国、民族意味着什么。

后来我特意就此感受和其他国家的航天员交流，大家都有相似的感受。

在此后的飞行时间里，除了工作，我抓紧一切时机反复观看太空景象，体会奇妙的失重状态。

只有到了太空，才能理解为什么有人不惜支付昂贵的费用，做一次太空旅游，这绝对可以称为"梦幻之旅"。

我乘坐的飞船每 90 分钟左右，就可以目睹一次日出和日落的循环。我的整个飞行是将近一天的时间，飞船一共绕地球飞行了 14 周，我看了14次日出与日落。由于飞船的速度比较快,太阳的出现和落下,就如火球一般飞跃而出、飞跃而下。

尤其是日出,气势磅礴、撼人心魄。我曾在新疆的天山上,也曾站在家乡的大海边看到过几次日出,每次都会欢呼雀跃,但那些日出都无法与太空中的日出相比。

因为,在太空中,日出的参照物不是远远的地平线或海岸线,日出也不是在大气散射折射的光线下出现。在太空中,日出前的地球边缘呈现一片亮丽的白色,好像在地球的边缘镶嵌了一条美丽的金边。随着飞船的高速飞行,这条金边逐渐扩散开来,迅速地照亮整个大地,光明的一天就这样来到了。而从白天向黑夜过渡的时候,大地是逐渐变暗的,它一部分、一部分地黑去,直到我看到的这一面地球完全融入宇宙的一片漆黑之中。

月亮也极为有趣,白天看到的月亮呈浅蓝色,很漂亮;夜里看,却只能看到月亮的局部,但是非常明亮。

失重的状态与地面人工制造的失重大有不同,它不是让你在仓促中去体验二十几秒,而真是"一张柔软的床"。我可以真正地飘起来,在飞船的一边,只要手稍微一点舱壁,就会飘向另外一边;所有的东西,即使是比较重的东西,轻触一下就飞了起来,任何东西都可以悬在空中。如果不小心有水珠在饮水时跑出来,它也不会洒落,而是在空中飘浮。你可以把液体做成长条、圆环等各种形状,如果不给它外力,它会在自身张力作用下形成一个个非常圆的球。人可以连续不停地翻跟头,玩各种形状的水。

我更多时间仔细地看着地球。海岸线和高山的轮廓、弯曲的河流都显得非常清晰。

从这样的维度审视我们的家园,思维方式会有所不同。随着身体的失重，许多东西似乎也会随之变轻、变淡，比如名和利。但另一些东西则会在心里变得更加清晰和珍贵，比如祖国和亲人。

每当飞临祖国的上空，不管白天或黑夜，我总是不由自主地往下遥望。太空浩渺无边，却只有地球上的家园最让人牵肠挂肚。

（该文由北京航空航天大学飞行学院的四名大学生王浩楠、贾蕙谦、崔可夫、汪帆与杨利伟在节目中共同朗读。）

眼 泪
Tears

说到眼泪，你会想到什么呢？软弱吗？眼泪，有时候是软弱，有时候是坚强；有时候是忏悔，有时候是宽容；有时候是羞怯，有时候是勇气；有时候是失败，有时候是成功。听到"眼泪"这个词，不管你是谁，不管你在哪里，不管你在做什么，都会产生丰富的生命联想。就如同每一个人都是哭着来到这个世界，而当我们要谢幕的时候，也将会在别人的泪水里告别一样。

张家敏是一位和乳腺癌抗争了二十三年的老太太，她说，她过去到现在所做的一切，就是为了昂起头，不让眼泪流下来；导演陆川是个泪点很低的人，爱流眼泪，所以有时候，他会抗拒眼泪；斯琴高娃，一位一直在别人的故事里流着自己的眼泪的优秀演员，在《朗读者》的现场，她流下的每一滴眼泪，都属于她自己。

人的心灵应如浩淼瀚海，只有不断接纳象征希望、勇气、力量的百川，才可能风华长存。眼泪是无色的，但是它分明又有着最丰富的生命的色彩！

眼　泪

Tears

Readers

LU

CHUAN

陆 朗读者
川

陆川，生在新疆，是奎屯生产建设兵团子弟，五岁时随父母迁回北京，在广电部大院里长大成人。他大学毕业于中国人民解放军国际关系学院，却一直喜欢电影、研究电影，后来拿到了北京电影学院导演硕士学位。

作为学院派的新生代导演，他的作品常关注整个社会大环境。2002年，他凭借编剧、导演的电影处女作《寻枪》在中国影坛崭露头角，入选了威尼斯电影节竞赛单元。2004年，以藏羚羊为拍摄主体的纪录电影《可可西里》获得华表奖、东京国际电影节评委会大奖，让他一举成名。2009年，他编剧并执导电影《南京！南京！》，用极有冲击力的手法展现出女性在战争中经历的折磨与煎熬。

陆川一直在寻求变化。2016年，一部《我们诞生在中国》又让他颇受关注。这一次，他选择了目前在中国电影史上仍然是空白的电影类型——自然电影。与之前执导的电影不同，陆川这次的镜头对准了中国特有的三种动物：大熊猫、雪豹和金丝猴，力图通过这些野生动物的故事传达中国人的生命理念。陆川说："因着内心的向往，我们会在命运的道路上最终遇到属于自己的电影。"

朗读者 ❉ 访谈

董　卿：《我们诞生在中国》是一部给大家带来了很多惊喜的电影。很多人也会联想到你之前拍摄的《可可西里》，虽然都是和动物、自然有关，但是是截然不同的两个电影。

陆　川：这两部片子的调性完全不一样。我觉得《可可西里》更多的是一种绝望，它记录了人的渺小、自然的宏大，还有当时藏羚羊保护面临的绝境，其实也记录了很多当时的情感。《我们诞生在中国》可能是在动物身上拍出了人性，拍出了我们的期待，拍出了我们期望看到的一种顽强的精神，这个调性更光荣、温暖、幽默。

　　《可可西里》那个电影非常难拍，我前前后后在可可西里待了将近两年的时间。我第一次进可可西里，一去我就惊呆了。那么广漠的一个环境，巡山队就三辆车，可是成千上万的盗猎分子可以从可可西里的四面八方进到里面去，去屠杀藏羚羊。在一个无限大的战场上，二十多个人，十几条枪，面对简直是像大海一样的敌人，你会觉得特别绝望。而且那个时候他们得到的支持很少，经费也很少。

　　我们在那儿，开车的时候基本上从来不说话，一天可能都没有一句话。因为缺氧，大家就沉默。可这种沉默特别有力量。所以后来我在改剧本的时候，把所有的台词都精简了。但是他们说出一句话来，就会触达我的心底。

董　卿：拍摄是前后八个月的时间，也很难想象了——这么多人要在那个地方生活八个月。

陆　川：不是八个月都在山上。我们在玉树、格尔木、冷湖，还有可可西里腹地都待过，像游击队一样。拍了两个月的时候，一半人都没有了，有的送到山下去急救，有的比较严重的，比如肺水肿，就送回北京了。当时我觉得拍那个戏有点"初生牛犊不怕虎"，就是提着脑袋干的感觉。

董　卿：不管谁走了我也得拍完，哪怕最后剩下一个人我也得拍完。

陆　川：就没想后果，实际上是挺危险的。其实，我在那里感受更多的不是眼泪，是让你觉得心里一痛的东西，而且是那种巨大的碰撞。我在拍摄期间哭过一次。当时王中磊，我的制片人，还有我的监制何平导演，还有杜扬，还有艾利克斯（美方合作者），他们到可可西里来看我。我们吃了饭，我说你们就别走了，住在这儿，他们说要赶夜路回西宁。我说这不行，因为从来没有人敢在青藏线上赶夜路，这是太可怕的事。那时候火车已经错过了，要到第二天早晨才有。但他们非要赶夜路，结果当天晚上出事了。半夜三点，我们得到消息说在都兰县被撞了，生死不明。然后我们也是赶夜路，从格尔木往都兰，一直到天快亮的时候才到现场。满地稀碎的车的残骸，车已经被拖走了。然后中磊说，到后院看一下艾利克斯吧，他走了。我就说什么叫走了？然后我一见，号啕大哭。他孤零零地躺在担架上，四个穿白大褂的医生围着他，他就仰面看着天，好像睡着的样子，也好像醒着的样子。前一天晚上我们俩还拥抱了。中磊说，川，你最大的任务是回去把戏拍完。在回去的路上，我就想，我一定要把我在可可西里感受到的生命的脆弱，人的渺小，自然的那种博大和没有边际的感觉，带回北京跟观众分享；分享生命是什么，我们应该用什么样的姿态去尊重生命。

董　卿：当地陪着你的那些护卫队的人，他们是不是从来不会流眼泪？

陆　川：其实不是。他们只是比较克制，我见过他们流泪。因为我们经常在一起喝酒，喝酒的时候他们会唱藏族歌曲，唱着唱着他们就开始流泪了。他们内心是非常充盈、非常丰富的，但大多数情况他们只是沉默，就像石头一样。虽然经历了这么多眼泪，但我还是想说：这些东西改变不了他们的现状。如果说用很多很多的哭戏，很多很多的泪水去串起一部电影，我反而会觉得对不起他们。因为他们面临的绝境，没有人能拯救，多少眼泪也不能拯救。拍这个戏，我就是希望能把这个现实带到内地的观众面前。

　　整部电影杀青的镜头，是那个记者回到北京以后，在他自己的寓所开始写这篇报道，边写边哭。那天不是他一个人哭，是全剧组都在哭。你想想，拍了八个月。我剪第一版的时候有这个镜头，中磊也哭得稀里哗啦的，但后来我再剪一版的时候，把这个镜头剪掉了。中磊说，川，你怎么把这个镜头剪了？但是我当时觉得，可可西里不相信眼泪。因为我想把那种绝望彻底地传递出来，拒绝谈论眼泪。只在你的栏目我愿意说说这事儿，因为大家对于哭泣者没有同情，大家觉得你在哭，你就是很LOW，但确实有人在真的哭泣。因为太多的人在虚假地哭泣，所以真正的哭泣被中和了，被变得毫无价值了。

董　卿：那你今天想朗读什么？

陆　川：我朗读一篇文学作品，是关于可可西里的，一个猎人和藏羚羊的故事。

董　卿：太让人期待了，你要把它献给谁？

陆　川：献给可可西里，献给在可可西里的土地上依然在奔跑着的生命。这里面写的大家可以当一个故事来听，不要当一个真事儿来听，就当作一种期待，当作对于人类应有的一种慈悲和善良的期待，好吗？

董　卿：好。我们去朗读吧。

朗读者 ❄ 读本

藏羚羊跪拜

王宗仁

这是听来的一个西藏故事。发生故事的年代距今有好些年了。可是，我每次乘车穿过藏北无人区时，总会不由自主地要想起这个故事的主人公——那只将母爱浓缩于深深一跪的藏羚羊。

那时候，枪杀、乱逮野生动物是不受法律惩罚的。就是在今天，可可西里的枪声仍然带着罪恶的余音低回在自然保护区巡视卫士们的脚印难以到达的角落。当年举目可见的藏羚羊、野马、野驴、雪鸡、黄羊等，眼下已经成为凤毛麟角了。

当时，经常跑藏北的人总能看见一个肩披长发、留着浓密大胡子、脚蹬长筒藏靴的老猎人在青藏公路附近活动。那支磨蹭得油光闪亮的权子枪斜挂在他身上，身后的两头藏牦牛驮着沉甸甸的各种猎物。他无名无姓，云游四方，朝别藏北雪，夜宿江河源，饿时大火煮黄羊肉，渴时一碗冰雪水。猎获的那些皮张自然会卖来一笔钱，他除了自己消费一部分外，更多地用来救济路遇的朝圣者。那些磕长头去拉萨朝觐的藏家人，心甘情愿地走一条布满艰难和险情的漫漫长路。每次老猎人在救济他们时总是含泪祝愿：上苍保佑，平安无事。

杀生和慈善在老猎人身上共存。促使他放下手中的权子枪是在发生了这样一件事以后——应该说那天是他很有福气的日子。大清早，他从帐篷里出来，伸伸懒腰，正准备要喝一铜碗酥油茶时，突然瞅见两步之遥对面的草坡上站立着一只肥肥壮壮的藏羚羊。他眼睛一亮，送上门来的美事！沉睡一夜的他浑身立即涌上来一股清爽劲头，丝毫没有犹豫，就转身回到帐篷拿来了杈子枪。他举枪瞄了起来，奇怪的是，那只肥壮的藏羚羊并没有逃走，只是用乞求的眼神望着他，然后冲着他前行两步，两条前腿"扑通"一声跪了下来。与此同时，只见两行长泪就从它眼里流了出来。老猎人的心头一软，扣扳机的手不由得松了一下。藏区流行着一句老幼皆知的俗语："天上飞的鸟，地上跑的鼠，都是通人性的。"此时藏羚羊给他下跪自然是求他饶命了。他是个猎手，不被藏羚羊的怜悯打动是情理之中的事。他双眼一闭，扳机在手指下一动，枪声响起，那只藏羚羊便栽倒在地。它倒地后仍是跪卧的姿势，眼里的两行泪迹也清晰地留着。

那天，老猎人没有像往日那样当即将猎获的藏羚羊开宰、扒皮。他的眼前老是浮现着给他跪拜的那只藏羚羊。他有些蹊跷，藏羚羊为什么要下跪？这是他几十年狩猎生涯中唯一一次见到的情景。夜里躺在地铺上他也久久难以入眠，双手一直颤抖着……

次日，老猎人怀着忐忑不安的心情对那只藏羚羊开膛扒皮，他的手仍在颤抖。腹腔在刀刃下打开了，他吃惊得叫出了声，手中的屠刀"咣当"一声掉在地上……原来在藏羚羊的子宫里，静卧着一只小藏羚羊，它已经成型，但自然是死了。这时候，老猎人才明白为什么那只藏羚羊的身体肥肥壮壮，也才明白它为什么弯下笨重的身子给自己下跪：它是在求猎人留下自己孩子的一命呀！

天下所有慈母的跪拜，包括动物在内，都是神圣的。

老猎人的开膛破腹半途而停。

当天，他没有出猎，在山坡上挖了个坑，将那只藏羚羊连它那没有出世的孩子掩埋了。同时埋掉的还有他的杈子枪……

从此，这个老猎人在藏北草原上消失了。再没人知道他的下落。

《藏羚羊跪拜》篇幅不长，但故事却讲得撼人心魄，某种意义上，它更像一篇寓言。猎人和藏羚羊两个形象，让人过目难忘。简单的故事中，涉及了人与动物、人与自然、人与自我之间割舍不断的爱和两难。藏羚羊母性的眼泪戳中了我们人类的心，老猎人的无心过错也让我们反思。

SI QIN GAO WA

朗读者

斯琴高娃

斯琴高娃说，她喜欢把自己看成一块材料，任导演和角色去裁剪、揉捏、粉碎、重塑，无论代价如何，她甘之如饴。她不喜欢千人一面的表演，更不信奉什么本色演出，在她眼中，"进剧组，就是把生命交给了角色"。这或许是她从影四十余年来，几乎没有重复的角色，总能给观众带来惊喜的原因。

斯琴高娃表演上的天资是业内公认的，凭借《归心似箭》中的精彩演出，她在银幕上一炮而红。玉贞温柔贤淑的角色形象，伴随曲调悠扬的《雁南飞》深深地烙印在一代电影观众心中。就在大家都以为斯琴高娃会顺理成章继续演绎一系列隐忍、温婉的中国传统女性形象时，她却摇身一变，成了老舍笔下大胆泼辣、工于心计的虎妞。后来，苦命悲情的香二嫂、幽默诙谐的姨妈、雍容大气的大宅门二奶奶、女中豪杰孝庄皇后……都成了斯琴高娃塑造的经典形象。在中国第五代女星中，斯琴高娃无疑是角色涉猎最广、也最善于将表演化于无形的一个。

有人笑她因戏而痴，她却总觉得自己和角色间有着某种无法剥离的关系。"有时候我觉得，并不是我塑造了她们，而是她们的人生际遇丰富了我的生命。我走过她们的人生，收获属于自己的感悟。与其说是我塑造了角色，不如说是角色'度'了我，造就了现在的斯琴高娃。"

朗读者 ❋ **访谈**

董　　卿：在您这几十年的演艺生涯所塑造的角色当中,有没有让您特别难忘的角色的眼泪?

斯琴高娃：我经历过的每个戏,每个人物都有不同的眼泪。我觉得每一个都是打动我自己的。你自己都没有入情入理,没有由衷地去演她,去感动观众、催人泪下是不太可能的。

董　　卿：您可以说是从年轻的时候就开始演妈妈,演母亲的角色,一直到现在。那你在演母亲的角色的时候,是会想到自己的母亲吗?

斯琴高娃：会啊。借鉴很多。母亲的那种刚毅是让我印象很深刻的。她很少落泪的。有时候这几个孩子,包括我在内,可能都气过她,会被气出眼泪来。但是,这么多年,自从生了我,应该是从1950年开始,包括1960年困难时期,各种各样的情况都会发生,但她反倒没有那么多的哭泣,很坚强。我觉得我母亲这一点也影响了我们。

董　　卿：在你的记忆中,母亲曾经为什么样的事情流过眼泪?

斯琴高娃：我弟弟他们说的,妈想你会掉眼泪。还有,有的时候我们通电话,她说梦到我了,她哭了。

　　　　　她临终前,已经认不得我们了。我回去,我那几个弟妹说,妈,你看谁回来了,姐回来了。她就瞪着眼睛,根本不认得我。还有呢,她有一个动作,她做俯卧撑。她就要试一下自己的力气,我还能不能撑起来。多少年以来,她从腿到腰,到肩膀,哪哪都痛,但她还是那么坚强,还

那么要强，还那么乐观。她给我们这几个孩子的影响太大了，尤其是我。有时候她说，我怎么生了你这么个闺女啊。

董　　卿：为什么说这话？

斯琴高娃：她觉得我比她还要坚强，还要要强。

董　　卿：1979年当你开始拍第一部电影之后，妈妈就可以看到你的电影，后来又可以看到你的电视剧了，她有特别喜欢你的哪一部戏吗？

斯琴高娃：她每个都关注，但从来不夸我。她从来都是默默地支持我。想想真的是，我现在还记得，她说"我不会打扰你"的样子。看到我《康熙王朝》里老年的状态，她还哭呢。

董　　卿：就是你上着孝庄的老年妆？

斯琴高娃：对。我让她到现场。我说你先别看我，等会儿我就过来了。结果她一看就哭了。

董　　卿：她知道那是假的，为什么还会哭？

斯琴高娃：她不希望我老得那么快吧，她觉得在她面前不要老得那么快。

董　　卿：您自己，刚才也说了，个性很像妈妈，很刚强，甚至比她还要要强，还记得最近一次在生活里落泪，不是在角色里，是在什么时候吗？

斯琴高娃：我？没有。

董　　卿：比如说我知道有一次你拍戏受伤了，从马上掉下来了？

斯琴高娃：哦，那可不止一次呢！三次都摔了。所以我快变成半残废了，但是没关系，我还在坚持。

董　　卿：就那样三次从马上摔下来，也从来没有为自己掉过眼泪？

斯琴高娃：没有，这个还真没有。我觉得掉眼泪它也好不了。其实没事，摔摔打打，干我们这一行的经常这样。

董　　卿：所以你今天朗读的篇目是要献给妈妈吗？

斯琴高娃：是献给妈妈。

董　　卿：什么样的一篇文章？

斯琴高娃：大作家贾平凹很有名的一篇写给妈妈的散文。

董　　卿：是不是很契合你的某些情感？

斯琴高娃：是。他说，人虽然去了，一个在地上，一个在地下，阴阳相隔，但是互相的那种牵挂是永生永世的。其实那是给他的一种力量，一种精神。我也常常会听到我妈妈在唱歌。我妈妈的喜怒哀乐，那些表情都历历在目，都是我忘不了的。

董　　卿：我刚才问您这个问题，就是因为我看过您演的那部电影，那也是我最喜欢的一篇小说改编的，叫《世界上最疼我的那个人去了》，我真的是几次都看不下去……

斯琴高娃：那也是我用心演的，是大作家张洁的作品改编的。有那么一场戏，母亲去世之前，"我"抱住母亲说，"妈，你且活呢"。这一句话是我改的，不然的话，台词就是，"妈，你再不听话你死去吧，你想死啊你？"我说，不可以这么说。咱们中国人都是图个吉利，跟老人们都应该是这样的一种语气，"妈，还且活呢，多吃饭啊，听话啊，孙子快回来了啊"。对妈，对老人，不能发脾气或者是不耐烦。

董　　卿：是啊，有人说这个世界上，只有母亲可以为儿女榨干最后一滴血。

斯琴高娃：真的。我希望在座的，如果你们的爹娘还健在的话，从现在做起不晚，好好地爱他们，好好地伺候他们，好好地哄哄他们，别太多的犟嘴。真的，不然的话后悔来不及。

董　　卿：可能妈妈是这个世界上唯一一个我们可以毫无顾忌地、把最真实的自己还原在她面前的那个人，但是我们没有考虑到她的感受。所以，如果我们今天的朗读能够给大家带去一些感触和启发，这也是我们节目的一点点的作用吧。

朗读者 ❧ 读本

写给母亲

贾平凹

人活着的时候，只是事情多，不计较白天和黑夜。人一旦死了日子就堆起来：算一算，再有二十天，我妈就三周年了。

三年里，我一直有个奇怪的想法，就是觉得我妈没有死，而且还觉得我妈自己也不以为她就死了。常说人死如睡，可睡的人是知道要睡去，睡在了床上，却并不知道在什么时候睡着的呀。我妈跟我在西安生活了十四年，大病后医生认定她的各个器官已在衰竭，我才送她回棣花老家维持治疗。每日在老家挂上液体了，她也清楚每一瓶液体完了，儿女们会换上另一瓶液体的，所以便放心地闭了眼躺着。到了第三天的晚上，她闭着的眼再没有睁开，但她肯定还是认为她在挂液体，没有意识到从此再不会醒来，因为她躺下时还让我妹把给她擦脸的毛巾洗一洗，梳子放在了枕边，系在裤带上的钥匙没有解，也没有交代任何后事啊。

三年以前我每打喷嚏，总要说一句：这是谁想我呀？我妈爱说笑，就接茬说：谁想哩，妈想哩！这三年里，我的喷嚏尤其多，往往在错过了吃饭时间，熬夜太久的时候，就要打喷嚏，喷嚏一打，便想到我妈了，认定是我妈还在牵挂我哩。

我妈在牵挂着我，她并不以为她已经死了，我更是觉得我妈还在，尤其我一个人静静地待在家里，这种感觉就十分强烈。我常在写作时，突然能听到我妈在叫我，叫得很真切，一听到叫声我便习惯地朝右边扭过头去。从前我妈坐在右边那个房间的床头上，我一伏案写作，她就不再走动，也不出声，却要一眼一眼地看着我，看得时间久了，她要叫我一声，然后说：世上的字你能写完吗，出去转转么。现在，每听到我妈叫我，我就放下笔走进那个房间，心想我妈从棣花来西安了？当然房间里是什么也没有，却要立上半天，自言自语：我妈是来了又出门去街上给我买我爱吃的青辣子和萝卜了。或许，她在逗我，故意藏到挂在墙上的她那张照片里，我便给照片前的香炉里上香，要说上一句：我不累。

整整三年了，我给别人写过了十多篇文章，却始终没给我妈写过一个字，因为所有的母亲，儿女们都认为是伟大又善良的，我不愿意重复这些词语。我妈是一位普通的妇女，缠过脚，没有文化，户籍还在乡下，但我妈对于我是那样的重要。已经很长时间了，虽然再不为她的病而提心吊胆了，可我出远门，再没有人啰啰嗦嗦地叮咛着这样叮咛着那样，我有了好吃的好喝的，也不知道该送给谁去。

在西安的家里，我妈住过的那个房间，我没有动一件家具，一切摆设还原模原样，而我再没有看见过我妈的身影。我一次又一次难受着又给自己说，我妈没有死，她是住回乡下老家了。今年的夏天太湿太热，每晚被湿热醒来，恍惚里还想着该给我妈的房间换个新空调了。待清醒过来，又宽慰着我妈在乡下的新住处，应该是清凉的吧。

三周年的日子一天天临近，乡下的风俗是要办一场仪式的，我准备着香烛花果，回一趟棣花了。但一回棣花，就要去坟上，现实告诉着我妈是死了，我在地上，她在地下，阴阳两隔，母子再也难以相见，顿时热泪肆流，长声哭泣啊。

著名作家贾平凹不仅在小说创作上成就斐然，在散文、书法上的造诣也是人所共知。尤其是散文的成就，在中国当代作家中数一数二。他的散文大多取材于日常生活，充满情思和妙趣，也闪耀着哲理的火花。他多年担任《美文》主编，提倡"艺术散文"，有多篇作品入选中小学教材。这一篇《写给母亲》，在平实克制的语言中，将母子情深写得痛彻心扉又温暖悠长。世上写母亲的文字何其多，贾平凹的因质朴本真而让人动容。

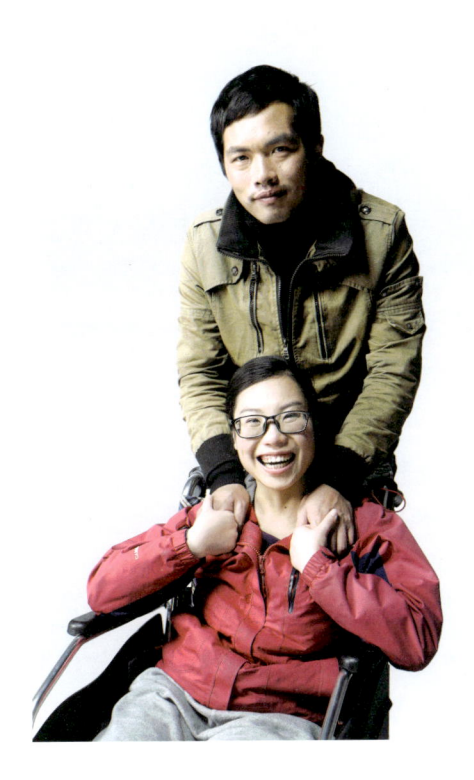

LAI MIN

DING YI ZHOU

丁一舟 赖敏 朗读者

这是一对年轻的患难夫妻。赖敏，患有遗传性小脑性共济失调，俗称"企鹅病"。这是一种基因遗传的疾病，患病者首先会走路摇晃，容易摔跤，渐渐地说话和眼球活动都会变得困难，最后只剩下回忆和思维，直至离开人世。丁一舟，在赖敏发病之后，决定和这位暗恋已久的小学同桌、初中同学在一起。

得知患病之后，赖敏的第一个想法是："与其在家里等死，不如出去看看。"令她没想到的是，丁一舟几乎毫无迟疑，马上就付诸实施。他们一起设计了一个心形的路线，从广西柳州出发，经过大理、西藏、敦煌，再经由北京、河北回到起点，在地图上正好画出一个心形。

2015年1月1日，丁一舟带着赖敏和一条名叫阿宝的狗，骑着一辆三轮车，出发了。这在旁人看来不可思议的举动，他们却坚持下来了。两人一路上基本不住店，晚上在野外露宿，全程靠丁一舟打零工赚钱。

丁一舟曾对赖敏说，我固然可以上山下海，但没有你在身边，我哪里也不想去。两年了，他们仍在路上走着。只要身边陪伴的那个人能让你笃定依靠，柴米油盐、一蔬一饭是幸福；风餐露宿、天长路远亦是幸福。

朗读者 ❉ 访谈

董　卿：你们从两年前开始了心形的爱之旅，那你们这一次是从哪里赶到北京来的？
赖　敏：新疆喀什。
董　卿：你们一般会在所到的地方待多长时间呢？
丁一舟：这个看情况，比如说自己还剩多少资金。还有就是天气。如果资金充足我们会继续往下走；如果资金不足，我们会停下来工作。
董　卿：你要在一个地方工作一段时间，然后有了钱之后再上路？
丁一舟：对。
董　卿：一般你做什么呢？
丁一舟：什么都做。泥水工、抢收庄稼、帮人家放牛放羊，还有收牛和羊。因为牧场很大，到准备要收的时候，就需要你去把那些跑得很远的牛和羊给赶回来，这也是付工钱的。
董　卿：一般大概攒多少钱之后，你觉得就可以上路了？
丁一舟：三五千块钱就可以走了。
董　卿：两年前是谁做出了这样一个决定？
赖　敏：应该是我们共同做出的，最初是我提议的。
董　卿：当时怎么会做出这样一个决定的？
赖　敏：因为我有一种罕见病，是遗传性的。
董　卿：你家里谁还有这样的病？
赖　敏：我妈妈。
董　卿：你妈妈还在吗？

赖　敏：我妈妈已经不在了。
董　卿：就是因为这种病去世的吗?
赖　敏：嗯。
董　卿：是不是也就是因为这个病，让你做出了这样一个决定?
赖　敏：是的。
董　卿：但是正是因为这种病行动不便，所以就更让我们惊讶：你们选择的这种生活，需要不断地行走在路上，行动不便，让整个的旅途会更艰难。
赖　敏：还好吧。
丁一舟：其实我觉得还好。如果一直在家里的话，面对的永远是四面墙，一个天花板。现在在外面的话，也许你每一天醒来的风景都是不一样的。
董　卿：你们的交通工具就是一辆三轮车?
赖　敏：三蹦子。

董　卿：（看照片）好快乐，这是怎么了？
赖　敏：他喜欢掐我。
丁一舟：我们每天都在不停地打闹，像小孩子一样。
董　卿：说到什么了，这么开心？
丁一舟：什么都说。
赖　敏：什么都没有说，也可以说什么都说了。
董　卿：在这样两年多的过程中，有没有让你特别难忘的一些经历？
赖　敏：其实每一段都很难忘，因为那些风景我以前都没有见过，都没有亲身体验过，然后就感觉好像自己置身在画中一样。对了，到拉萨的时候，他跟我求婚。
丁一舟：我们第一次到拉萨，心情非常激动。然后在朋友的主持策划下，我在布达拉宫就向她求婚了。
赖　敏：（面向丁一舟）其实我没有告诉你，那场求婚是我干的。
董　卿：（笑）你怎么策划了？
赖　敏：刚开始我是想说，我跟他求婚。
董　卿：但是你还是觉得不好意思是吗？
赖　敏：没有，我已经跟他说了，我说嫁给我，丁一舟。但他比较不好意思。他就接过格桑花，然后就跟我求婚了。
丁一舟：包括我那天穿的西装都是跟人家借的，当时从人家身上扒下来，现场穿上去的。（笑）当时我们两个都哭了，确实也很不容易。
董　卿：真的很不容易。而且我知道一舟其实是在知道赖敏的病情之后，决定和她生活在一起的。
丁一舟：是的。怎么说呢，你跟一个人过日子，你跟她过的是精神世界，又不是跟她的病过。你觉得这个人跟你精神上面能够契合到一起就可以了,其他的都不是很重要。

董　卿:但是这一种很开心或者你们俩很享受的过程,在几个月前又被一个意外打破了。

赖　敏:嗯。

丁一舟:四个月前吧,发现她意外怀孕了。她这个病应该是遗传的,当时怀孕的时候,我们说是……

赖　敏:不要这个孩子。

丁一舟:不想要。但是后来赖敏可能很想做母亲,或者说是在以后给我留下一个牵挂,她就哭着跟我说,她一定会活到孩子长大,然后我就妥协了。

董　卿:赖敏当时得到这个消息,知道自己怀孕了之后,你是什么感受?

赖　敏:其实我心里面很纠结的。但是这个其实是上天给我们的一个礼物吧。

董　卿:还有一个很重要的问题是,这个孩子有可能会遗传到这个疾病的,这个概率大概是?

赖　敏:50%。

董　卿:这是很高的概率了。我知道现在你们还在排查的过程当中,结果还没有出来。所以,如果说,抱歉,如果说是不好的结果,你们还会要这个孩子吗?

赖　敏:
丁一舟: 不会。

董　卿:如果是好的话,就一定会把他生下来是吗?

赖　敏:对,我就是这么想的。

董　卿:所以现在赖敏坐在这里,你们是三个人在接受我的采访。

（笑）你有没有跟自己的宝宝经常说话，或者想象着他是什么样子？

赖　　敏：有啊。

丁一舟：她还写信呢，写信给宝宝。

董　　卿：给孩子写了什么？

赖　　敏：可以读吗？

董　　卿：可以啊，我很想知道你写的什么。

赖　　敏：（读信）"丁路遥"。

董　　卿：他的名字叫丁路遥。你连他的名字都想好了，为什么叫丁路遥？

丁一舟：因为我们这一路路途遥远，意义很深远。

赖　　敏：人生的路（哭），也很遥远。我希望他能自己走下去。（继续读信）"我想了很久，还是决定跟你说这些话。丁路遥，不管你是男生还是女生，我都会给你一样的名字。因为，你不一定会来到这个世界上。我们就算任性，但不会自私到说一定要把你生下来。还是要对你负责的，至少，要给你一个健康的身体。也许，在你的成长道路上，会有很多事，希望妈妈能参与进去。可是，妈妈有很多的无奈。也希望你能理解。很多你的事，妈妈只能看在眼里，想做却怎么也做不好。我想每天吃完饭，陪你一起散散步。你的每个生日，妈妈都会精心地给你准备惊喜。想听你说说心事，给你适当的意见。希望我们俩可以像朋友一样聊天，说心事，分享各自的快乐和不开心。"（哭）

董　　卿：如果太难过，我们就不读了。那未来会怎么样呢？还是会一直走在路上吗？

丁一舟：我们决定，如果这个孩子生下来，在他各方面稳定了以后，我们会带着他继续上路，然后我们会让大自然做他最好的启蒙老师。

董　卿：让大自然做他最好的启蒙老师，让爸爸妈妈做他最好的启蒙老师，让他知道什么是善良和希望。

丁一舟：
赖　敏：对。

董　卿：那你们俩今天是谁来朗读呢？

赖　敏：我来朗读。

董　卿：你想读些什么？

赖　敏：我想读三毛的《你是我不及的梦》，献给我的老公丁一舟。因为三毛跟我们一样，是属于在路上的人。

董　卿：她也有一颗很不羁的心。

朗读者 ❦ 读本

你是我不及的梦（存目）

三毛

在几代读者的心里，三毛的名字跟"浪迹天涯"都是同义词。她的传奇经历，她的浪漫文笔，还有她孤独又坚强的个性，透过一篇篇文字散发出来。《你是我不及的梦》是她写给爱人荷西的文字，也是她"在路上"的又一番感悟。正如跟三毛有过通信联系的作家贾平凹所说："艺术靠征服而存在。"征服自然、征服自己，更重要的是，用爱征服时间。

ZHANG JIA MIN

张家敏 *朗读者*

张家敏是一名乳腺癌患者，年近八十岁的她，经历了两次乳腺癌手术，与乳腺癌整整抗争了二十三年。同时张家敏又是一位乳腺癌康复志愿者，她用二十二年的时间，温暖、陪伴了太多的乳腺癌患者。

1994年，在大家对乳腺癌的认知还很陌生时，五十五岁的张家敏被查出了乳腺癌。因为认知的局限，她根本就没在意，照样每天到学校去上课，直到有一天突然在家里晕倒了，才意识到癌细胞的发展竟然如此之快。

1994年4月，她接受左侧乳房根治手术。做完手术，她花了很久才重新接受自己的身体。在自身的悲痛中，张家敏想到，自己已是年过半百，尚且难以重新面对术后残缺的身体，那些更年轻的女孩子呢？她们该怎么去面对自己？

于是在患乳腺癌后的第二年，让所有人都料想不到的是，张家敏决定成为一名乳腺癌康复志愿者。她把自己家里的座机号码公开出去，设置成乳腺癌患者的热线电话。至今，她已接听了两万多人的来电。2012年，她发起组建"粉红丝带志愿服务队"，这个自发的、民间的团队，正战斗在与乳腺癌抗争的前沿，战斗在乳腺癌防治宣传的一线。

朗读者 ❋ 访谈

董　卿：其实我应该对您说一句，又见面了。五年前吧，我跟张奶奶有过一次合作，是为一本杂志拍粉红丝带的宣传片。是在1994年吧，您当时查出了乳腺癌？
张家敏：对，之前我已经感觉到很不舒服了，而且已经摸出来有硬块，但是当时真的没在意。后来我在家里晕倒了，才去住院做手术。
董　卿：手术之后，您再一次看到自己身体的时候，是什么样的感受？
张家敏：手术后的压力是非常大的，因为毕竟身体已经残缺了。所以我可能将近两天两夜吧，就没有讲过话。我第一次沐浴的时候，面对镜子里的我，流泪了。当时我的感觉就是泪与水同流，淋浴的水把我的眼泪冲淡了，但我内心的泪还在流。
董　卿：您一个人在洗手间待了多长时间？
张家敏：差不多三个多小时。实际我当时就有一种特别深的体会。为什么呢？因为我是已经接近老年的人了，我都受这么大的触动。我就想，比我年轻的那些青年女性，接受这种手术以后，内心的压力该有多重啊。我后来走上志愿者这条路，跟这种体会有直接的关系。
董　卿：成了志愿者，您做的第一个决定，就是把家里的电话改成患者的热线电话。
张家敏：我1994年病的，1995年热线就开始了。
董　卿：给您打电话的人多吗？
张家敏：现在算起来，已经两万多人了。
董　卿：在这两万多人当中，有没有真的是通过您的帮助，改变了人

生态度的？

张家敏：我曾经接过一个电话。这个孩子当时很年轻，只有二十五岁。她患病以后呢，未婚夫就离她而去了。她不想再治了，觉得治疗没有任何意义。她给我打电话的时候，我就感觉到孩子很绝望。我说，就是个男朋友嘛，知道你病了他就走了，这人还可爱吗？还值得你留恋吗？还值得你为他去放弃治疗吗？我说你绝对不能放弃，因为你太年轻了。最后她答应我要去治疗。第二天我们见面，真的就像相识已久的非常好的朋友一样，拥抱在一起。然后她经过了一系列的治疗，康复了。她有一天给我来电话，告诉我说她升职了。整个治疗过程三百多天，我们几乎都在一起。是特别难忘，也是特别难熬的三百多天。

董　卿：你是在为每一个你能够挽救的生命，感到高兴。应该也有很坚强的，像你这样的，能够去挑战自己，去挑战病魔的人。

张家敏：这个孩子我们就叫她小佳吧。在治疗的阶段，她读完了硕士生的全部课程。我当时真的是特别地钦佩她。有一次我去看她，她跟我说，家敏老师，你怕死吗？我说我不怕。我说孩子，你怕死吗？她告诉我，老师，我也不怕死。我读了您的文章，真的很受感动。我觉得要高高兴兴地、快快乐乐地活好每一天。我要让爱我的人、我爱的人，永远留住我的笑容。

董　卿：在这二十三年里，在自己和癌症做抗争的过程当中，以及在帮助和援助其他人的过程当中，我相信您对生命也有了不一般的体会了。

张家敏：我每天早晨起床的时候，第一感觉就是自己醒来还活着呢，活蹦乱跳的，那赶紧起来吧，该干什么干什么去。

董　卿：我们又有了一天的时间。

张家敏：就是。所以真的，等你到了老年或者到了自己回忆往事的时候，像我们这个年龄段，就真应了保尔·柯察金的话——对我们来说他是偶像：活着的时候，你不要因碌碌无为而羞愧，不要因为不尊重生命虚度年华而悔恨。我就是感觉到我没有虚度年华，我也没有碌碌无为。我觉得，也不用讲什么人生观啊这些东西，人活着吧，还是应该活得有点意义。

董　卿：我们在您身上看到了这种意义。那您想要为谁朗读呢？

张家敏：我想把我最最喜欢的泰戈尔的一首诗，《飞鸟集》里的一个片段，献给我的乳腺癌姐妹。

飞鸟集（节选）

[印度] 泰戈尔

1

夏天的飞鸟，飞到我窗前唱歌，又飞去了。
秋天的黄叶，它们没有什么可唱，只叹息一声，飞落在那里。

10

忧思在我的心里平静下去，正如傍晚的暮色降临在寂静的山林之中。

43

水里的游鱼是沉默的，陆地上的兽类是喧闹的，空中的飞鸟是歌唱着的。
但是人类却兼有了海里的沉默，地上的喧闹，与空中的音乐。

80

我的朋友，你的语声飘荡在我的心里，像那海水的低吟之声，绕缭在静听着的松林之间。

81

这个不可见的黑暗之火焰,以繁星为其火花的,到底是什么呢?

82

使生如夏花之绚烂,死如秋叶之静美。

92

绿叶的生与死乃是旋风的急骤的旋转,它的更广大的旋转的圈子乃是在天上繁星之间徐缓地转动。

101

尘土受到损辱,却以她的花朵来报答。

135

阴雨的黄昏,风不休地吹着。
我看着摇曳的树枝,想念着万物的伟大。

174

云把水倒在河的水杯里,它们自己却藏在远山之中。

321

在这个黄昏的朦胧里,好些东西看来都仿佛是幻象一般——尖塔的底层在黑暗里消失了,树顶像是墨水的模糊的斑点似的。我将等待着黎明,而当我醒来的时候,就会看到在光明里的您的城市。

325

"我相信你的爱",让这句话做我的最后的话。

(郑振铎 译)

选自人民文学出版社《新月集·飞鸟集》

泰戈尔是亚洲第一个获得诺贝尔文学奖的作家,也是用爱与美的哲思影响了全世界的作家。《飞鸟集》的这个片段的确给我们很宝贵的人生启示,告诉我们究竟应该怎样度过我们的一生,又该怎样面对我们生命终结的那一刻。我想,只有非常旷达、非常自如地面对人生,面对内心还有我们走过的路,才能够深刻地理解泰戈尔,理解他的诗中呈现的美与哲理。

北京师范大学文学院教授 康震

ZHANG
LU
XIN

张鲁新 朗读者

青藏铁路，一条史无前例的"天路"。之所以被称为史无前例，是因为它要解决高原缺氧、生态脆弱、长期冻土这三大世界级难题。这三大难题中，冻土是最为棘手的。当气温升起来时，冰融解，泥土就变得松软萎缩，当气温下降，泥土又会出现冻胀，这对铺设铁路和以后的安全运营都造成了极大的困难。

张鲁新，著名的冻土科学家，也是青藏铁路建设总指挥部唯一的首席专家。他带领着他的科研小组历经艰辛，甚至九死一生，最终解决了青藏铁路沿线近五百五十公里的冻土难题。从某种意义上讲，没有他就没有青藏铁路。

1975年，张鲁新离开燕尔新婚的妻子，只身踏上了青藏高原。为了青藏铁路通车这一天，他足足在雪域高原度过了四十个春秋。在最美好的青春年华，他踏遍了风火山、可可西里、沱沱河、唐古拉，曾在海拔四千多米的高原挖下四百多个试坑，也曾在零下三十度的寒夜里，顶着雪花冰粒，站立八小时观测。

张鲁新曾经多次说，自己一生只做了一件事。青藏铁路现在已经通车了，仿佛变成了一条普通的铁路，但它永远是张鲁新理想与情怀的记录，是他人生价值的见证。

朗读者 ❦ **访谈**

董　卿：这样一位几乎是一辈子和冻土、和钢铁在打交道的人，看似和眼泪是没有关系的。

张鲁新：每一个人都会有眼泪，只不过呢，我不是特别喜欢流眼泪。

董　卿：我们也从您周边进行了一个比较深入的采访，也掌握了一些情况。我们还准备了两份物证，记录下了当时是什么样的情形让您流下了眼泪。这个信封上写着"生死"，打开信封呢，我们看到有一盒火柴。还原一下当时的情形吧。

张鲁新：那是在1976年的夏天，八月份的青藏高原还是会飘大雪。我当时在科学考察队，和另外两个同志，离开公路到无人区，就是为了勘察一条线路的方案。必须是徒步行进，沿途要观看一下地形地貌和其他有关的地质现象。但给我提供地图的人呢，把地图给标记错了，这样我们就走错了路。到下午两三点钟的时候，天就黑下来了，也阴下来了。一会儿的工夫，先下了点雨，然后就开始下起鹅毛大雪来了。

　　本来只是走二十公里，现在已经走了四十公里左右了，三个人都筋疲力尽，再加上高原缺氧，有一段时间都曾经昏过去了，真的是有点恐惧。听说过，有人迷了路以后回不来，最后就没了。这个时候就已经到了半夜两三点的时候了，我们只能等着有人来找我们，可是等他们喊着我们名字的时候，我们连回答的力气都没有。

　　我们三个中有一个人，他是抽烟的。我问他有火柴没有，他说有。当时就剩三根火柴了。我们把烟盒裁成了三个纸条，

然后我说，咱们哥儿几个，生命就系在这三根火柴上了。点着第一根，划着了，老天保佑。

董　卿：第一次燃着了以后，没有人看到你们？

张鲁新：没有人看到。

董　卿：火柴每次燃着的时间大概有多长？

张鲁新：好像没有十秒钟吧。最多十秒钟。第二根火柴燃着了以后呢，举了半天。

董　卿：第二根燃完了还是没有看到。

张鲁新：因为他们都举着火把，他亮我暗。

董　卿：看不到你这么微弱的光。

张鲁新：把第三根点着以后正好没有风，我们慢慢地在那儿等着，数数儿。（笑）我记得反正大概是十秒。就听到上面有人说，看，那有点儿火光。听到以后，真的是兴奋得眼泪流出来了。

董　卿：九死一生的故事讲完了，我们再来看看第二个信封。这个写着"依恋"。里边有一盒磁带，《西藏的诱惑》。

张鲁新：青藏铁路的科学研究，真正的、系统的研究是从二十世纪七十年代开始的。然后到1978年就下马了。当时科研经费维持不下去。实际上那时候我们非常不舍，觉得不应该下马。我们已经付出了几乎是生命的代价了。到1988年的时候，正好山东省修济南机场。济南机场有软土地基，请我去解决这个问题。我如期给它把问题解决了以后，就感觉有点空落落的。

董　卿：勾起了您的专业应用情结？

张鲁新：对。有一天，我无意中打开电视，正在播放这个《西藏的诱惑》。这片子真的是非常诱惑我，让我想起了青藏铁路。当时我看的时候，眼泪"哗哗"就掉下来了。我很少有这么激动的时候。我工作那个单位的领导，就觉得很不可理解。他说你家已经在这了，而且我们给你的条件并不差。但我就是要求马上走。

董　卿：对于我们来说，看的可能只是一个风光片。但是对于您来讲，您看到的是自己的青春呐。

张鲁新：我立刻就跑到电信局、电话局去排队，填好条子，一直等到半夜十二点才排上号。电话是打给我们中铁西北研究院的领导的。他们说那既然这样，你就回来吧。

"依恋"这两个字非常好。您的同行还把刘编导（《西藏的诱惑》的编导）找到，让我们俩通了电话。他说，我真没想到我这个片子留住了一个中国最有名的冻土科学家。

董　卿：《西藏的诱惑》当中有一首插曲，歌词仿佛也是像写你一般："我向你走来，捧着一颗真心；我向你走来，捧着一路的风尘。"

那后来回去之后，就再也没有离开了是吗？

张鲁新：是。我又继续争取工作经费，带领大家研究到1999年。甚至有一度我们单位有一个领导都说，张鲁新，你不要再坚持了，毫无意义！有一次开会的时候，我说谁如果不坚持，谁就是历史的罪人！

因为不坚持的话，怎么对得起我们在风火山六十年的连续工作呢！在2001年开始修建青藏铁路的时候，铁道部要找到咱们自己最有名的专家，找到我来担任这个专家组组长，当时还负责整个青藏铁路上的科学研究工作。

董　卿：提供这些第一手资料的神秘嘉宾，今天其实也来了。我们掌声欢迎中铁西北科学研究院副总经理兼总工程师，从事岩土工程研究工作已经有二十六年的熊治文先生。

熊治文：作为张老师的学生，已经跟张老师一起工作二十多年了，经常听张老师说到一个人，是我们有一个叫王占吉的老领导。他把他的坟墓安在了我们风火山观测站对面的山上。我当时确实非常不理解：一个人把坟墓安在那么冷清的地方，他不感到孤单吗？

2001年6月29日，青藏铁路开工典礼，就在格尔木南山口那个地方。大家欢呼雀跃，当时气氛非常热烈，但是我们发现张老师非常沉静。他就望着这个高原的方向，默默地流泪，一个人在流泪。我很快就想到，是因为王占吉。为什么一个人，有生之年在青藏铁路工作；死了以后，还要守望在风火山。这一刻我就明白了。

张鲁新：他说的王占吉是我的第一任老领导。他活得时间很短，后来得癌症去世了，但是他的一生全都献给了青藏高原。他去世以后，让家人把他骨灰全部撒在青藏高原上。我当时参加他的追悼会的时候心里就想，一定要修建青藏铁路，来告慰他们的在天之灵。

董　卿：几代科研人员的坚守、奉献，甚至是牺牲，才能实现的一个愿望，所以才会被海外媒体称为是"史无前例的工程"。您身上的精神，也传递到了学生、学生的学生身上。这也让我想到了一句话：勇敢的人不是不落泪的人，而是愿意含着眼泪继续奔跑的人。今天各位准备要为老师读点什么呢？

熊治文：我们谨把塞缪尔·厄尔曼的散文诗《青春》，献给我们敬爱的张鲁新老师。

张鲁新：其实我更赞赏他们。我们过去能坚持在艰苦的环境下工作，是因为那时候整个社会生产力和生活水平都是比较低下的，不管走到哪里，差别不太大。现在不一样，外面的世界多么精彩，他们能安心在那里工作，更让人佩服。

董　卿：我知道您也热爱文学，喜欢朗读，那最喜欢的作品是什么？

张鲁新：应该说记忆最深刻、记的段落最多，而且影响我最大的是《钢铁是怎样炼成的》。

董　卿：那我们去朗读吧。

钢铁是怎样炼成的（节选）

[苏联] 尼·奥斯特洛夫斯基

青春终于胜利了。保尔没有死于伤寒。这是他第四次死里逃生。在床上整整躺了一个月之后，苍白消瘦的保尔已能够勉强用两条摇摇晃晃的腿站起来，摸着墙壁，在房间里走动了。他的母亲搀着他走到窗口，他向街上望了很久。雪在融化，积成了小水洼，在早春的阳光下闪亮。外面已经是初次解冻的温暖天气了。

一只灰胸脯的麻雀神气十足地站在窗外樱桃树的枝丫上，时时用狡猾的小眼睛偷看保尔。

"怎么样，咱们俩总算熬过冬天了吧？"保尔用指头敲着玻璃窗，低声说。

母亲吃惊地看了看他，问道：

"保尔，你在跟谁说话？"

"我跟麻雀说话……现在它飞走了，这狡猾的小东西。"他无力地笑了笑。

到了盛春时节，保尔开始想回到城里去。现在他已经恢复到能够走路了，不过他体内还潜伏着别的弄不清的病症。有一天，他正在花园里散步，脊椎上的一阵剧痛骤然间使他摔倒在地上。他自己费了好大的力气才挨到房间里。第二天医生给他做了一次详细的诊查，发觉在他的脊骨上有一个深窝。医生惊讶地问他说：

"这是怎样得来的？"

"大夫，这是给公路上的石头崩的。在罗夫纳的战斗中，一颗三寸口径的大炮炮弹在背后的公路上开了花……"

"那么，后来你怎么能走路呢？一向不碍事吗？"

"不碍事。当时我躺了两个钟头，随后又继续骑马。直到现在才第一次发作。"

那医生皱着眉头，仔细看了看那个深窝。

"亲爱的，这可不是小毛病呵。脊骨是不喜欢这样震动的。希望它将来不要发作。穿上衣服吧，柯察金同志。"

大夫怀着同情和不禁流露出来的担心，看着他的病人。

阿尔焦姆住在他老婆斯捷莎家里。他老婆挺年轻，可是很丑。这是一个贫穷的农民家庭。有一天，保尔顺便去看阿尔焦姆。一个邋里邋遢的斜眼的小男孩正在肮脏的小院子里跑。他一看见保尔，就没礼貌地用小眼睛瞪着他，一面聚精会神地用指头抠着鼻子，一面问他：

"你要干什么？你是来偷东西的吧？你顶好还是快走，我妈的脾气是顶凶的。"

接着，破旧的矮木房的小窗户推开了，阿尔焦姆叫道：

"进来吧，保夫鲁沙！"

一个脸黄得像羊皮纸的老妇人，手里拿着火叉在灶旁忙着。她冷冷地瞟了保尔一眼，让他走过去。她把铁锅碰得乱响。

两个留着小辫子的大点的女孩，急忙爬上热炕，用野蛮人的好奇眼光端详着客人。

阿尔焦姆靠桌子坐着，似乎有点儿难为情。他这门亲事，他母亲和保尔两人都不赞成。他本来是个血统工人，但不知道为什么竟和石匠的女儿,认识了三年的美丽的女裁缝加莉娜断绝了关系,和难看的斯捷莎结了婚,入赘到这个没有一个男劳动力的五口之家。

从调车场下班回来,为了整理那小小的家业,他就把所有的力量都花费在庄稼活儿上。

阿尔焦姆知道保尔不赞成他,说他这是退入"小资产阶级自发势力",因此他担心地观察着保尔对他周围一切事物所抱的态度。

他们两个坐了一会儿,说些平常见面时没意思的寒暄话,保尔就起身告辞。但是阿尔焦姆留住他。

"再坐一会儿,我们一块儿吃饭,斯捷莎马上就拿牛奶来了。怎么,你明天就走吗?保夫卡,你身体还很虚弱呢!"

斯捷莎走进房间来,和保尔握了手。她叫阿尔焦姆到打谷场上去帮她搬什么东西,留下保尔独自一个和那不愿多开口的老太婆在一起。教堂的钟声从窗户送了进来,老太婆就放下火叉,不满意地嘟哝说:

"呵,我主耶稣,我成天忙这些倒霉事情,连祷告都没工夫了!"她把脖子上的围巾拿下来,又斜着眼看了客人一眼,然后走到屋子的一个角落——那里挂着年久发黑、面色忧郁的圣像。她三个瘦削的指头捏在一起,在胸前画了一个十字。

"我们在天上的父,愿人都尊你的名为圣。"她用干瘪的嘴唇小声地念着。

院子里的男孩子突然跳到一只垂着大耳朵的黑猪身上,用一双赤脚拼命踢它,双手紧抓住猪鬃,高声吆喝着那只一面哀叫一面打转的畜生:

"嘟呜,开步走!呀!别胡闹!"

猪驮着男孩子在院子里四处奔跑。它竭力想把男孩子摔下来,但是那斜眼的小流氓却骑得很稳。

于是老太婆停止了祈祷,探头到窗外,吆喝说:

"该死的东西,还不跳下来,要不,会把你给摔死的,你这个小魔鬼!"

最后,那只猪终于把那个骑者摔了下来。老太婆很满意,就又回到圣像跟前,脸上装出虔诚的样子,继续祷告说:

"愿你的国降临……"

那满脸眼泪的男孩站在门口,用袖口揩着擦伤的鼻子,哭着喊:

"妈妈,我要甜馅饺子!"

老太婆转过身来恶狠狠地骂他:

"你这斜眼的魔鬼,你就不让我好好做祷告。好,你这狗崽子,我马上给你吃个够!……"她说着就从凳子上抓起一根皮鞭来。男孩子立刻跑掉了。热炕上面那两个小女孩偷偷地"扑哧"一声笑了。

老太婆又转过身,第三次去祈祷。

保尔没有等他的哥哥回来就起身走了。他临走关栅栏门的时候,看见那老太婆的头又从靠边儿的小窗子里探出来,监视着他。

"究竟是什么妖魔把阿尔焦姆勾引到这儿来的呢?现在他怎么也摆脱不掉。斯捷莎每年会养一个小孩,阿尔焦姆的负担也就越来越重,像一只钻进牛粪堆里的甲虫。弄不好,他甚至还会把调车场的工作也扔掉,而我呢,原来还想引导他参加政治活动呢!"保尔在小镇荒凉的街上慢慢走着的时候这样想,心里很阴郁。

但是他一想到,明天他就要离开这里,回到那个大城市去,再度和他的朋友们,同志们,所有那些亲爱的人们在一起,他又高兴了。这大城市以及它沸腾的生活,活跃的气氛,加上那川流不息的人群,电车的轰隆声和汽车的喇叭声,都吸引着他。而最最吸引他的,却是那些巨大的石头厂房、煤烟熏黑的车间、机器,以及滑轮的柔和的沙沙声。他的心已经飞到巨大的飞轮疯狂旋转、空气中散播着机油气味的地方,飞到那早已成为他不能分离的整个生活上去了。可是,当保尔在这儿,在这个僻静的小镇的街上漫步的时候,他却感到失望和怅惘……也难怪这个小镇成了一个对他无缘的、可厌的地方。甚至白天出去散步也成为一种折磨。当保尔从两个坐在台阶上的爱饶舌的女人身边走过的时候,他听到她们急促地议论说:

"喂,亲家母,你瞧打哪儿跑出这么一个丑家伙?"

"看样子,一定是个痨病鬼。"

"可是你看他那件阔气的皮上衣,一定是偷来的……"

此外还有许多别的令人讨厌的事情。

他的生活的根早已从这里拔掉了,现在大城市使他感到更亲切了。同志关系和劳动的坚强有力的纽带,把他和大城市紧紧结合在一起。

保尔不知不觉地来到了松林跟前,他在岔路口站了一会儿。在他的右面是阴森森的老监狱,它用高高的尖头木栅栏和松林隔开,而它后面是医院的白色房子。

瓦莉亚和她的同志们就是在这地方,在这空旷的广场上的绞架下被绞死的。他在原来竖绞架的地方默默地站了一会,随后就走下陡坡,到了埋葬烈士们的公墓那里。

不知道是哪个有心人,用枞树枝编成的花圈把那一列坟墓装饰了起来,给这小小的墓地围上了一圈绿色的栅栏。笔直的松树在陡坡上面高耸。绿茵似的嫩草铺遍了峡谷的斜坡。

这儿是小镇的近郊,又阴郁,又冷清,只有松树林轻轻的低语和从复苏的大地上散发出来的春天新鲜的气味。……就在这地方,他的同志们英勇就义,为了使那些生于贫贱的、那些一出生就当奴隶的人们能有美好的生活而献出了自己的生命。

保尔缓缓地摘下了帽子。悲愤,极度的悲愤充满了他的心。

人最宝贵的是生命。生命每个人只有一次。人的一生应当这样度过:当回忆往事的时候,他不会因为虚度年华而悔恨,也不会因为碌碌无为而羞愧;在临死的时候,他能够说:"我的整个生命和全部精力,都已经献给了世界上最壮丽的事业——为人类的解放而斗争。"人应当赶紧地、充分地生活,因为意外的疾病或悲惨的事故随时都可以突然结束他的生命。

保尔怀着这样的思想离开了烈士公墓。

悲哀的母亲在家里给儿子料理出门的行装。保尔瞧着她,看见她正在偷偷流泪。

"保尔,亲爱的,你不能留在这儿吗?我这么大年纪了,孤零零地一个人在这儿多难过呵。不管养多少孩子,可是一长大就跑了。你恋着城市干什么?这里也一样可以生活呀!是不是你也在那里看上了一个剪头发的短尾巴鹌鹑?你瞧,你们全是那样,什么话也不肯对我这老太婆说。阿尔焦姆的亲事一点也不对我讲,你呢,那更不用说了。只有在你们生病或者受伤的时候,我才有机会看到你们。"她低声诉说着,一面把她儿子的几件简单的衣物放到一个干净的布袋里去。

保尔抱住母亲的肩膀,把她拉到自己跟前,说:

"妈妈,亲爱的,鹌鹑是没有的!你老人家不是知道吗?鸟儿才寻找它的同类呢!那么,你把我当什么,难道我是雄鹌鹑吗?"

他把他母亲说笑了。

"妈妈,我发过誓,在我们把全世界的资产阶级肃清以前,我是不找姑娘的。你说什么,还要等好久吗?不,妈妈,他们支持不了多久的……很快就会有一个人民大众的共和国。将来把你们这些老年人,年老的劳动者,都送到意大利去养老。那是一个靠海的、气候温暖的国家,那里从来没有冬天。我们要把你们安置在从前资产阶级的宫殿里,让你们在那里,在太阳底下舒舒服服地晒着老骨头。那时我们再到美洲去解决资产阶级。"

"孩子,我活不到你讲的那神话实现的时候了……你也像你那个水手爷爷一样,主意多,脾气坏。他是一个真正的恶棍,愿上帝饶恕我!当年塞瓦斯托波尔战争结束以后,他回家来,一只手和一条腿没了。胸口倒是戴了两个十字勋章和两个挂在丝带上的五十戈比银币,但是老的时候还是穷死了。他的脾气很倔强,有一次他拿了一根弯棒子,打了一个官老爷的头,人家把他关在牢里差不多一年。十字勋章还是不管事,照样给关起来了。我看你呀,就和你爷爷一模一样……"

"呵,妈妈,我们为什么要这么不愉快地分手呢?来,把手风琴拿给我,我已经好久没有拉了。"

他把头斜靠着那一列贝壳做成的琴键,奏出来的新鲜音调引起了母亲的惊奇。

现在他的演奏跟过去不同了,它不再是那种轻飘的音调了,也不再是那种粗犷的调子了,也不再是那种曾经使这青年手风琴手闻名全镇的如醉如狂的奔放的旋律了。他的乐调现在是和谐的,它仍然有力量,但是比过去更深沉了。

保尔独自到了车站。

他劝他母亲不要去送行:他不愿意看她在分别时流泪。

旅客们都硬往火车里挤。保尔占了上铺的一个空位子,因此可以看见下面走道上那些喧嚷的、激动的人们。

　　他们都拖着许多包裹和口袋,匆匆忙忙塞在座位下面。

　　列车开动之后,大家静了下来,并且照例狼吞虎咽地吃起东西来。保尔很快就睡着了。

(梅益 译)

选自人民文学出版社《钢铁是怎样炼成的》

　　俗话说,猫有九条命。文学作品也应该有几种魂魄。《钢铁是怎样炼成的》至少有三种吧:第一种,革命者的革命信念和革命行动。第二种,情爱,这是永恒的,不会消失的。当年,我不仅抄录了"人最宝贵的是生命……"这一段,同时还抄录了丽达与保尔重逢又匆匆分别后写给保尔信中的那一段:"我对生活的看法并不太拘泥……"丽达对感情问题的处理对今天的人们也仍然有启迪意义。第三种,与苦难和厄运抗争,战胜生命。这点没有过时。

著名作家　梁晓声

青　春

[美] 塞缪尔·厄尔曼

青春不是年华，而是心境；青春不是桃面、丹唇、柔膝，而是深沉的意志、恢宏的想象、炽热的感情；青春是生命的深泉在涌流。

青春气贯长虹，勇锐盖过怯弱，进取压倒苟安。如此锐气，二十后生有之，六旬男子则更多见。年岁有加，并非垂老；理想丢弃，方堕暮年。

岁月悠悠，衰微只及肌肤；热忱抛却，颓唐必至灵魂。忧烦、惶恐、丧失自信，定使心灵扭曲，意气如灰。

无论年届花甲，抑或二八芳龄，心中皆有生命之欢乐，奇迹之诱惑，孩童般天真久盛不衰。

人心中皆有一台天线，只要你从天上人间接受美好、希望、欢乐、勇气和力量的信号，你就青春永驻、风华长存。

一旦天线降下，锐气便被冰雪覆盖，玩世不恭、自暴自弃油然而生，即便年方二十，实已垂垂老矣；然则只要竖起天线，捕捉乐观信号，你就有望在八十高龄告别尘寰时仍觉年轻。

(夏海涛　译)

选自新华社《瞭望》周刊副刊《珍珠滩》

(该文由张鲁新的学生李永强、杨永鹏、蔡汉成、程佳、熊治文朗读。)

这是德裔美籍作家塞缪尔·厄尔曼的名篇，写于1917年，因麦克阿瑟将军的喜爱而广为传诵。这首散文诗用优美的语言、丰沛的激情，诠释了"青春"在时间之外的含义，它是一种"心境"，更是一种生命的激情。或许有了丰富的社会阅历和深沉的人生感悟之后，对这首诗的体会会更深刻：在一往无前的时间面前，"青春"是抵达灵魂和永恒的唯一途径。

告 別

Farewell

海子说:"我们最终都要远行,最终都要与稚嫩的自己告别。"

告别是通向成长的苦行之路。

"山盟虽在,锦书难托。"这是陆游和唐琬之间痛彻心扉的告别。

"我和谁都不争,和谁争我都不屑,我的双手烤着生命之火取暖,火萎了,我也准备走了。"杨绛先生引述这首诗,平静超然地和这个世界告别。

在这期节目中,让我记忆最深刻的是作家曹文轩,他向我们娓娓道来和故乡、和父亲的告别,也让我们仿佛明白了一个道理:这世间所有的文字,千百年间都在作着同一篇文章——生离死别。

告别是结束,也是开始;是苦痛,也是希望。

面对告别,最好的态度就是,好好告别。

告 別

Farewell

Readers

YAO CHEN

姚晨 朗读者

2003年姚晨从北京电影学院毕业，她数着没戏拍的日子，发愁如何养家糊口，甚至一度想转行做服装设计。她像每一个演员一样想过"走红"，可又觉得那件事离自己太远了。然而，2006年一部情景喜剧《武林外传》横空出世，让扮演"郭芙蓉"的姚晨迅速成名。

演完《武林外传》以后，走在街上，姚晨总被人叫作"郭芙蓉"；三年后，因为谍战剧《潜伏》的热播，叫她"翠平"的也越来越多。现在，人们对她的称呼更多样起来。她塑造了一个又一个性鲜明的荧幕形象。

在社交媒体上，她更响亮的名头是"微博女王"。2009年，姚晨带着"翠平"的光环来到微博，很快就适应了这里的规则，成为第一个粉丝超千万的微博用户。她毫不做作地在微博上直播生活里的鸡毛蒜皮，对公共事件发表见解。她用自己的爽快满足了人们对明星的好奇，博得了率真、仗义执言的好口碑。人们叫她"大嘴"，不再是对她外形善意的调侃，还带着对一个明星特别接地气的夸赞。

如今，姚晨又多了"母亲"的身份。她坦言，原以为会停下来，后来发现有了孩子以后，工作反而更努力了。她拿出更大的能量去经营自己的人生，"告别"旧日的自己，向更多的领域迈出脚步。

朗读者 ✿ 访谈

董　卿：提到"告别"这两个字，你会想到一些什么样的人？
姚　晨：会想到一个胖姑娘。大二的时候，我想我能不能勤工俭学呀。我就自己骑着那个破二八单车，到了一家影楼。影楼里头就俩人，一个男的，一个胖姑娘。那男的集经理、员工、摄影师为一身，姓张；胖姑娘姓王，是化妆师。在那一个月里，我跟他们结下了一份很特殊的缘分。后来又隔了两年，我再次北上来考试，没有地方去，胖姑娘就收留了我。
董　卿：当时你怎么会想到投奔她呢？
姚　晨：因为我在北京也不认识谁。她的住处我感觉在六环以外吧，是一个好多人的大杂院儿。我一进去就想，这哪是个房间啊！房间的宽度可能就一张沙发这么宽吧。她摆了个木板，木板下面垫了一些东西，就是一张床了。一个多月，我们俩就一直挤在那张床上。每天我们都是侧着睡的，基本她就占了三分之二，然后我一直像个蝙蝠似的扒在墙上睡了一个月。
董　卿：那个环境现在看来太简陋，可是在当时起码是她向你伸出了援手。
姚　晨：对，异乡人收留了异乡人。所以后来我在舞蹈学院汇报演出什么的，还经常把她和经理一块儿叫过去看。
董　卿：你还记得最后一次见她是什么时候吗？
姚　晨：说实话，我记不清了。后来，你会发现生命中好多人，不知道在什么时候就默默地……
董　卿：走散了。我后来看到过你有一篇文章，写得特别生动。写的

是你家里请的月嫂，叫魏姐吧。像这样的人也是你生命当中出现过的、短暂停留的人。

姚　晨：那时候刚生完小孩儿，本来人就很虚弱，然后突然来了一个很强势的陌生人，那个感觉太崩溃了。如果没有这个孩子，我可能永远也不会跟一个这种性格的人成为朋友。但在那几个月里头，你会觉得你们就是战友，甚至你们会开始交心。我发现她真的很爱孩子，她永远比我们更早发现孩子哪长了红疹，哪哪不太好。她也很喜欢打扮小孩儿，经常给孩子梳各种奇怪的小发型，孩子被她养得胖胖乎乎的。

董　卿：她在你们家待了多久？

姚　晨：三个月。离开的那一天，我还专门起得很早去送她。她就一直在门口把我往里推，不看我，眼泪"扑扑"地往下掉。我当时一下心里很难过。魏姐说，不要送不要送，千万不要送。

她是个很要强的人。那天回来我就写下了一段文字。我是希望我自己能记住她，包括土豆，将来长大了，看见这篇文字，也能够知道有这样的一个人曾经疼过他。

董　卿：给我们读一段你写魏姐的文章好不好？
姚　晨：好的。

　　魏姐五十来岁，经验丰富，性格强势。三个月前刚到我家，她便各种挑剔：消毒锅不合适，吸奶器不好用，奶瓶不合格……我精心给小土豆挑选的东西，几乎没她看得上眼的。

　　我刚生产完，身体虚弱、神经敏感，被挑剔得抓狂，几次暗自发誓要把她请走，而且，永远不再用月嫂！有此想法，心里稍觉安慰，便开始偷偷学艺。她动作麻利地给土豆换尿布、一脸宠爱地给土豆洗澡，一切都训练有素。我学是学会了，可必须承认，这些事情，我干得确实不如她漂亮。

　　魏姐身型丰腴，大部分时间，小土豆更愿意被她抱着，像只小猫一样蜷缩在她怀里睡觉。只有吃奶的时候才会想起我，这点让我颇为嫉妒。我甚至怀疑，在他眼里，可能魏姐才是亲妈，我就是头奶牛。

　　魏姐是东北人，唤"小土豆"这三个字时喜欢尾音上扬，拐好几道弯儿，小家伙每次听到都"嘎嘎"傻乐。给土豆洗澡时，魏姐还会哼儿歌哄他，标准的东北口音："小燕纸，穿花衣。"土豆如听歌剧般，颇为享受。

　　每次给孩子洗完澡，魏姐都会按自己的喜好，给小土豆梳个朋克头，穿上她觉得好看的衣裳。我这个当妈的只有在一旁做观众的分儿。后来，土豆头发越来越长，实在立不起来了，魏姐就给他改了发型，朋克头变成了二八分。

聊天时，我问过她，月嫂这工作是不是挺虐心的？孩子一出生你就带，刚培养出感情就得走了，再到下一家，再重新带另一个孩子。

她叹口气：所以我带孩子从不愿超过三个月。回家后，经常夜里醒来满床摸孩子，嘴里还念叨：孩子呢？我儿子听到后过来说："妈，你这是在家呢。"这才"咕咚"倒下接着睡。

董　卿：今天你再回忆起来，像胖姑娘、魏姐，可能还有很多人，你觉得给你的最大的感悟是什么？

姚　晨：我有时候觉得人活一辈子，跟这些人产生各种各样的关联，每一次相遇可能就像是一次告别。我觉得他们也没有图什么，他们就希望你好好的。

董　卿：其实我觉得，有一天当我们再回忆过往遇到的这些萍水相逢的人的时候，如果我们能想起来的更多的是一份单纯、友好、善良，那是我们的幸运。当然冥冥当中这一切也在给我们启示，告诉我们应该去做些什么。

姚　晨：对。在我生命中有很多萍水相逢的人，我也成为过别人生命中萍水相逢的人。

董　卿：那你今天要读些什么呢？

姚　晨：今天要读的是鲁迅《朝花夕拾》里的一篇文章，叫《阿长与〈山海经〉》。

董　卿：鲁迅写他的保姆阿长。那要献给谁呢？

姚　晨：就献给我们生命中曾告别的那些萍水相逢的人们吧。

朗读者 ❖ 读本

阿长与《山海经》

鲁迅

长妈妈,已经说过,是一个一向带领着我的女工,说得阔气一点,就是我的保姆。我的母亲和许多别的人都这样称呼她,似乎略带些客气的意思。只有祖母叫她阿长。我平时叫她"阿妈",连"长"字也不带;但到憎恶她的时候——例如知道了谋死我那隐鼠的却是她的时候,就叫她阿长。

我们那里没有姓长的;她生得黄胖而矮,"长"也不是形容词。又不是她的名字,记得她自己说过,她的名字是叫作什么姑娘的。什么姑娘,我现在已经忘却了,总之不是长姑娘;也终于不知道她姓什么。记得她也曾告诉过我这个名称的来历:先前的先前,我家有一个女工,身材生得很高大,这就是真阿长。后来她回去了,我那什么姑娘才来补她的缺,然而大家因为叫惯了,没有再改口,于是她从此也就成为长妈妈了。

虽然背地里说人长短不是好事情,但倘使要我说句真心话,我可只得说:我实在不大佩服她。最讨厌的是常喜欢切切察察,向人们低声絮说些什么事,还竖起第二个手指,在空中上下摇动,或者点着对手或自己的鼻尖。我的家里一有些小风波,不知怎的我总疑心和这"切切察察"有些关系。又不许我走动,拔一株草,翻一块石头,就说我顽皮,要告诉我的母亲去了。一到夏天,睡觉时她又伸开两脚两手,在床中间摆成一个"大"字,挤得我没有余地翻身,久睡在一角的席子上,又已经烤得那么热。推她呢,不动;叫她呢,也不闻。

"长妈妈生得那么胖,一定很怕热罢?晚上的睡相,怕不见得很好罢?……"

母亲听到我多回诉苦之后,曾经这样地问过她。我也知道这意思是要她多给我一些空席。她不开口。但到夜里,我热得醒来的时候,却仍然看见满床摆着一个"大"字,一条臂膊还搁在我的颈子上。我想,这实在是无法可想了。

但是她懂得许多规矩;这些规矩,也大概是我所不耐烦的。一年中最高兴的时节,自然要数除夕了。辞岁之后,从长辈得到压岁钱,红纸包着,放在枕边,只要过一宵,便可以随意使用。睡在枕上,看着红包,想到明天买来的小鼓,刀枪,泥人,糖菩萨……然而她进来,又将一个福橘放在床头了。

"哥儿,你牢牢记住!"她极其郑重地说,"明天是正月初一,清早一睁开眼睛,第一句话就得对我说:'阿妈,恭喜恭喜!'记得么?你要记着,这是一年的运气的事情。不许说别的话!说过之后,还得吃一点福橘。"她又拿起那橘子来在我的眼前摇了两摇,"那么,一年到头,顺顺流流……"

梦里也记得元旦的,第二天醒得特别早,一醒,就要坐起来。她却立刻伸出臂膊,一把将我按住。我惊异地看她时,只见她惶急地看着我。

她又有所要求似的,摇着我的肩。我忽而记得了——

"阿妈,恭喜……"

"恭喜恭喜!大家恭喜!真聪明!恭喜恭喜!"她于是十分喜欢似的,笑将起来,同时将一点冰冷的东西,塞在我的嘴里。我大吃一惊之后,也就忽而记得,这就是所谓福橘,元旦辟头的磨难,总算已经受完，可以下床玩耍去了。

　　她教给我的道理还很多，例如说人死了，不该说死掉，必须说"老掉了"；死了人，生了孩子的屋子里，不应该走进去；饭粒落在地上，必须拣起来，最好是吃下去；晒裤子用的竹竿底下，是万不可钻过去的……此外，现在大抵忘却了，只有元旦的古怪仪式记得最清楚。总之：都是些烦琐之至，至今想起来还觉得非常麻烦的事情。

　　然而我有一时也对她发生过空前的敬意。她常常对我讲"长毛"。她之所谓"长毛"者，不但洪秀全军，似乎连后来一切土匪强盗都在内，但除却革命党，因为那时还没有。她说得长毛非常可怕，他们的话就听不懂。她说先前长毛进城的时候，我家全都逃到海边去了，只留一个门房和年老的煮饭老妈子看家。后来长毛果然进门来了，那老妈子便叫他们"大王"——据说对长毛就应该这样叫，——诉说自己的饥饿。长毛笑道："那么，这东西就给你吃了罢！"将一个圆圆的东西掷了过来，还带着一条小辫子，正是那门房的头。煮饭老妈子从此就骇破了胆，后来一提起，还是立刻面如土色，自己轻轻地拍着胸脯道："阿呀，骇死我了，骇死我了……"

　　我那时似乎倒并不怕，因为我觉得这些事和我毫不相干的，我不是一个门房。但她大概也即觉到了，说道："像你似的小孩子，长毛也要掳的，掳去做小长毛。还有好看的姑娘，也要掳。"

　　"那么，你是不要紧的。"我以为她一定最安全了，既不做门房，又不是小孩子，也生得不好看，况且颈子上还有许多灸疮疤。

　　"那里的话？！"她严肃地说，"我们就没有用么？我们也要被掳去。城外有兵来攻的时候，长毛就叫我们脱下裤子，一排一排地站在城墙上，外面的大炮就放不出来；再要放，就炸了！"

　　这实在是出于我意想之外的，不能不惊异。我一向只以为她满肚子是麻烦的礼节罢了,却不料她还有这样伟大的神力。从此对于她就有了特别的敬意,似乎实在深不可测;夜间的伸开手脚,占领全床,那当然是情有可原的了,倒应该我退让。

这种敬意,虽然也逐渐淡薄起来,但完全消失,大概是在知道她谋害了我的隐鼠之后。那时就极严重地诘问,而且当面叫她阿长。我想我又不真做小长毛,不去攻城,也不放炮,更不怕炮炸,我惧惮她什么呢!

但当我哀悼隐鼠,给它复仇的时候,一面又在渴慕着绘图的《山海经》了。这渴慕是从一个远房的叔祖惹起来的。他是一个胖胖的,和蔼的老人,爱种一点花木,如珠兰,茉莉之类,还有极其少见的,据说从北边带回去的马缨花。他的太太却正相反,什么也莫名其妙,曾将晒衣服的竹竿搁在珠兰的枝条上,枝折了,还要愤愤地咒骂道:"死尸!"这老人是个寂寞者,因为无人可谈,就很爱和孩子们往来,有时简直称我们为"小友"。在我们聚族而居的宅子里,只有他书多,而且特别。制艺和试帖诗,自然也是有的;但我却只在他的书斋里,看见过陆玑的《毛诗草木鸟兽虫鱼疏》,还有许多名目很生的书籍。我那时最爱看的是《花镜》,上面有许多图。他说给我听,曾经有过一部绘图的《山海经》,画着人面的兽,九头的蛇,三脚的鸟,生着翅膀的人,没有头而以两乳当作眼睛的怪物……可惜现在不知道放在那里了。

我很愿意看看这样的图画,但不好意思力逼他去寻找,他是很疏懒的。问别人呢,谁也不肯真实地回答我。压岁钱还有几百文,买罢,又没有好机会。有书买的大街离我家远得很,我一年中只能在正月间去玩一趟,那时候,两家书店都紧紧地关着门。

玩的时候倒是没有什么的,但一坐下,我就记得绘图的《山海经》。

大概是太过于念念不忘了,连阿长也来问《山海经》是怎么一回事。这是我向来没有和她说过的,我知道她并非学者,说了也无益;但既然来问,也就都对她说了。

过了十多天,或者一个月罢,我还很记得,是她告假回家以后的四五天,她穿着新的蓝布衫回来了,一见面,就将一包书递给我,高兴地说道:

"哥儿,有画儿的'三哼经',我给你买来了!"

我似乎遇着了一个霹雳,全体都震悚起来;赶紧去接过来,打开纸包,是四本小小的书,略略一翻,人面的兽,九头的蛇……果然都在内。

这又使我发生新的敬意了,别人不肯做,或不能做的事,她却能够做成功。她确有伟大的神力。谋害隐鼠的怨恨,从此完全消灭了。

这四本书,乃是我最初得到,最为心爱的宝书。

书的模样,到现在还在眼前。可是从还在眼前的模样来说,却是一部刻印都十分粗拙的本子。纸张很黄;图像也很坏,甚至于几乎全用直线凑合,连动物的眼睛也都是长方形的。但那是我最为心爱的宝书,看起来,确是人面的兽;九头的蛇;一脚的牛;袋子似的帝江;没有头而"以乳为目,以脐为口",还要"执干戚而舞"的刑天。

此后我就更其搜集绘图的书,于是有了石印的《尔雅音图》和《毛诗品物图考》,又有了《点石斋丛画》和《诗画舫》。《山海经》也另买了一部石印的,每卷都有图赞,绿色的画,字是红的,比那木刻的精致得多了。这一部直到前年还在,是缩印的郝懿行疏。木刻的却已经记不清是什么时候失掉了。

我的保姆,长妈妈即阿长,辞了这人世,大概也有了三十年了罢。我终于不知道她的姓名,她的经历;仅知道有一个过继的儿子,她大约是青年守寡的孤孀。

仁厚黑暗的地母呵,愿在你怀里永安她的魂灵!

选自人民文学出版社《鲁迅全集》第二卷

1926年,鲁迅在用《朝花夕拾》这部散文集打捞自己童年记忆的时候,还原了保姆长妈妈的形象。这些普通人是鲁迅散文和小说中的重要角色。尤其是跟长妈妈有关的那本《山海经》,它的野性思维和那种奇异的想象给鲁迅带来了巨大的启示。这本书的审美风格也成了他后来艺术创作的一个重要的底色。

中国人民大学文学院院长　孙郁

CHENG

HE

程 朗
何 读
　 者

余光中先生曾经说过,"一个幸福的译者,他得与一个宏美的灵魂朝夕相对,按其脉搏,听其心跳,亲炙其阔论高谈,真正是一大特权。"

程何毕业于清华大学生物系,但是她却成了一名音乐剧的翻译。音乐剧从二十世纪四十年代起,就风靡全球。程何所从事的译配工作,便是将音乐剧剧本中的英文演唱、对白甚至舞台说明演绎成中文。中国观众很熟悉的一些中文版音乐剧,从《猫》《妈妈咪呀》到《狮子王》《音乐之声》,从《一步登天》《Q大道》到《我,堂吉诃德》,几乎都出自这个年轻女孩之手。

音乐剧的专职翻译,整个大陆地区都找不出几个。把英文音乐剧的歌词改编成中文,并没有想象得那么简单。"我是一个对自己特别苛刻的人",程何翻译一部音乐剧要花上好几个月,并且永远都在不断调整或推翻重来的路上。自带抑扬顿挫音调的中文,如何在尽可能保持原文语义和结构的情况下,完美地嵌入每个音符,还能让演员们易于上口地唱出来,不是容易的事。但程何说,她希望把这件事,当成毕生的事业去做。

对于年轻的她来说,现在所做的一切努力,就是想让中国观众能够看到更多优秀的本土化音乐剧,让未来的中国能够产生更多真正原创的音乐剧作品。

朗读者 ❦ 访谈

董　卿：你最早是从什么时候开始接触译配的工作呢？
程　何：是在高中二年级，十六岁的时候。我从初中开始就特别喜欢听音乐剧、看音乐剧。我那时候觉得为什么没有中文版，于是就开始自己做一些这方面的工作。当时我特别喜欢的一个音乐剧叫《贝隆夫人》(Evita)，那里面有首歌叫《换个衣箱换间房》(Another Suitcase in Another Hall)。第一段是：我从不奢望活在梦中那么长，从不沉溺在每个绮丽幻想，早已习惯痛苦，不再害怕忧伤，不过是换个衣箱换间房，那又怎么样。
董　卿：很美的文字。你是属于学霸级的那种人吧。
程　何：算是吧。我也没有参加高考，当时是保送上了清华。
董　卿：那为什么你最后选的却是另外一条路呢？
程　何：大一的时候刚进学校，当时并不知道生物系是什么东西。而且很快我就非常痛苦地发现，我并不擅长这个。我想做一些我觉得我能做下去的事情，就开始进入了《妈妈咪呀》和《猫》的剧组，帮他们做了译配。
董　卿：几乎可以说从那个时候，你就决定了自己未来的道路了。
程　何：几乎可以说是吧。我在大四学期初的时候，其实有系内的推研名额、直博的名额。
董　卿：你放弃了。
程　何：对。所有人都觉得我不该放弃这个。为什么那么好的机会不要，那可是清华的博士学位。但我心里很清楚，做音乐剧是我现在最开心的，是我现在最能够获得我人生价值、满足感

和喜悦的一件事。

董　卿：既然决心已定，在毕业之后，其实也已经有了一部分志同道合的伙伴，为什么还会有很大的压力呢？

程　何：因为这条路太不确定了，没有人走成功过。之前国内译配界泰斗薛范老师，就是《莫斯科郊外的晚上》的译者，也是我的恩师。他，怎么说呢，从六十年代到现在译了那么多的苏联歌曲、美国歌曲，但是能够被传唱的非常少。现在我去买他的书都绝版了。他是仍然在世，但是仍然过着很清贫的生活的泰斗，是这个领域中的大师。我父母很害怕我未来会进入这样一个清贫的状态，就是光有名，没有利。

董　卿：你害怕过吗？

程　何：害怕过。

董　卿：害怕到什么程度？

程　何：夜里哭醒。想不到、看不到未来在哪里，因为这条路没有人走过，觉得前方是黑的。我在一步一个脚印地去拨开那些荆棘、杂草，然后往前走。戏剧翻译这件事，是一个需要非常高的天赋和非常深的投入的工作，但是我只会写字，只会写歌，笔是我唯一的工具。压力太大了。一方面是要承受一个未知的未来；第二方面是，想要交出一个完美的答卷。我永远在用完美主义的要求在要求自己，因为不想对不起那些大师的东西。经过我手的——您刚才说《猫》《妈妈咪呀》，我们现在的《我，堂吉诃德》《音乐之声》，乃至《狮子王》——这些东西，他们笔下的东西经过我的转述，到了中国观众耳朵里之后，我真的不想会有一丝一毫的缺损。我觉得这是我无法接受的事情。

董　卿：可是过重的压力伤害到了你自己。抱歉，我在你的社交账号上看到了这样的一个自我介绍：安定医院"钦定"的抑郁症患者，服药中。

程　何：对，去年确诊的。中重度抑郁。其实很多人都劝我放松点儿，很多人都劝我观众看不出那些细微的差别，但是我觉得观众席里说不定有一个人、两个人，他知道，他能感受到。

董　卿：那在你自己做的这么多部音乐剧当中，有哪一部对你影响是最大的？

程　何：我觉得就是《我，堂吉诃德》这部音乐剧。因为我觉得，剧中的堂吉诃德就是我的一个理想化的状态。堂吉诃德在世人眼里是个特别疯癫的人。他眼中的那个世界，是需要他去变好的。

董　卿：这部剧对于你来说，也是个迟到的承诺，是对谁的承诺？

程　何：我的一位好朋友，叫罗颖珊，也是一名译者。她相当于国内对音乐剧了解最多的人之一吧。我们当时都知道她生病，但经常半夜十二点看到她还在线，问她在干什么，她说在译稿。她不选择去养病，她选择在生命的最后关头燃烧自己。

董　卿：她看到你做完这部戏了吗？

程　何：（摇头）她走得太早了，只有三十多岁。我们没有见过面，只是在网上有很多关于音乐剧的交流。

董　卿：上演那天，你有做什么事情吗？

程　何：我做了一件看起来挺荒唐的事情。我烧了一张首演的票给她。票化成青烟，从我手里飞出去那一刻，我知道她会来看。

董　卿：你怎么看待和她之间的这场告别？

程　何：我可以告诉她我完成了。我可以说：再见，不用再把这个当作个担子背在身上。但是和她，我觉得我永远不会告别。我仍然在她留下的航道上，走着她没有走完的路。这条路是堂吉诃德的路。

董　卿：那你今天会带来什么样的朗读？

程　何：今天会有我的一个好朋友，我们音乐剧《我，堂吉诃德》的男主角刘阳，跟我共同进行朗读。让大家感觉一个不一样的朗读吧。送给罗老（罗颖珊）。

董　卿：我知道刘阳也不是音乐剧专业，而是北大中文系毕业的。你们都勇敢地选择了自己想走的路。我记得杨绛先生在翻译《堂吉诃德》的时候写过序言，她说堂吉诃德有不可动摇的信仰，他坚定地相信，除他自身之外，还有一种东西是永恒不变、普遍存在的。那是需要靠我们坚定地追求才能获取的。

朗读者 ❈ 读本

堂吉诃德（节选）

[西班牙] 塞万提斯

故事说到，堂吉诃德大声喊桑乔给他拿头盔来。桑乔正在牧人那儿买奶酪。他听主人喊得急，慌了手脚，不知拿什么装奶酪好。既然已经付了钱，他舍不得丢掉，匆忙之中想到可以用主人的头盔装奶酪。他抱着这堆东西跑回来，看主人到底要干什么。他刚赶到，堂吉诃德就对他说：

"赶紧把头盔给我，朋友，我看要有事了。或许前面的事非我不能解决呢。快去拿我的甲胄来。"

绿衣人听到此话，举目向四周望去，只见前方有一辆大车迎面向他们走来，车上插着两三面小旗，估计是给皇家送钱的车。他把这意思对堂吉诃德说了，可堂吉诃德不相信，仍以为凡是他遇到的事情都是险情。

"严阵以待，稳操胜券。我已做好准备，不会有任何失误。根据我的经验，我的敌人有的是看得见的，有的是隐身的，不知什么时候、什么地方，他们就会以某种方式向我进攻。"

堂吉诃德转过身去向桑乔要头盔。桑乔来不及把头盔里的奶酪拿出来，只好把头盔连同奶酪一起交给了堂吉诃德。堂吉诃德接过头盔，看也没看，就匆忙扣到了脑袋上。奶酪一经挤压，流出了浆汁，弄得堂吉诃德脸上胡子上都是汁液。堂吉诃德吓了一跳，问桑乔：

"怎么回事，桑乔？是我的脑袋变软了，还是我的脑浆流出来了，或者是我从脚冒到头上来的汗？如果是我的汗，那肯定不是吓出来的汗水。我相信我现在面临的是非常可怕的艰险。你有什么给我擦脸的东西，赶紧递给我。这么多汗水，我都快看不见了。"

桑乔一声不响地递给堂吉诃德一块布，暗自感谢上帝，没有让堂吉诃德把事情看破。堂吉诃德用布擦了擦脸，然后把头盔拿下来，看里面到底是什么东西把他的脑袋弄得凉飕飕的。他一看头盔里是白糊状的东西，就拿到鼻子前闻了闻，说：

"我以托搏索的杜尔西内亚夫人的生命发誓，你在头盔里放了奶酪，你这个叛徒！不要脸的东西！没有教养的侍从！"

桑乔不慌不忙、不露声色地说道：

"如果是奶酪，您就给我，我把它吃了吧……不过，还是让魔鬼吃吧，准是魔鬼放在里面的。我怎么敢弄脏您的头盔呢？您真是找对人了！我敢打赌，大人，上帝告诉我，肯定也有魔法师在跟我捣乱，因为我是您一手栽培起来的。他们故意把那脏东西放在头盔里面，想激起您的怒火，又像过去一样打我一顿。不过，这次他们是枉费心机了。我相信我的主人办事通情达理，已经注意到我这儿既没有奶酪，也没有牛奶和其他类似的东西。即使有的话，我也会吃到肚子里了，而不是放在头盔里。"

"这倒有可能。"堂吉诃德说。

绅士把这一切看在眼里，心里惊讶，特别是看见堂吉诃德把脑袋、脸、胡子和头盔擦干净后，又把头盔扣到了脑袋上，更是愕然。堂吉诃德在马上坐定，让人拿过剑来，又抓起长矛，说道：

"不管是谁，让他现在就来吧！即使魔鬼来了，我也做好了准备！"

这时，那辆插着旗子的车已经来到跟前，只见车夫骑在骡子上，还有一个人坐在车的前部。堂吉诃德拦在车前，问道：

"你们到哪儿去，兄弟们？这是谁的车，车上装的是什么东西，那些旗子又是什么旗？"

车夫答道：

"这是我的车，车上是两只关在笼子里的凶猛的狮子。这是奥兰的总督送给国王陛下的礼物。旗子是我们国王的旗，表示这车上是他的东西。"

"狮子很大吗？"堂吉诃德问。

"太大了，"坐在车前的那个人说，"从非洲运到西班牙的狮子里，没有比它们更大的，连像它们一样大的也没有。我是管狮人。我运送过许多狮子，但是像这两只这样的，还从来没有运送过。这是一雄一雌。雄狮关在前面的笼子里，雌狮关在后面的笼子里。它们今天还没吃东西，饿得很。您让一下路，我们得赶紧走，以便找个能够喂它们的地方。"

堂吉诃德笑了笑，说道：

"想拿小狮子吓唬我？用狮子吓唬我！已经晚了！我向上帝发誓，我要让这两位运送狮子的大人看看，我到底是不是那种怕狮子的人！喂，你下来！你既然是管狮人，就把笼子打开，把狮子放出来。我要让你看看，曼查的堂吉诃德到底是什么人，即使魔法师弄来狮子我也不怕！"

"这下可好了，"绅士心中暗想，"这下我们的骑士可露馅了，肯定是那些奶酪泡软了他的脑袋，让他的脑子化脓了。"

这时桑乔来到绅士身旁，对他说：

"大人，看在上帝分上，想个办法别让我的主人动那些狮子吧。否则，咱们都得被撕成碎片。"

"难道你的主人是疯子吗？"绅士问道，"你竟然如此害怕，相信他会去碰那些凶猛的野兽？"

"他不是疯子，"桑乔说，"他只是太鲁莽了。"

"我能让他不鲁莽。"绅士说。

堂吉诃德正催着管狮人打开笼子。绅士来到堂吉诃德身旁，对他说道：

"骑士大人，游侠骑士应该从事那些有望成功的冒险，而不要从事那些根本不可能成功的事情。勇敢如果到了让人害怕的地步，那就算不上勇敢，而应该说是发疯了。更何况这些狮子并不是冲着您来的，它们根本就没这个意思。它们是被当作礼物送给陛下的，拦着狮子，不让送狮人赶路就不合适了。"

"绅士大人，"堂吉诃德说，"您还是跟您温顺的石鸡和凶猛的白鼬去讲道理吧。每个人管好自己的事就行了。这是我的事，我知道这些狮子是不是冲着我来的。"

堂吉诃德又转过身去对管狮人说：

"我发誓，你这个混蛋，如果你不赶紧打开笼子，我就要用这支长矛把你插在这辆车上。"

赶车人见堂吉诃德这身古怪的盔甲，又见他决心已下，就对他说：

"我的大人，求您行个好，在放出狮子之前先让我把骡子卸下来吧。如果狮子把骡子咬死，我这辈子就完了。除了这几匹骡子和这辆车，我就没什么财产了。"

"你这个人真是胆小！"堂吉诃德说，"那你就下来，把骡子解开吧，随你便。不过，你马上就可以知道，你是白忙活一场，根本不用费这个劲。"

赶车人从骡子背上下来，赶紧把骡子从车上解下来。管狮人高声说道：

"在场的诸位可以做证，我是被迫违心地打开笼子，放出狮子的。而且，我还要向这位大人声明，这两只畜生造成的各种损失都由他负责，而且还得赔偿我的工钱和损失。在我打开笼子之前，请各位先藏好。反正我心里有数，狮子不会咬我。"

绅士再次劝堂吉诃德不要做这种发疯的事，这简直是在冒犯上帝。堂吉诃德说，他知道自己在做什么。绅士让他再好好考虑一下，就会知道他是在自欺欺人。

"大人，"堂吉诃德说，"假如您现在不想做这个您认为是悲剧的观众，就赶快骑上您的母马，躲到安全的地方去吧。"

桑乔听到此话，眼含热泪地劝堂吉诃德放弃这个打算。若与此事相比，风车之战呀，砑布机那儿的可怕遭遇呀，以及他以前的所有惊险奇遇，都是小巫见大巫了。

"您看，大人，"桑乔说，"这里并没有什么魔法之类的东西。我看见笼子的栅栏里伸出了一只真正的狮爪。由此我猜，既然狮子的爪子就有那么大，那只狮子肯定是个庞然大物。"

"你因为害怕，"堂吉诃德说，"所以觉得那只狮子至少有半边天那么大。你靠边儿，桑乔，让我来。如果我死在这儿，你知道咱们以前的约定，你就去杜尔西内亚那儿。别的我就不说了。"

堂吉诃德又说了其他一些话，看来让他放弃这个怪诞的念头是没指望了。绿衣人想阻止他，可又觉得自己实在难以和堂吉诃德的武器匹敌，而且跟一个像堂吉诃德这样十足的疯子交锋，也算不上什么英雄。堂吉诃德又催促送狮人打开笼门，而且还不断地威胁他。绿衣人利用这段时间赶紧催马离开了。桑乔也骑着他的驴，车夫骑着自己的骡子，都想在狮子出笼之前尽可能地离车远一些。桑乔为堂吉诃德这次肯定会丧生于狮子爪下而哭泣。他还咒骂自己运气不佳，说自己真愚蠢，怎么会想到再次为堂吉诃德当侍从呢。不过哭归哭，怨归怨，他并没有因此就停止催驴跑开。管狮人见该离开的人都已经离开了，就把原来已经软硬兼施过的那一套又软硬兼施了一遍。堂吉诃德告诉管狮人,他即使再软硬兼施,也不会有什么效果,还是趁早离开为好。

在管狮人打开笼门的这段时间里,堂吉诃德首先盘算的是与狮子作战时,徒步是否比骑马好。最后他决定步战,怕罗西南多一看见狮子就吓坏了。于是他跳下马,把长矛扔在一旁,拿起盾牌,拔出剑,以非凡的胆量和超常的勇气一步步走到车前,心中诚心诚意地祈求上帝保佑自己,然后又请求他的夫人杜尔西内亚保佑自己。应该说明的是,这个真实故事的作者写到此处,不禁感慨地说道:"啊,曼查的孤胆英雄堂吉诃德,你是世界上所有勇士的楷模,你是新的莱昂的堂曼努埃尔[1]二世,是西班牙所有骑士的骄傲!我用什么语言来形容你这骇人的事迹呢?我如何才能让以后几个世纪的人相信这是真的呢?我即使极尽赞颂之词,对你来说又有什么过分呢?你孤身一人,浑身是胆,豪情满怀,手持单剑,而且不是那种镌刻着小狗的利剑[2],拿的也不是锃亮的钢盾,却准备与来自非洲大森林的两只最凶猛的狮子较量!你的行为将会给你带来荣耀,勇敢的曼查人,我已经找不到合适的词语来赞颂你了。"

作者的感叹到此为止。现在言归正传:管狮人见堂吉诃德已摆好了架势,看来再不把狮子放出来是不行了,否则那位已经暴跳如雷的骑士真要不客气了。他只好把第一个笼子的门完全打开。前面说过,这个笼子里关的是一头雄狮,体积庞大,面目狰狞。它本来躺在笼子里,现在它转过身来,抬起爪子,伸个懒腰,张开大嘴,又不慌不忙地打了个呵欠,用它那足有两拃长的舌头舔了舔眼圈。做完这些之后,

---

[1] 据传,一次在观看几只从非洲为国王运来的狮子时,一位夫人不慎将手套掉进了狮笼。堂曼努埃尔走进狮笼,拾回了手套。

[2] 托莱多著名的剑匠胡利安·德尔雷伊所铸的剑上镌刻有一只小狗作为标志。

它把头伸到笼子外面,用它似乎冒着火的眼睛环顾四周。它那副眼神和气势,即使再冒失的人见了也会胆寒。只有这位堂吉诃德认真地盯着狮子,准备等狮子走下车后同它展开一场搏斗,把它撕成碎片。

堂吉诃德的癫狂此时已达到了空前的顶峰。可是宽宏大量的狮子却并不那么不可一世,无论小打小闹或者暴跳如雷,它仿佛都满不在乎。就像前面讲到的那样,它环视四周后又转过身去,把屁股朝向堂吉诃德,慢吞吞、懒洋洋地重新在笼子里躺下了。堂吉诃德见状让管狮人打狮子几棍,激它出来。

"这我可不干,"管狮人说,"如果我去激它,它首先会把我撕成碎片。骑士大人,您该知足了,这就足以表明您的勇气了。您不必再找倒霉了。狮笼的门敞开着,它出来不出来都由它了。不过,它现在还不出来,恐怕今天就不会出来了。您的英雄孤胆已经得到了充分证明。据我了解,任何一位骁勇的斗士都只是向对手挑战,然后在野外等着他。如果对手没有到场,对手就会名誉扫地,而等待交手的那个人就取得了胜利的桂冠。"

"这倒是真的,"堂吉诃德说,"朋友,把笼门关上吧。不过,你得尽可能为你亲眼看到的我的所作所为做证,那就是你如何打开了笼子,我在此等待,可它不出来;我一再等待,可它还是不出来,而且又重新躺下了。我只能如此了。让魔法见鬼去吧,让上帝帮助理性和真理,帮助真正的骑士精神吧。照我说的,把笼门关上吧。我去叫那些逃跑的人回来,让他们从你的嘴里得知我这番壮举吧。"

管狮人把笼门关上了。堂吉诃德把刚才用来擦脸上奶酪的白布系在长矛的铁头上,开始呼唤。那些人在绅士的带领下正马不停蹄地继续逃跑,同时还频频回过头来看。桑乔看见了白布,说道:

"我的主人正叫咱们呢。他肯定把狮子打败了。如果不是这样,就叫我天诛地灭！"

大家都停住了，认出那个晃动白布的人的确是堂吉诃德，这才稍稍定了神，一点一点地往回走，一直走到能够清楚地听到堂吉诃德喊话的地方，最后才来到大车旁边。他们刚到，堂吉诃德就对车夫说：

"重新套上你的骡子，兄弟，继续赶你的路吧。桑乔，你拿两个金盾给他和管狮人，就算我耽误了他们的时间而给他们的补偿吧。"

"我会很高兴地把金盾付给他们。"桑乔说，"不过，狮子现在怎么样了？是死了还是活着呢？"

于是管狮人就断断续续而又十分详细地介绍了那次战斗的结局。他尽可能地夸大堂吉诃德的勇气，说狮子一看见堂吉诃德就害怕了。尽管笼门有很长一段时间都是敞开的，可是狮子却不愿意也没胆量从笼子里走出来。骑士本想把狮子赶出来，但由于他对骑士说，那样就是对上帝的冒犯，骑士才很不情愿地让他把笼门关上了。

"怎么样，桑乔？"堂吉诃德问，"难道还有什么魔法可以斗得过真正的勇气吗？魔法师可以夺走我的运气，但要想夺走我的力量和勇气是不可能的。"

桑乔把金盾交给了车夫和管狮人。车夫套上了骡子。管狮人吻了堂吉诃德的手，感谢他的赏赐，并且答应到王宫见到国王时，一定把这件英勇的事迹禀报给国王。

"假如陛下问这是谁的英雄事迹，你就告诉他是狮子骑士的。从今以后，我要把我以前那个猥獕骑士的称号改成这个称号。我这是沿袭游侠骑士的老规矩，也就是随时根据需要来改变称号。"堂吉诃德说道。

大车继续前行，堂吉诃德、桑乔和绿衣人也继续赶自己的路。

这时，迭戈·德米兰达默不作声地观察堂吉诃德的言谈举止，觉得这个人说他明白吧却又犯病，说他疯傻吧却又挺明白。迭戈·德米兰达还没听说过有关堂吉诃德的第一部小说。如果他读过那部小说，就会对堂吉诃德的疯癫有所了解，不至于对其言谈举止感到惊奇了。正因为他不知道那本小说，所以他觉得堂吉诃德一会儿像疯子，一会儿又像明白人。听其言，侃侃而谈，头头是道；观其行，则荒谬透顶，冒失莽撞。迭戈·德米兰达自言自语道："他把装着奶酪的头盔扣在脑袋上，竟以为是魔法师把自己的脑袋弄软了，还有什么比这类事更荒唐的吗？还有什么比要同狮子较量更冒失的吗？"迭戈·德米兰达正在独自思索，暗自嘀咕，堂吉诃德对他说道：

"迭戈·德米兰达大人，您一定是把我看成言谈举止都十分荒唐的疯子了吧？这也算不了什么，我的所作所为也的确像个疯子。但即使如此，我还是希望您注意到，我并不是像您想象的那样又疯又笨。一位骑士当着国王的面，在一个巨大的广场中央一枪刺中一头咆哮的公牛，自然体面；骑士披一身闪光的盔甲，在夫人们面前得意洋洋地进入比武竞技场，诚然风光。骑士的所有武术演练都是很露脸的事情，既可以供王宫贵族开心消遣，又可以为他们增光。不过，这些都还是不如游侠骑士体面。游侠骑士游历沙漠荒野，穿过大路小道，翻山岭，越森林，四处征险，就是想完成自己的光荣使命，得以万世流芳。我认为，游侠骑士在某个人烟稀少的地方帮助一位寡妇，比一位宫廷骑士在城市里向某位公主献殷勤要光荣得多。所有的骑士都各负其责。宫廷骑士服侍贵妇人们，身着侍从制服为国王点缀门面，用自己家丰盛的食物供养贫困的骑士，组织比武，参加比赛，表现出伟大豪爽的气魄，尤其要表现出一个虔诚的基督徒的品德，这样才算完成了自己的职责。可是，游侠骑士要到世界最偏远的地方去，闯入最困难的迷津，争取做到常人难以做到的事情，在草木稀少的地方顶着酷夏的炎炎烈日，在冰天雪地的严冬冒着凛冽的寒冷；狮子吓不住他们，在魑魑魅魍魉面前他们也无所畏惧，而是寻找它们，向它们进攻，战胜它们，这才是游侠骑士真正重要的职责。

"命运使我有幸成为游侠骑士中的一员，我不能放弃我认为属于我的职责范围内的任何一个进攻机会。因此，向狮子发动进攻完全是我应该做的事情，虽然我也知道这显得过分鲁莽了。我知道何谓勇敢，它是介于两种缺陷之间的一种美德，不过，宁可勇敢过头，近于鲁莽，也不要害怕到成为胆小鬼的地步；这就好像挥霍比吝啬更接近慷慨一样，鲁莽也比怯懦更接近真正的勇敢。在这类征服艰险的事情中，迭戈大人，请您相信，即使输牌，也要能争取一张牌就多争取一张，因为听人家说'这个骑士大胆莽撞'，总要比听人家说'这个骑士胆小怕事'好得多。"

"堂吉诃德大人，"迭戈说，"您的所有言行合情合理。我估计，即使游侠骑士的规则完全失传了，也可以在您的心中找到。这些规则已经储存在您的心中。天已经晚了，咱们得加紧赶到我家那个村子去。您也该休息了，辛劳半天，即使身体上不感觉累，精神上也该觉得累了。精神上的疲劳同样可以导致身体上的劳累。"

"我十分荣幸地接受您的盛情邀请，迭戈大人。"堂吉诃德说。

两人加速催马向前。大约下午两点时，他们赶到了迭戈家所在的那个村庄。堂吉诃德称迭戈为绿衣骑士。

（刘京胜 译）

不会成真的梦

[美] 乔·达里安

追梦，不会成真的梦，
忍受，不能承受的痛，
挑战，不可战胜的敌手，
跋涉，无人敢行的路。

改变，不容撼动的错，
仰慕，纯真高洁的心，
远征，不惧伤痛与疲惫，
去摘，遥不可及的星！

敢以此生，求索那颗星，
管它征途遥远，道路多险峻。
为正义而战，何需踌躇不定，
哪怕烧灼在地狱火中，也自阔步前行！
我若能，为这光辉使命，穷尽一生追寻，
多年后，待到长眠时分，我心亦能安宁。

而人间，定会不同往昔，
纵然我，终将疲倦无力，
仍要用伤痕累累的双手，
去摘，遥不可及的星！

作曲：[美] 米奇·李
1965 年由 Andrew Scott Music 和 Helena Music Company 出版发行
中文歌词译配：程何，2015

关于"疯狂"的独白

[美] 戴尔·瓦瑟曼

如果这世界本身就已经足够荒唐,那到底什么才能算是疯狂?也许太过实际就是疯狂。放弃梦想也许是疯狂。寻找着珍宝,可周围却只有垃圾。太过清醒可能正是疯狂。但最疯狂的,莫过于接受现实,而不去想这个世界到底应该是什么样子!

选自音乐剧《我,堂吉诃德》,1965 年出版
中文翻译:程何,2015

(以上文本由程何与刘阳共同朗读、演唱。)

读者非常喜欢堂吉诃德的形象,因为他们从他的故事中得到了某种宣泄,产生了共鸣。堂吉诃德也从一个人物形象变成了一个形容词,用来形容那些具有理想主义情结的人。堂吉诃德身上就有一种大战风车的骑士般的勇气,他不仅仅幻想,他付诸行动。因此,堂吉诃德一下子从一个可笑的、矛盾的人物,升华为一个非常伟大的形象。他象征了某种精神。

中国社会科学院外国文学研究所所长　陈众议

CAO WEN XUAN

朗读者

曹文轩

曹文轩说，他喜欢站在童年的视角去观看这个世界，所以在他的文字里，充满了对儿童的生存状态、精神世界的关注，而他极高的文学性、艺术性也获得了世界的赞誉。2016年，他获得了国际"安徒生奖"，成为中国第一个获此殊荣的文学家。

除了代表作《草房子》，曹文轩还有《青铜葵花》《山羊不吃天堂草》《根鸟》《火印》等文学作品被大家熟知。国际"安徒生奖"的官方网站上对曹文轩的介绍是这样的："他的童年，虽然物质上贫穷，但情感和审美的丰富让他写出了第一部成功之作《草房子》。他那流畅、充满诗意的笔调，描写的是诚实的，有时是原始的，甚至忧郁的生命瞬间。"

其实很难用一种职业来界定曹文轩的身份。虽然作为儿童文学作家，获得了儿童文学领域的国际大奖，但他的主要身份还是北京大学中文系教授，主要工作是教书、做科研。他的创作分为两部分：一部分是儿童文学，一部分是成人文学。他还担任着北京作家协会副主席的职务。此外，他是高校中为数不多的深度介入中小学语文教学的大学教授，是全国中小学教材的主编。他称自己"有四重身份，在不同身份之间穿越"。

朗读者 ❀ **访谈**

董　卿：您的那本《草房子》光印刷就将近三百次，销售了一千多万册，可以说创下了中国出版界的一个奇迹。故事里边的桑桑和他的父亲桑乔，是以您和您的父亲为原型的吗？

曹文轩：你完全可以把里头的桑桑看成是一个叫曹文轩的男孩儿，当然也可以把那个小学校长桑乔看成是我的父亲。

董　卿：我知道您的父亲也做了几十年的小学校长，所以他也是您最初的文学启蒙老师吗？

曹文轩：一个写小说的人需要说事的本领，用行话讲叫"叙事的能力"，这个能力哪里来的？与我的父亲有关。你知道我母亲怎么评价我父亲吗？她说我父亲讲道理的能力能把打谷场上的石磙说得自己竖起来。我父亲有一个外号，就是"小说家"。让我喜欢写作，让我能够写作的，是我父亲。如果不是他，大概我也不能到北大。如果没有到北大，也不可能有我的今天。我也不可能坐在一个非常优雅的、叫董卿的女士面前来谈人生、谈文学、谈告别的话题。

董　卿：但是您考上了北大之后，也面临着和父亲，和故乡的第一次的告别。

曹文轩：当时家里非常非常贫穷，穷到我连一个随身的箱子都没有。我父亲有一块珍藏了许多年的木材，我至今也不太明白，这块木材他留着是干什么用的。我当时只是觉得，他好像有一种预感，他的儿子有一天要上路，得有一只箱子，所以他就请木匠把他珍藏的木材给我做了一个非常非常漂亮的箱子。

那个时候他要做的唯一的一件事，就是怎么让他的儿子非常体面地上路、去远方。我去北大对他来讲，是他一生的荣耀。

董　卿：那他是一个很和善的父亲吗？还是一个很严厉的父亲？

曹文轩：非常严厉。我吃过他的巴掌，挨过他的棍棒。当然我不会记仇的，恰恰相反，我觉得是他把我"打"到了正路上。我说一件事，你就可以判断一下该不该打。我父亲是一个非常看重荣誉的人。在我童年的记忆里，有一个非常壮观的情景，就是乡村公路上停了一长溜儿大巴车，车里是来自全省的小学校长，来干什么？来参观我父亲的学校。我父亲的学校非常漂亮，他也得了很多奖。可是那个时候得奖是没有奖牌、奖杯的，只奖给你一个笔记本，上面写着某某某因为什么获得了什么奖，然后写上一个日期，盖一个大红章。我父亲有十多本这样的笔记本，锁在一个小箱子里头。可是有一天，我就打起了这个箱子的主意，拿砖头把锁敲掉了，然后把笔记本掏出来。我要把这些本子变成我的，抄生词一本，做造句一本，摘录篇章一本，等等。关键的问题是我犯了一个不可原谅的错误：为了让本子彻彻底底属于我，我把凡是盖了红印章的那页都撕掉了；更糟糕的是撕完团成团儿，都扔到了我家后面的河里。这意味着什么？意味着我父亲一辈子的荣誉一瞬间付之东流。

　　事情很快就败露了，下面的情景你也能够想象得到。我记得当时一直护着我的母亲一边骂一边说：该打，该打。后来我父亲就瘫坐在椅子上，特别心疼地说：其他不说，你总该爱惜东西吧。就在那一刻，我知道我要告别童年了。这也是一种告别。

董　卿：我记得在小说当中有一个细节我特别难忘，就是桑桑得了一种很奇怪的病，然后他的父亲跟他都以为是绝症，很难治。您小时候也遇到过这样的事情吗？

曹文轩：这完全是真实的事情。我十四岁，脖子上长了一个肿块，然后城里医院诊断为不治之症。我记得，回家路过一个邻居家门口，我叫他二妈。二妈问我爸爸，说："校长，宝宝的病没事吧？"我父亲本来是一个非常强大的人，可是就在那一刻，他崩溃了，眼泪"唰"就下来了。他说了一句话："二妈，我没福气。"从那个时候我就知道，我可能要离开这个世界了。很长一段时间，我一直在想象着那个告别，想象着我离开之后，我父亲他们怎么难过，怎么悲伤。接下来的事情就是，我父亲背着我到处求医。当人们看到我父亲不停地把我背出去，又不停地背回来的时候，他们想到了，其实在我父亲的心中，有比他个人荣誉更重要的东西，就是他的儿子。

董　　卿：你的生命。

曹文轩：对。最后他把我带到了上海。有一个老大夫，看了看，非常有把握地告诉我父亲，这只是淋巴结核，会好的。父亲听到这个结论，再一次泪流满面。这一个虚拟的告别，其实让我更深切地理解了生死，理解了告别，理解了爱。

董　　卿：可是人生就是这样的。那是一次虚拟的告别，未来真实的告别总会到来。

曹文轩：对。我父亲去世是在1997年11月17日，我正在家里看书，我的大妹夫从盐城打来电话，告诉我说：哥，爸爸心脏病暴发了，爸爸要跟你说话。我父亲就在电话的那一头，声音听上去并不是很痛苦，但是比较微弱。他说我会好起来的，你不要急着往家赶。他说你写你的东西。在他的印象中，我这一辈子做的事情就是写东西。他说人家都说，文轩是一个大孝子。这是他留给我的最后一句话。然后我就赶紧收拾东西，又过了半个小时，我正要拉开门走的时候，电话铃响了，我拿起电话，一片哭声。这不是分别，是诀别，是分别里头一种最让人无法接受的告别。

董　　卿：在您心里，父亲是您走上文学道路的根源。那在2016年，您获得了这么重要的一个奖项——国际"安徒生奖"之后，您有通过什么样的方式去告诉自己的父亲吗？

曹文轩：当时在意大利的博洛尼亚宣布，我作为中国作家第一个，也作为全世界华人作家第一个获得"安徒生奖"的时候，我做的第一件事情就是给我妹妹打电话，让他们去乡下我父亲的墓前去告诉父亲一声。我常想，大自然就是在告别的过程中完成它的季节轮替的，人类也一样。其实，天空下不是山，也不是水，是什么？是满满的各种各样的告别。就像过一会儿，我又要向董卿说告别一样。我是一个作家，我知道，文学写了上百年、上千年，其实作的就是一篇文章——《生死离别》。

董　卿：那您今天来《朗读者》是要把朗读献给父亲吗？

曹文轩：是。因为《草房子》就是在他去世之后写的，而且他是《草房子》的主角。

董　卿：今天，我还要提到一个事情，就是我非常喜欢曹老师给德国小说家施林克的《朗读者》再版写的序，我还特意摘抄了一部分。他是这么说的："我一直将庄重的风气看成是文学应当具有的主流风气，一个国家、一个民族的文学应当对此有所把持。倘若不是，而是一味地玩闹，一味地逗乐，甚至公然拿庄重开涮，我认为这样的庄重格局是值得怀疑的。我们在流动不止的世俗生活中已经很少有庄重的体验，一切看上去都是可笑的，都是可以加以戏弄的。一个人可以成为痞子，而一个国家、一个民族也可以成为痞子国家和痞子民族吗？中国文学应该引领国民走向雅致，走向风度，走向修养和智慧。"我觉得这也是我们做《朗读者》这个节目所要把持的一个方向。

草房子（节选）

曹文轩

桑乔带着桑桑去了镇上医院。几个医生都过来看。看了之后，都说："桑校长，早点带孩子去城里医院看，一刻也不能拖延。"

桑桑从医生们的脸上，更从父亲的脸上，看出了事情的严重性。

当天，桑乔就带着桑桑去了县城。

桑桑去了三家医院。每一家医院的医生，都是在检查完他脖子上的肿块之后，拍拍他的头说："你先出去玩玩好吗？"桑乔就对桑桑说："你到外面玩一会儿，我马上就来。"桑桑就走出了诊室。但桑桑没有走出医院到外面去玩，而是坐在医院走廊里的长椅上。他不想玩，就一动不动地坐在椅子上等父亲。

桑桑能感觉到父亲的表情越来越沉重，尽管父亲做出来的是一副很正常的样子。桑桑自己不知道自己是一种什么感觉。他只知道跟着父亲走进医院，走出医院，走在大街上。他唯一感觉到的是父亲对他很温和。父亲总是在问他："你想吃些什么？"而桑桑总是摇摇头："我不想吃什么。"桑桑心里确实没有去想吃什么。

天黑了。父子俩住进一家临河小旅馆。

晚饭吃得有点沉闷。但桑桑还是吃了一些。他发现父亲在吃饭时，一副心不在焉的样子，筷子放在菜盘里，却半天不知道夹菜。当父亲忽然地想到了吃饭时，又总是对桑桑说："吃饱了饭，我们逛大街。"

这是桑乔带着桑桑第一回夜晚留宿城里。

桑桑跟着父亲在大街上走着。已是秋天，风在街上吹着时，很有了点凉意。街两旁的梧桐树，虽然还没有落叶，但已让人感觉到，再刮几阵秋风，枯叶就会在这夜晚的灯光里飘落。父子俩就这样走在梧桐树下的斑驳的影子里。秋天夜晚的大街，反倒让人觉得比乡村的夜晚还要寂寞。

父亲看到桑桑落在了后面，就停住了，等他走上来时，说："还想逛吗？"

桑桑不知道自己的内心是想逛，还是不想逛。

父亲说："天还早，再走走吧。"

桑桑依然跟着父亲。

路过一个卖菱角的小摊，父亲问："想吃菱角吗？"

桑桑摇摇头。

路过一个卖茶鸡蛋的小摊，父亲问："想吃茶鸡蛋吗？"

桑桑还是摇摇头。

又路过一个卖烀藕的小摊，父亲问："吃段烀藕吧？"这回，他不等桑桑回答，就给桑桑买了一大段烀藕。

桑桑吃着烀藕，跟着父亲又回到了小旅馆。

不一会儿，就下起雨来。窗外就是河。桑桑坐在窗口，一边继续吃烀藕，一边朝窗外望着。岸边有根电线杆，电线杆上有盏灯。桑桑看到灯光下的雨丝，斜斜地落到了河里，并看到了被灯光照着的那一小片水面上，让雨水打出来的一个个半明半暗的小水泡泡。他好像在吃藕，但吃了半天，那段藕还是那段藕。

"不好吃，就别吃了。"父亲说完，就从桑桑手中将那段藕接过来，放在床头的金属盘里，"早点睡觉吧。"父亲给桑桑放好被子，并且帮着桑桑脱了衣服，让桑桑先钻进被窝里，然后自己也脱了衣服，进了被窝。这是个小旅馆,父子俩合用一床被子。

桑桑已经没有和父亲合用一床被子睡觉的记忆了,或者说,这种记忆已经很模糊了。桑桑借着灯光,看到了父亲的一双大脚。他觉得父亲的大脚很好看,就想自己长大了,一双脚肯定也会像父亲的大脚一样很好看。但,就在他想到自己长大时,不知为什么鼻头酸了一下,眼泪下来了。

父亲拉灭了灯。

桑桑困了,不一会儿就睡着了。但睡得不深。他隐隐约约地觉得父亲在用手抚摸着他的脚。父亲的手,一会儿在他的脚面上来回地轻抚着,一会儿在轻轻地捏着他的脚指头。到了后来,就一把抓住他的脚,一松一紧地捏着。

桑桑终于睡熟。他醒来时,觉得被窝里就只有他一个人。他微微抬起头来,看见父亲正坐在窗口抽烟。天还未亮。黑暗中,烟蒂一亮一亮地照着父亲的面孔,那是一张愁苦忧郁的面孔。

雨似乎停了,偶尔有几声叮咚的水声,大概是岸边的柳树受了风吹,把积在叶子上的雨珠抖落到河里去了。

第二天,父亲带着桑桑回家了。

路过邱二妈家门口时,邱二妈问:"校长,桑桑得的什么病?"

桑乔竟然克制不住地在喉咙里呜咽起来。

邱二妈站在门口,不再言语,默默地看着桑桑。

桑桑还是那样跟着父亲,一直走回家中。

母亲似乎一下子就感觉到了什么,拉过桑桑,给他用热水洗着脸,洗着手。

桑乔坐在椅子上,低着头,一言不发。

老师们都过来了。但谁也没有向桑乔问桑桑究竟得了什么病。

篮球场上传来了阿恕他们的喊声:"桑桑,来打篮球!"

蒋一轮说:"桑桑,他们叫你打篮球去呢。"

桑桑走出了院子。桑桑本来是想打一会儿篮球的,但走到小桥头,突然地不想打了,就又走了回来。当他快走到院门口时,他听见了母亲的压抑不住的哭声。那哭声让人想到天要塌下来了。

柳柳并不知道母亲为什么那样哭,只觉得母亲的哭总是有道理的,也就跟着哭。

邱二妈以及老师们都在劝着母亲:"师娘师娘,别这么哭,别这么哭,别让桑桑听见了……"

桑桑没有进院子。他走到了池塘边,坐在塘边的凳子上,呆呆地看着池塘里几条在水面上游动着的只有寸把长的极其瘦弱的小鱼。他想哭一哭,但心中似乎又没有什么伤感的东西。他隐隐地觉得,他给全家,甚至给所有认识他的人,都带来了紧张、恐慌与悲伤。他知道,事情是十分严重的。然而,在此刻他却就是无法伤心起来。

他觉得有一个人朝他走来了。他用两只细长的胳膊支撑在凳子上,转过头去看。他见到了温幼菊。

温幼菊走到他跟前,把一只薄而柔软的手轻轻放在他的肩上:"桑桑,晚上来找我一下好吗?"

桑桑点点头。他去看自己的脚尖,但脚尖渐渐地模糊了起来。

……

桑桑比以往任何时候都显得刚强。

仲夏时节,传来一个消息,有人在江南的一座美丽的小城看到了纸月与慧思和尚。那小城本是慧思的故乡。他已还俗了。

也是在这一时节,油麻地来了一个外地的郎中。当有人向他说起桑桑的病后,他来到了油麻地小学。看了桑桑的病,他说:"我是看不了这个病,但我知道有一个人能看。他是看这个病的高手。"于是,留了那个高手的姓名与地址。

桑乔决定再带着桑桑去试一下。

那个地方已出了本省。父子俩日夜兼程,三天后才找到那个地方。那个高手已是八十多岁的老人。他已不能站立,只是瘫坐在椅子上,脑袋稳不住似的直晃悠。他颤颤抖抖地摸了摸桑桑脖子上的肿块,说:"不过就是鼠疮。"

桑乔唯恐听错了:"您说是鼠疮?"

"鼠疮。"老人口授,让一个年轻姑娘开了处方,"把这药吃下去,一日都不能间断。七天后,这孩子若是尿出棕色的尿来,就说明药已有效应了。带孩子回去吧。"

桑乔凭他的直觉,从老人的风骨、气质和那番泰然处之的样子上,认定这一回真的遇上高手了。他向老人深深鞠了一躬,并让桑桑也深深鞠了一躬。

此后,一连几个月,桑桑有许多时间是在温幼菊的"药寮"里度过的。

温幼菊对桑桑的父母说:"我已熬了十多年的药,我知道药该怎么熬。让我来帮你们看着桑桑喝药吧。"她又去买了一只瓦罐,作为桑桑的药罐。

红泥小炉几乎整天燃烧着。

温幼菊轮番熬着桑桑的药和她自己的药,那间小屋整天往外飘着药香。

一张桌子,一头放了一张椅子。在一定的时刻,就会端上两只大碗,碗中装了几乎满满的一下子熬好的中药。温幼菊坐一头,桑桑坐一头。未喝之前十几分钟,他们就各自坐好,守着自己的那一碗药,等它们凉下来好喝。

整个喝药的过程，充满了庄严的仪式感。

桑桑的药奇苦。那苦是常人根本无法想象的。但是，当他在椅子上坐定之后，就再也没有一丝恐怖感。他望着那碗棕色的苦药，耳畔响着的是温幼菊的那首无词歌。此时此刻，他把喝药看成了一件悲壮而优美的事情。

七天后，桑乔亲自跟着桑桑走进厕所。他要亲眼观察桑桑的小便。当他看到一股棕色的尿从桑桑的两腿间细而有力地冲射出来时，他舒出一口在半年多时间里一直压抑于心底的浊气，顿时变得轻松了许多。

桑乔对温幼菊说："拜托了。"

温幼菊说："这将近半年的时间里，你们，包括纸月在内的孩子们，让桑桑看到了许多这世界上最美好的东西，他没有理由不好好吃药。"

一个月后，桑桑的脖子上的肿块开始变软并开始消退。

就在桑桑临近考初中之前，他脖子上的肿块居然奇迹般地消失了。

这天早晨，桑乔手托猎枪，朝天空扣动了扳机。

桑乔在打了七枪之后，把猎枪交给了桑桑："再打七枪！"

桑桑抓起那支发烫的猎枪，在父亲的帮助下，将枪口高高地对着天空。

当十四声枪响之后，桑桑看着天空飘起的那一片淡蓝色的硝烟，放声大哭起来。

桑桑虽然没有死，但桑桑觉得已死过一回了。

桑桑久久地坐在屋脊上。

桑桑已经考上了中学。桑乔因为工作出色，已被任命到县城边上一所中学任校长。桑桑以及桑桑的家，又要随着父亲去另一个陌生的地方。

桑桑去了艾地，向奶奶做了告别。桑桑向蒋一轮、温幼菊、杜小康、细马、秃鹤、阿恕……几乎所有的老师和孩子们,也一一做了告别。

桑桑无法告别的,只有纸月。但桑桑觉得,他无论走到哪儿,纸月都能看到他。

油麻地在桑桑心中是永远的。

桑桑望着这一幢一幢草房子,泪眼蒙眬之中,它们连成了一大片金色。

鸽子们似乎知道它们的主人将于明天一早丢下它们永远地离去,而在空中盘旋不止。最后,它们首尾相衔,仿佛组成了一只巨大的白色花环,围绕着桑桑忽高忽低地旋转着。

桑桑的耳边,是鸽羽划过空气时发出的好听的声响。他的眼前不住地闪现着金属一样的白光。

一九六二年八月的这个上午,油麻地的许多大人和小孩,都看到了空中那只巨大的旋转着的白色花环……

选自天天出版社《草房子》

《草房子》写的是二十世纪五十年代末、六十年代初的生活,是我对一段已经逝去生活的回忆。在中国,那段生活也许是平静的、贫穷的,尤其是在农村。但那段生活却依然是难以忘却的。它成了我写作的丰富资源。

儿童文学作家、国际"安徒生奖"获得者 曹文轩

L I
L I
Q U N

朗读者

李立群

在台湾戏剧界，李立群被人们称为是"骨灰级"的演员，最受戏剧文艺青年的推崇。他会说相声、能演小品，电影和电视剧拍了无数。而二十年前他来到北京，也成为活跃在荧屏上的一位不等戏、不挑戏的拼命三郎。在他展现世间百态的戏剧人生背后，是同样丰富精彩的真实人生。

李立群出生于台湾，父亲是河南人，母亲是北京人，1949年去的台湾。因为母亲的缘故，李立群从小就会说北京话。从学生时代开始，李立群就已经是演艺界的活跃分子了，在舞台剧中饰演过很多角色。作为台湾表演工作坊的创办人之一，他创作和主演的《那一夜，我们说相声》等一系列舞台剧风靡台湾岛。1995年，他离开表演工作坊转至大陆发展，凭借一口流利的北京话，成为最早一批为大陆观众熟知且喜爱的台湾演员之一。

虽然演技备受称赞，但李立群却自认只是个经验丰富的"老兵"。说起表演，李立群有着许多私人化、窖藏级的经验和理论，他甚至想过年老之后写一本专门为电视剧演员而创作的表演论。"演员是个反省的动物。演戏永远就是自己反省。"不管是对于舞台，还是对于生活，李立群永远带着一份治学般的严谨，这与他塑造过的许多富有喜感的人物形象，形成了鲜明的反差。

朗读者 ❀ 访谈

董　卿：您为什么选择老舍先生的文章作为读本？
李立群：我觉得老舍的任何一篇文章献给我妈都是对的。第一，他们都是老北京；第二，也都是旗人；第三，我妈妈那种想家的心情，跟老舍先生对老北京的情怀，应该是重叠的吧。其实我妈妈挺苦命的，但她讲的永远都是比较快乐的事。我妈妈讲的有关老北平的事，都是她小学之前看到的。她爷爷是清朝的官，住在东四牌楼，两进两出的大院子，然后她一放学就跟姐姐、妹妹去看爷爷抽大烟。爷爷说："都别走啊，等爷爷抽完了给你们削梨吃。"小孩儿就都坐着。

　　然后，她还讲她小时候爱看出殡，因为好看。一般家庭都是两杠四抬，还有四杠八抬的，八杠十六抬的。据我妈说，慈禧太后走的时候是三十六杠七十二抬，顶级了。你想想看，七十二个人抬一个灵柩，到过城门口的时候，领队打响指的前后一打，一个胖子队伍就变成瘦长的出去。到了城外，一打又变大了。

董　卿：得有指挥的。
李立群：对，这个行业现在没有了。走在队伍最前面的最好看，是专门撒纸钱的，叫"一撮毛"。不是有钱就请得起，还得有地位他才去。这个人走在最前面，背着一个大黄布袋子，里面塞满了纸钱，拿出来一抖搂，然后把它打松，捻圆了，往空中一丢，能丢到差不多现在的五六层楼高。绝对是绝技。他能够让一团纸飞上去的时候不动，下来的一刹那像雪花一样

飘。所以隔好几条街都看得到，小孩儿都跑去看，一边看一边喊"一撮毛""一撮毛"。

董　卿：这是他的外号?

李立群：对。

董　卿：你说你外公出殡的时候也有"一撮毛"?

李立群：对，他不是三十六杠七十二抬，但是有"一撮毛"。他算清朝不小的官。

董　卿：你妈妈是哪一年离开北平的?

李立群：大概是1947、1948年吧，她到青岛去找我爸爸。1949年从青岛到台湾。

董　卿：妈妈有没有跟您说过她告别北平的时候是什么样子的?

李立群：我猜的，她一心去青岛，没有想到：北平，从此以后我可能见不到你了。

董　卿：其实人就是这样，她不知道那是永远的告别，所以她才会后悔，想起来的时候会特别地怀念。因为她也没有做好永远告别的准备。那您二十年前到北京来拍戏，有多少是受了妈妈的影响？

李立群：近些年，我越来越觉得一切都是妈妈给的。如果她没有这个所谓的老北京的"口条"遗传给我，我今天在表演上跟北京的观众一定会有隔阂。

董　卿：您是哪一年和母亲告别的？

李立群：2013年吧。我在北京的郊外拍连续剧，我女儿、我儿子在医院打电话告诉我：爸，奶奶现在不太好。我说，哦好，你们注意。如果奶奶停止呼吸了，第一件事情，磕头，不要哭，让她安安静静地走。包括我将来走了也这样做。

董　卿：这次告别当中，你会有些什么样的领悟或者说感受？

李立群：我跟我妈相处一辈子，我以为我太了解她了。但越老就越觉得自己并不了解她；越老越想重新再回来跟她相处一下。问问她，原来的事情是什么样的，跟她说什么事对不起。我对我爸爸、妈妈的思念，都是他们走了之后越来越重，越来越重。随着自己年纪变大，悄悄地从下一代人转换成了上一代人，就更明白，原来当年他们是那样过的；你会越来越觉得不可思议，他们怎么这么多灾多难都走过来了。

董　卿：有什么事情让你觉得对不起？

李立群：太多了。比方说有的事你没有顺着妈妈。我算是很孝顺的，但还是有不听话的时候。我们中国人讲的孝顺是什么意思？我个人的浅见，我觉得"孝"不是教育出来的，教育出来的都是假的，不是真正的乌鸦反哺；真正的乌鸦反哺，应该是你在你爸爸、妈妈对你的爱当中有所领悟。孝顺应该是一种对爱的领悟，然后你反馈回去。它是一个很自然的行动，它不需要教育。或者说教育不见得有多大的作用。所以我觉得有些地方我没有做好，真的后悔，太多地方要跟她讲：对不起妈，上一次我做得不好。

董　卿：您从台湾来到了北京，那您算和台湾也有一种告别吗？

李立群：是告别。我没想到居然二十多年没有在台湾密集工作，反而是在北京。这不是我的计划，就是命运的安排。

董　卿：告别无处不在。它让我们整个人生变得更丰富，也会让您的角色在舞台上变得更丰满。

我的理想家庭

老舍

一个二十多岁的小伙子，讲恋爱，讲革命，讲志愿，似乎天地之间，唯我独尊，简直想不到组织家庭——结婚既是爱的坟墓，家庭根本上是英雄好汉的累赘。及至过了三十，革命成功与否，事情好歹不论，反正领略够了人情世故，壮气就差点事儿了。虽然明知家庭之累，等于投胎为马为牛，可是人生总不过如此，多少也都得经验一番，既不坚持独身，结婚倒也还容易。于是发帖子请客，笑着开驶倒车，苦乐容或相抵，反正至少凑个热闹。到了四十，儿女已有二三，贫也好富也好，自己认头苦曳，对于年轻的朋友已经有好些个事儿说不到一处，而劝告他们老老实实的结婚，好早生儿养女，即是话不投缘的一例。到了这个年纪，设若还有理想，必是理想的家庭。倒退二十年，连这么一想也觉泄气。人生的矛盾可笑即在于此，年轻力壮，力求事事出轨，决不甘为火车；及至中年，心理的，生理的，种种理的什么什么，都使他不但非作火车不可，且作货车焉。把当初与现在一比较，判若两人，足够自己笑半天的！或有例外，实不多见。

明年我就四十了，已具说理想家庭的资格：大不必吹，盖亦自嘲。

我的理想家庭要有七间小平房：一间是客厅，古玩字画全非必要，只要几张很舒服宽松的椅子，一二小桌。一间书房，书籍不少，不管什么头版与古本，而都是我所爱读的。一张书桌，桌面是中国漆的，放上热茶杯不至烫成个圆白印儿。文具不讲究，可是都很好用，桌上老有一两枝鲜花,插在小瓶里。两间卧室,我独据一间,没有臭虫,而有一张极大极软的床。在这个床上,横睡直睡都可以,不论怎睡都一躺下就舒服合适,好像陷在棉花堆里,一点也不硬碰骨头。还有一间,是预备给客人住的。此外是一间厨房,一个厕所,没有下房,因为根本不预备用仆人。家中不要电话,不要播音机,不要留声机,不要麻将牌,不要风扇,不要保险柜。缺乏的东西本来很多,不过这几项是故意不要的,有人白送给我也不要。

院子必须很大。靠墙有几株小果木树。除了一块长方的土地,平坦无草,足够打开太极拳的,其他的地方就都种着花草——没有一种珍贵费事的,只求昌茂多花。屋中至少有一只花猫,院中至少也有一两盆金鱼;小树上悬着小笼,二三绿蝈蝈随意地鸣着。

这就该说到人了。屋子不多,又不要仆人,人口自然不能很多:一妻和一儿一女就正合适。先生管擦地板与玻璃,打扫院子,收拾花木,给鱼换水,给蝈蝈一两块绿王瓜或几个毛豆;并管上街送信买书等事宜。太太管做饭,女儿任助手——顶好是十二三岁,不准小也不准大,老是十二三岁。儿子顶好是三岁,既会讲话,又胖胖的会淘气。母女于做饭之外,就做点针线,看小弟弟。大件衣服拿到外边去洗,小件的随时自己涮一涮。

既然有这么多工作,自然就没有多少工夫去听戏看电影。不过在过生日的时候,全家就出去玩半天;接一位亲或友的老太太给看家。过生日什么的永远不请客受礼,亲友家送来的红白帖子,就一概扔在字纸篓里,除非那真需要帮助的,才送一些干礼去。到过节过年的时候,吃食从丰,而且可以买一通纸牌,大家打打"索儿胡",赌铁蚕豆或花生米。

男的没有固定的职业;只是每天写点诗或小说,每千字卖上四五十元钱。女的也没事做,除了家务就读些书。儿女永不上学,由父母教给画图,唱歌,跳舞——乱蹦也算一种舞法——和文字,手工之类。等到他们长大,或者也会仗着绘画或写文章卖一点钱吃饭;不过这是后话，顶好暂且不提。

这一家子人，因为吃得简单干净，而一天到晚又不闲着，所以身体都很不坏。因为身体好，所以没有肝火，大家都不爱闹脾气。除了为小猫上房，金鱼甩子等事着急之外，谁也不急叱白脸的。

大家的相貌也都很体面，不令人望而生厌。衣服可并不讲究，都做得很结实朴素；永远不穿又臭又硬的皮鞋。男的很体面，可不露电影明星气；女的很健美，可不红唇卷毛的鼻子朝着天。孩子们都不卷着舌头说话，淘气而不讨厌。

这个家庭顶好是在北平，其次是成都或青岛，至坏也得在苏州。无论怎样吧，反正必须在中国，因为中国是顶文明顶平安的国家；理想的家庭必在理想的国内也。

选自人民文学出版社《老舍全集》第十五卷

《我的理想家庭》可以看成是《婆婆话》的"续篇"，多少也有点"婆婆话"的絮叨，亲切而风趣。年少气盛时，唯我独尊，将结婚看成爱的坟墓，认为家庭是好汉的累赘。及至三十多岁了，"革命"成功与否姑且不论，明知组织家庭可能等同于"为马为牛"，可是如此人生似乎总得经历一番，所以想得更多的就是最好有一个"理想的家庭"了。

兰州大学中文系教授、中国老舍研究会名誉会长　吴小美

朗读者

维和部队战士

面对凶险,别人都在问"为什么是我?"他们却在问"为什么不是我?"

作为联合国创始国和安理会常任理事国之一,从1990年开始,中国就派驻军事力量参与到了联合国的维和行动当中。到目前为止,派驻的军事人员超过了两万人次,为推动联合国维护世界和平和安全做出了贡献。2017年,中国赴马里维和行动的全体官兵,被授予了"和平荣誉"勋章。

马里维和任务区是联合国各维和任务区中武装冲突最激烈、恐怖袭击最频繁、自然环境最恶劣的任务区,也是联合国维和人员伤亡最严重的任务区,曾被联合国原秘书长潘基文称为"最危险的任务区,而没有之一"。

然而维和战士们,冒着生命危险,义无反顾地奔赴马里。在那里,战争留下的满目疮痍、百姓生活的疾苦,最让他们感到震撼。他们经历了蚊虫疾病的肆虐,经历了恐怖分子的炸弹袭击,也经历了最亲密的战友永远倒下。

"总有一些事需要一些人去做吧!去做这些事可能意味着与死神较量、与危险硬拼、与邪恶斗争,意味着种种不确定性的发生。但代表祖国出征,是无悔的青春选择。"一名战士这样说。

朗读者 ❀ 访谈

董　卿：我们看到司崇昶刚才是被战友扶着走上台的，就是因为他在第四批赴马里执行维和任务的时候受了伤，现在还在康复过程中。所以，他没有办法长久地站立，你可以坐一会儿。

去执行维和任务是有生命危险的，你们在去之前，都做好了这样的心理准备吗？

万　鑫：是的，我们每个人都递交了自己的志愿书。每个人都做好了回不来的准备。为了维护国家和军队的荣誉，甘愿流血，甚至牺牲。无论多么危险，我们都觉得使命永远重于生命。

董　卿：做好了回不来的准备，那在走的时候会怎么样和家人告别呢？

万　鑫：家里人吃了个团圆饭，也没有说什么。母亲就说，你是妈妈的儿子，别人也是妈妈的儿子。你要安全地回来，也要把别人的儿子安全地带回来。

司崇昶：我爸在我出国的时候买了一个放大镜。为了能跟我常联系，拿着这个放大镜，一遍一遍地学用微信。

丁福建：我的家庭只有我和我父亲两个人，两个男人之间可能没有那么煽情。我出发前，他来到驻地看我。在这之前呢，可以说我手机里没有一张我父亲的照片。这一回不一样，当时就用手机拍了很多照片，想父亲了可以看看照片。

董　卿：你们能够平安回到中国，最宽慰的是家人。有去了回来的，也有去了没能够回来的。司崇昶在2016年5月执行任务的时候受伤了，但是他的战友申亮亮，却牺牲了。

司崇昶：我每次想到这个，心里特别不舒服，因为我失去了一个战友，

一个兄弟。我记得那是马里时间2016年5月31日2时50分左右，我和申亮亮，我俩执行站岗任务。一辆皮卡车，围着我们营区绕行两圈，开到离我营区二百多米的一个小土包时，突然加速。这时候，亮亮就喊话制止，然后就指挥我开枪射击。这辆皮卡车开到我营区外围的一个沙箱，撞击之后导致翻车、着火。亮亮一把把我推出去了，"司崇昶你快撤！"我说，"咱俩一块撤。"亮亮说，"我是主哨！"然后一把又把我推出去。这时就爆炸了，我被炸飞，昏迷了。

卞　龙：爆炸发生后，我带着快速反应班，第一时间搜救哨兵。最先发现的是副哨司崇昶。他倚在一个小土坡上，胸前全是鲜血。我们在废墟里找到了亮亮。清理现场的时候，在亮亮的身下，我们看到了他执勤的枪支。就是这样一个战士，在生命的最后时刻，还手握着自己的武器，还坚持着自己的战位。还有一个事我觉得特别遗憾，爆炸的前一天，申亮亮找到我，他

说:"中队长你给我理个发吧。"我说明天有勘查的任务,明天我给你理。这成了我一生的遗憾。(哭)

董　卿:这是一次猝不及防的告别,带给战友们的是一种悲痛。今天申亮亮的母亲、父亲、姐姐也来到了现场,我们可以用掌声向他们表示我们的敬意。听说到现在你们手机上,亮亮的号码也舍不得删。

申海霞
(申姐):他的号码我到现在还留着。每次想弟弟的时候,我就在微信上给他留言说弟弟,姐姐想你了。晚上的时候,躺在床上,把他的语音放出来,听听他的声音,就感觉他还在我身边一样。

董　卿:去年五月母亲节的时候,他还留了一条母亲节的微信。亮亮是个挺孝顺的孩子。

杨秋花
(申母):孩子年龄这么大了,还没结婚。农村吧,经济上都是比较紧张的。我就把他的钱给攒起来。2016年春节回来的时候,他直接把我领到城里头,给我买了双旅游鞋。我现在还包着,不舍得穿。

董　卿:很快就是清明节了。这是你们要去祭奠他的第一个清明节。当初没有能够预料到,那是一次诀别。所以,如果今天在现场,就作为一次告别的话,你们还有什么想对他说的吗?

申海霞
(申姐):好弟弟,忠孝不能两全。你为国家尽忠了,那么对父母的孝,姐姐我和哥哥来替你完成。你在天堂那边,自己照顾好自己就行了。你也要好好的,一家人永远都会想你的,放心吧。

董　卿:我记得在阿拉曼英联邦士兵墓地当中有这样一条墓志铭:对于世界,你是一名战士;但是对于我,你是整个世界。我们今天接下来的朗读,要献给亮亮的母亲杨秋花,要献给所有维和部队的战士们的母亲,向她们表达我们的敬意和慰问。

对于我们的维和战士来说,当国家需要他们奔赴战场的时候,我想没有一个人会说"为什么是我",恰恰相反,他们永远抱着"为什么不是我"的那份坚定的决心,用自己的血肉之躯,保卫着人民的安全,维护着世界的和平,也向世界彰显了中国军人的忠诚和胆量。向你们致敬!

朗读者 读本

等着我吧……

——献给 B.C.*

[苏联] 西蒙诺夫

等着我吧——我会回来的。
只是你要苦苦地等待,
等到那愁煞人的阴雨
勾起你的忧伤满怀,
等到那大雪纷飞,
等到那酷暑难挨,
等到别人不再把亲人盼望,
往昔的一切,一股脑儿抛开。
等到那遥远的他乡
不再有家书传来,
等到一起等待的人
心灰意懒——都已倦怠。

等着我吧——我会回来的,
不要祝福那些人平安:

---

* B.C.是苏联影剧女演员瓦莲京娜·谢罗娃姓名的缩写,她是诗人的妻子。

他们喋喋不休地说——
算了吧，等下去也是枉然！
纵然爱子和慈母认为——
我已不在人间，
纵然朋友们等得厌倦，
在炉火旁围坐，
啜饮苦酒，把亡魂追荐……
你可要等下去啊！千万
别同他们一起
忙着举起酒盏。

等着我吧——我会回来的；
死神一次次被我击败！
就让那些不曾等待我的人
说我侥幸——感到意外！
那没有等下去的人又怎么会理解——
亏了你的苦苦等待，
在炮火连天的战场上，
从死神手中，是你把我救了出来。
我是怎样死里逃生的，
只有你我两个人将会明白——
全因为同别人不一样，
你善于苦苦地等待。

（苏杭 译）

选自外国文学出版社《献给妻子》

（朗读人：张国强，演员；丁福建，中国人民解放军65307部队战士，执行过第一批和第四批赴马里维和任务；卞龙，中国人民解放军65307部队司令部作战参谋，执行过第一批和第四批赴马里维和任务；吴培强，中国人民解放军65307部队排长，申亮亮生前战友；司崇昶，中国人民解放军65307部队战士，执行过第一批和第四批赴马里维和任务；历明哲，中国人民解放军65307部队申亮亮所在连队指导员；万鑫，中国人民解放军65307部队政治处主任，执行过第二批赴马里维和任务。）

《等着我吧》这首诗唱响了当时苏联的整个战争岁月，几乎没有一个战士不会背诵这首诗。当时每一个参战的男人和留守的女人相互激励的最好表达就是这首诗。就这首诗风靡的广度与深度，在世界诗歌史上大概堪称无双。这首诗将激昂的情怀与纤细的柔情不可思议地糅合在一起，思想内涵与艺术魅力素朴而又奇妙地结合为一体。

北京外国语大学俄语学院教授　王立业

WANG

MENG

王蒙 *朗读者*

从时间的坐标看,他是一位老人,已进入耄耋之年。但是就人生的舞台来说,他还是一个年轻人,充满激情,充满理想,即便这一生荣辱浮沉,但是用他自己的话说,"依然有着不可救药的乐观主义"。从《组织部来了个年轻人》到《青春万岁》,从《活动变人形》到《这边风景》,他所有的文字都是他文才的最好的证明,但同时也是他生命的最好注解。

讨论王蒙是一件很有意思的事情,他身上有太多标签。他是十四岁就入党的少年布尔什维克、十年的基层团干部、二十二年的"右派"、三年零五个月的文化部部长,最重要的,他是写作长达六十多年的作家。在铁凝看来,王蒙是一个丰富的、复杂的人,他对中国当代文学的影响是综合性的,不但在小说方面,还在诗歌、散文、比较文学以及古典文学研究等方面。

新疆,是王蒙生命中最重要的关键词之一。1963 年,他主动举家搬迁去了新疆,一待就是十六年。他说:"没有新疆的这十六年,也不会有后来的作家王蒙。"新疆的生活对王蒙的写作产生了深远的影响。"文革"结束后,王蒙复出,写了一批以新疆为背景的小说,从而迎来了文学创作的第二个高峰。至今,王蒙以新疆为背景的文学作品多达几百万字。

朗读者 ❋ **访谈**

董　卿：我们这一期的主题词是告别。您先跟我们分享一下您怎么定义告别？

王　蒙：告别，一种是时间的告别，一种是空间的告别。

董　卿：在您的生命当中有两次很重要的地域的告别，告别北京去新疆，告别新疆回北京。这个真的是您生命中的大起大落，先说说告别北京那段儿吧。

王　蒙：是1963年12月，我当时已经处于逆境。你想想，我十四岁就入党了，然后到1958年，不满二十四岁，就被开除出党了，所以有点坎坷。当时，我就跟几个地方的领导聊起来，我说我上你们那儿去怎么样？当时有三个地方可以挑，最远的就是新疆。我就给我的爱人崔瑞芳打了一个电话，我说我想上新疆去；她说新疆挺好的，新疆的歌舞多好啊。我们的电话绝对是在十分钟之内结束的，确定了去新疆。

董　卿：当时是怎么走的呢？

王　蒙：我去新疆的时候，是当时团中央的出版社，中国青年出版社派车送我去的火车站。当时汽车是非常少的，坐一回汽车都觉得祖坟上冒烟儿了。结果中国青年出版社派一个伏尔加，来了以后，早早地停在我们家门口，然后我把行李什么的都装上。你想新疆冷啊，又带着俩孩子，所以带着很多行李。尤其我现在想起来，哎哟，这个小王蒙怎么那么可爱啊。我当时用一个黄桃罐头玻璃瓶，事先装好了水，带着两条小金鱼。我想这一路上咱得把北京的金鱼带到新疆去，新疆未必

买得着金鱼。

董　卿：您当时是一种什么样的心情？带着这么多的行李，把整个家都搬到新疆去了。

王　蒙：说告别的情绪也有。真上了火车就觉得，哎哟，这新疆怎么这么远呢！"叮当叮当"的，周围看着都一样，全是戈壁滩，就这样走了五天。一到乌鲁木齐车站，播放的全部都是维吾尔族的歌曲；再一抬头，雪山——发现了新的世界。

董　卿：完全不一样的世界。

王　蒙：我当时到了新疆，新疆也觉得难办了。后来他们想了一个招儿，说你到伊犁去，劳动锻炼，兼任一个人民公社大队的副大队长。我研究了半天，算副股级的领导。所以到现在，我如果回到新疆那个地方，老人见着我，还有人叫：大队长来了，大队长来了！

董　卿：不过，想想您也挺有意思的，从一个副股级别的大队长一直成为中国的文化部部长。塞翁失马，每一次告别永远都不知道到底意味着什么。

王　蒙：是。到了农村没有待多少天，我住的这小屋里头来了俩燕子，飞进来做窝。当地的农民说，那个小屋有七年都没有燕子做窝了，老王一来这俩燕子来了，可见来了一好人。一到夏天，四点钟天刚一开始亮，这燕子夫妻俩就聊上了，"叽叽喳喳"，您就甭想睡了。可是就这样呢，我也不能妨碍它们的美好生活，是不是？我就听着，分享它们的快乐。

董　卿：所以为什么说您有不可救药的乐观主义呢，真是在哪儿您都可以去发现幸福和美。

王　蒙：是。

董　卿：但是生活了十六年之后，您又返回北京了？

王　蒙：我在离开北京的时候，一滴眼泪都没掉。但是在离开新疆的时候，尤其是我爱人，哭得简直都没办法。因为她看见这么多在最困难的时期关心我们、帮助我们的人都过来送别。

董　卿：您当时也流眼泪了。

王　蒙：是的。我的眼泪实际上是感恩的眼泪。为什么我说告别对于一个人来说并没有那么痛苦？因为只要是活着时候的告别，都意味着新的开始，新的地区，新的时间，新的岗位，新的平台，甚至是新的发展。

董　卿：就看你有多大的勇气了。

王　蒙：是。

董　卿：但是正如您说的，还有一种告别它可能是无法再开始了。

王　蒙：是。我想由于我这个年龄，我已经见识过许多亲人的去世，当然对我来说，更不能平静的就是我的妻子崔瑞芳的去世。

　　　　我从十八岁开始给她写情书，她既是我的初恋，也是我的妻子。我们一块儿过了金婚，但是2010年，忽然发现她得了结肠癌。我非常慌乱。我当时正带着一个团在美国访问，我提前就回来了，回来我就先进了医院。在她治疗的过程中，都是我陪住，为此我都犯了"缠腰龙"。同时，我精神上也受到了非常大的打击。一方面我们积极地治疗，一方面我们也并不回避，把所有要说的话都说了，包括她希望自己的墓地在什么地方，她临走的时候希望穿哪件衣服。

董　卿：我看到您也曾经在文章里写：我用俄语唱遥远，用英语唱情怀，用维吾尔语唱眼睛，用不言不语唱景仰墓园。景仰墓园就是她现在骨灰安葬的地方。

王　蒙：是。因为我自己现在年龄越来越大了，我对人最后的告别，尽量地抱一种相对安详的态度。中国古代诸子百家里，用特别通达的态度，特别乐观的态度讨论生死的，到现在我知道的就是庄子。他说"大块载我以形，劳我以生，佚我以老，息我以死"，什么意思呢？"大块"是指天地，您要想在天地间活着，您就得劳动，就得辛苦，最后，用衰老让您休息，用死让您安息。

董　卿：您今天的朗读要献给谁呢？

王　蒙：我想把这个朗读献给我已故的妻子崔瑞芳，还有我们俩人的三个孩子。他们会懂我里边说的每一句话，就是"人生是值得珍贵的，告别的经验虽然有它的酸苦，但是也在丰富着我们的生活，也让我们活一天，好好地过一天"。

朗读者 ❀ 读本

明年我将衰老

王蒙

我知道这一切都有你的心思，都有你的参与与祝愿，有你的微笑与泪痕，有你的直到最后仍然轻细与均匀的，那是平常的与从容矜持的呼吸。到了2012这一个凶险与痛苦的年度的秋天。上庄·翠湖湿地，咱俩邻居的花园，黄栌的树叶正在渐渐变红，像涂染也像泡浸，赭红色逐渐伸延扩散，鲜艳却又凝重。它接受了一次比一次更走凉的风雨。所谓的红叶节已经从霜降开始。通往香山的高速公路你拥我挤，人们的普遍反应是人比叶多，看到的是密不透风的黑发头颅而不是绯红的圆叶。伟大的社稷可能还缺少某些元素，但是从来不乏热气腾腾与人声滔滔。

夏天时候我觉得距离清爽是那样难得的遥远。虽然数年前咱们有过"暑盛知秋近，天空照眼明"的诗句。这时候，你甚至觉得萧瑟与无奈正悄然却坚毅地袭来。好像有指挥也有列队，或者用我的一句老话，你垂下头，静静地迎接造物删节的出手不凡。你愿意体会类似印度教中的湿婆神——毁灭之神的伟大与崇高。冷酷是一种伟大的美。冷酷提炼了美的纯粹，美的墓碑是美的极致。冷酷有大美而不言。寂寞是最高阶的红火。走了就是走了，再不会回头与挥手，再不出声音，温柔的与庄严的。留恋已经进入全不留恋，担忧已经变成决绝了断。辞世就是不再停留，也就是仍然留下了一切美好。存在就是永垂而去。记住了一分钟就等于会有下一分钟。永恒的别离也就是永远的纪念与生动。出现就是永远。培养了两名世界大奖得主的教授给我发信,说:"没有永远。"好的,没有本身,就是永远。有,变成没有,就是说,一时化为永远。有过就是永远,结尾就是开端。在伟大的无穷当中,直线就是圆周。与没有相较,我们就是无垠。

比起去年,充分长大的黄栌,出挑得那么得心应手,行云流水,疏密凭意。它已经有了自己的秋天的身姿,自信中不无年度的凄凉,寂静中又仍然有渐渐走失的火热。那临别的鲜艳与妩媚,能不令你颠倒苍茫,最终仍然是温柔的赞美?也可能只是因为你去了,我才顾得上端详秋天,端详它的身段,端详它的气息,端详它的韵味,有柔软也有刚健,如同六十年的拥抱与温存。你的何等柔软的脸庞,还有时下时停的雷雨,时有时无的星月,像六十年前一样丰满。

也许天假我以另外的七八十年。银杏与梧桐的叶子正在变得淡黄金黄,他们的挺拔、高贵与声誉,使秋天也同享了时节的从容与体面。秋天是诗,秋天是文学,秋天是回忆也是温习。秋天是大自然的临近交稿的写作。敲敲电脑,敲出满天星斗,满地落叶与满池白鱼。柿子树的高端已经几乎落尽了叶子,剩下了密密麻麻的黄金灯果。相信某一个月星暗淡的夜晚,枝头的小柿子会一齐放光,像突然点亮了的灯火通电启动。月季仍然开着差不多是最后的花朵,让人想起爱尔兰的民歌《夏天,最后一朵玫瑰》。它们的发达的正规树叶凋落了,新芽点染着少许的褐与红,仍然不合时宜地生发着萌动着,在越来越深重的秋季里做着早春的梦,哪怕它们很快就会停止在西风与雨夹雪里。芦苇依靠着湖岸,几次起风,吹跑了大部分白絮银花,我们都老了,渲染了它们的褐黄与柔韧。靠着芦苇的有送走了白絮的小巧的蒲公英。比较软弱的是草坪,它们枯黄了或者正在枯黄着,它们掩盖着转瞬即逝的夏天的葱茏与奔忙,它们思念着涟漪无端的难言之隐。湿地多柳,女性丰盈的外观与脾气随和的垂柳，她们的长发仍然拂动着未了的深情。它们说，不，我们还没有走，我们还在，我们还在恋着你哄慰着你。你在哪里，我在哪里，你与我一起，我与你一起。

我喜欢你的命名：胜寒居。我更喜欢居前的开阔地。你比古人更健朗，他是高处不胜寒，你是高处不畏冷，不畏高。高只是一个事实，所以你不讳言也不退让。你在胜寒居上养了一条黄鼠和一只小羊，你在胜寒居的胜寒楼上吟诗赏月，那是一个刚刚开始的梦，一个尚未靠近的故事。

是的，没有绯闻，真的没有。然而有过笑声，有过意大利通心粉与三色冰激凌，有过莱茵河游艇上的蓝天与骄阳。苦苦的咖啡。有一万五千里的距离，有七个小时的时差。这里也有一句诗：

"你的呼唤使我低下头来。就这样等待着须发变白。"

还有过最早的失眠，十五岁。我去看望你的彩排，你沉稳而无言，你跳着用瞿希贤的歌子伴奏的舞。都说你的特长不是舞蹈而是钢琴，然而那是全民歌舞的岁月，高歌猛进，起舞鸡鸣，你为什么有那么细白的皮肤？你对我有特别的笑容，我不相信你对别人也那样笑过。你如玉如兰，如雪如脂，如肖邦如舒曼，如白云如梨花瓣。还有红旗，红绸，聚光灯，锣鼓，管弦乐，腰鼓。我的幸福指数是百分之八百，你的笑容使幸福荡漾了。每一声鸟叫，每一滴春雨，每一个愿望，每个笑容都是恩典。在你微笑的时候我好像闻见了你的香味，不是花朵，而是风雨春光倒影。

然而我失去了你，永远健康与矜持的最和善的你，比我心理素质稳定得多也强大得多的你。你的武器你的盔甲就是平常。你追求平常心早在"平常心"成为口头禅之前许久。对于你，一切剥夺至多不过是复原，用文物保护的语言就叫作修旧如旧，或者如故如往如昔。我乐得回到我自己那里，回到原点。它不可伤害我而且扰乱我。我用俄语唱遥远，用英语唱情怀，用维吾尔语唱眼睛，用不言不语唱景仰墓园。一切恶意都是求之不得，都是解脱，免得被认为是自行推脱。是解脱而不是推脱，是被推脱所以是天赐的解脱。一切诽谤都可以顺坡下驴，放下就是天堂。一切事变与遭遇都是踏破铁鞋无觅处，得来全不费工夫。叫作正中下怀，好了拜拜。那哥们儿永远够不着。因为，压根儿我就没有跟那哥们儿玩儿。

我的一生就是靠对你的诉说而生活。我永远喜欢冬尼亚与奥丽亚，你误会了，不是她。有两个小时没有你的电话我就觉察出了艰难。你永远和我在一起。那些以为靠吓人可以讨生活的嘴脸，引起的只是莞尔。世上竟有这样的自我欣赏嘴脸的人，所向无敌。那好人的真诚与善意使你不住地点头与叹息。那可笑之极的小鱼小虾米的表演也会使你忍俊不禁。

我们常常晚饭以后在一起唱歌，不管它唱的是兰花花、森吉德马、抗日、伟人、夜来香、天涯歌女，也有满江红与舒伯特的故乡，有老橡树。反正它们是我们的青年时期，后来我们大了，后来我们老了，后来你走了。但是你午夜来了电话，操持说锅里焖的米饭已经够了火候，你说"熟了，熟了"，你的声音坚实而且清晰，和昨天一样，和许多年前一样。你说你很好，我知道。你说已经不可能了，我不相信。我坚信可能，还有可能。初恋时我的电话是41414，有一次我等了你七个小时。而我忘记了你的宿舍电话号码。生活就是这样，买米、淘米、洗菜、切菜，然后是各种无事生非与大言欺世。然后是永远的盎然与多情的人生，是对于愚蠢与装腔作势的忘记，是人的艰难一把粑。然后是你最喜欢的我行我素与心头自有。然后是躺在病房里，ICU——

重症监护室，不是ECU，不是洗车行驶定位器，也不是CEO——总经理或者行政总裁。

我一次又一次地抚摸着的是铺天盖地的鲜花与舒曼的《童年》——"梦幻曲"。我亲了你的温柔与细软。那样的鲜花与那样的乐曲使我觉得人生就像一次抛砖引玉。是排练与演出，无须谢幕也不要鼓掌。

在山野，我们安歇。空山不空，夜鸟匆匆。你带给我们的人生的是永远的温存与丰满。

就在此时发现了旧稿，首写于1972年，那时我在"五七"干校里深造，精益求精、红了再红、红了半天却是倒栽葱。攀登高峰。我恭恭敬敬地写下了无微不至的生活。

我们有过1919、1921、1927、1931……1949、1950年代，我们也确实有过值得回味与纪念的1960、1966、1970年代。我们的生活不应该有空白，我们的文学不应该有空白。高高的白杨树下维吾尔族姑娘边嗑瓜子边说闲言碎语。明渠里的清水至少仍然流淌在四十年前的文稿的东西南北、上下左右。我们俩用白酒擦拭煤油灯罩，把灯罩擦拭得比没有灯罩还透亮。我们躺在一间五平方米的房间的三点七平方米的土炕上。我说我们俩是"团结、紧张、严肃、活泼"，这是林彪提倡的"三八作风"当中的那八个字。都喜欢那只名叫花花的猫，它的智商情商都是院士级的。它与我们俩一起玩乒乓球。你还笑话我最贪婪的是"火权"，洋铁炉子，无烟煤，煤一烧就出现了红透了的炉壁，还有白灰，煤质差一点的则变成褐红色灰。煤灰延滞了与阻止了肆无忌惮的燃烧，却又保持了煤炭的温度，这就是自（我）封（闭）。一天以后，两天以后，据说还能够达到一周至半月以后，你打开火炉，你拨拉下煤灰，你加上新炭，十分钟后大火熊熊，火苗子带着风声，风势推动着火焰，热烈抚摸起你我的脸庞。我热爱这壮烈的却也是坚韧不拔、韬光养晦的煤与火种。冬火如花，冬火红鲜嫩。嫩得像1950年的文工团的脸。我最喜欢掌握的是燃烧与自封的平衡，是不止不息与深藏不露的得心应手。

还有庄稼地、苹果园、大渠小渠、麦场、高轮车、情歌民歌、水磨、蜂箱、瓜地里的高埂，还有砍土镘与苦镰，这是我们的共同岁月，共同见证，共同经历，共同记忆，像垒城砖一样地垒起煤块。倒像我们是徐霞客，是格列佛，是哥伦布，是没有撞过墙也没有变成浮雕的王子与公主。

2012年对于我来说最惊人的最震撼的是当记忆不再被记忆，当往事已经如烟，当文稿已经尘封近四十年，当靠拢四十岁的当年作者已经计划着他的八十岁耄耋之纪元，当然，如果允许的话；就在这时，靠了变淡了的墨水与变黄变脆了的纸张的帮助，往事重新激活，往日重新出现。

我们活得、记得、忆得十分真切，真切得像每平方米四角八分钱的住房。真切得像每斤九角六分的酱猪肉。真切得像我抚摸过的唯一的温暖。

时间，什么是时间，时间是什么？烟一样地飘散了。波纹一样地衰减、纤弱、安静、平息下来，不再有声响了。经过了哭号，经过了饮泣，经过了迎风伫立，经过了深深垂下的眼帘，忘却一样地失去了喜与悲、长与短、生与殁、有与无的区分了。时间仍然可能动人，时间仍然可能欢跃，时间仍然可能痛哭失声，痛定不再思痛。痛变为平静，平静不会轻易再变成痛，平静是痛与不痛的痊愈的伤口。请猜猜，伤口与什么词重码？太天才了！"伤口"等同于"作品"，它们具有同样的输入码：WTKK。

花朵枯萎了，也许有种子，种子也许发芽，长成小的、中的、大的、古的树。痛苦结尾了，有一抹微笑与宁馨。然后有一个符号，有一行字，有一点记载，然后电闪雷鸣，然后往事如狂，旧泪如注，然后凝结为作品，作品结了疤，你能不为作者而掉一滴滚烫的眼泪？然后成为一片夹在笔记本里的树叶，一张照片，一个梦中的惦念与操持提醒，在若有若无之间，在若你若我之际。时间在等待相遇与相识，时间在等待知己与挚爱，等待抚摸与亲吻。昨天与今天既相恋更相思，既苦涩又甜蜜。时间等待复活、审判、重温，像蓓蕾等待开放，像露水等待草籽，像钢琴等待击打，像礼花等待鲜艳的点火。上个世纪的生物学杂志报道，塔斯社列宁格勒讯，苏联科学院植物园的温室中出现了世界上最罕有的现象之一：一颗古代保留下来的莲子发了芽。这颗莲子是中国朋友送给他们的六颗种子之一。这些种子是在沈阳附近挖掘泥煤时发现的，这些种子已被保留了数千年。时间的精灵始终躲在我们的身畔，或者有突然的绚烂，或者有永久的谦和，以无声期待大的交响。或者只是轻轻地挠痒我们。它其实非常耐心，是幽默的悲壮。

沿路修起了许多路灯与扬声器，给灯火穿上树根的包装。你走了，留下了愿望，留下了施工的方式，留下了小木屋，启动阶段的投资。人生易老山难老，还在走，还在写，还在歌，还在山上。

我以为此岁我可能抽筋或者呛水，可能供血不足，晕眩而且二目发黑。我想如果结束在海里也许并不比结束在ICU中更坏。当然，结束无好坏，大限无差别，无差、无等、无量、无觉、无恋栈。什么没经过？幽幽一笑。我喜欢红柳与胡杨。我喜欢山口的巨叶玻璃树。我喜欢苦楝与古槐。我喜欢合欢。我喜欢礁石上的尖利的贝壳残片，割体如刀，血色仍然如黄昏的落日。

仍然是在蓝天与白云之下，是在风雨阴晴之中，是在浪花拱动下，沐浴着阳光与雾气，沐浴着海洋的潮汐与波涌、洁净与污秽，向往着那边、这边、旁边，忍受着海蜇与蚊虫，接受着为了大业而施予的年益扩大的交通管制，环顾着挺立的松柏、盘错的丁香、不遗余力的街头花卉、鸣蝉的白杨、栖鸟的梧桐、大朵的扶桑、想象中盛开一回的高山天女木兰和一大片无际的荷莲。如果不是横在头上的高压线，那莲湖就是天堂佛国极乐。去年你在那里留了影，仍然丰匀而且健康，沉着中有些微的忧愁与比忧愁更强大的忍耐与平顺。

你和我一起，走到哪里，你的床我的床边，你的枕我的枕旁，你的声音我的耳际，你的温良我的一切方向。你的目光护佑着我游水，我仍然是一条笨鱼，一块木片，一只傻游的鳖。我有这一面，小时候羡慕了游泳，就游它一辈子，走到哪里都带上泳帽、泳裤、泳镜。一米之后就是两米，十米以后是二十米，然后一百米，二百米，仍然有拙笨的与缓慢的一千，我还活着，我还游着，我还想着，我还动着。活着就是生命的满涨，就是举帆，就是划桨，就是热度与挤拥，就是乘风破浪，四肢的配合与梦里的远航，还能拳击，嘭嘭嘭，摇晃了一下，站得仍然笔直。哪怕紧接着是核磁共振的噪音，是叮叮、噗噗、当当、哒哒、吨吨、咻咻、嘚嘚、嘟嘟、嘻嘻、乒乒、乓乓、唰唰唰。是静脉上安装一个龙头，从龙头里不断滴注显像液体。是老与病的困扰，是我所致敬致哀致以沉默无语的医疗药剂科学。是或有的远方。一事无成两鬓白，多事有成两鬓照样不那么黑了，所差几何？必分轩轾。

然而我坚信我还活着，心在跳，只要没走就还活着，好好活着，只要过了地狱就是天国，只要过了分别就是相会。从前在一起，后来在一起，以后还是在一起。我仍然获得了蓬蓬勃勃的夏天，风、阳光、浓荫、暴雨、皮肤、沙、沫、潮与肌肉，胆固醇因曝光向维D演变，与咱们从前一样。而且因为你的不在而得到关心与同情，天地不仁，便更加徒劳哭泣。过去是因为你的善待而得到友好，在与不在，你都在好好对待朋友。对待浅海滨。我去了三次,我喜欢踩上木栈道的感觉,也许光着脚丫子踩沙滩更好。去年与你同去的,沙砾、风、海鸥、傍晚,我期待月出,我期待,更加期待繁星。

然而难得在海滨的夏天见到星月。云与雾,汽与灯光、霓虹、舰船上的照明,可能还有太多的游客与汽车使我一次次失望了。我许诺秋天再来,我没能来,我仍然忙碌着,根本不需要等待高潮的到来。有生活就有我的希望与热烈,就有我尚未履行的对于秋涛星月的约定。在秋与冬春,我与渤海互相想念。

你许诺了那瓶二锅头酒,你病中特意上山赠送给了老人家,我们素不相识。你在山野留下了友谊,你在山峰留下了酒香,你在朋友心里留下了永远的好意。

在我的记忆里已经有许多年没有在中秋夜看到团圞的美丽了。八月十五云遮月,正月十五雪打灯。头一天,月色尚好,我们一起吟唱苏东坡的《水调歌头》,第二天却是遍天的云霾。说的是去年。然后等到清爽到来,月色已经是后半夜的事了。已经许多年,我没有在深夜起床赏月,那时还在山村,深夜的清晖给了我们另一个世界,就像丁香花与紫罗兰给了我们另一种花事。

今年的中秋月明如洗。这样的月夜里你数得清每一株庄稼与草,你看得清每一块坑洼与隆起,你摸得着每一枚豆粒大的石头,你看得清远方的山坡与松峰。你可以约会抱月的仙人与丢落棋子的老者,你可以孤独地走在山脚下,因为孤独而带几分得得,你已经被美女称为得得。我想守在你的碑前,你会悄悄地与我说闲话,不再是团结紧张严肃活泼,而是如诗如梦如歌如微风掠影。这时我听到了六十年前的那首歌曲,从前的从前,少壮的少壮,面对海洋的畅想,我们一起攀登分开了大西洋与印度洋的好望角的灯塔。我们看到了蓝鲸,我们看到了河马，我们看到了飞逐的象群，我们看到了猴子与鸵鸟的密集。河水在地上泛滥，女人生育了许多孩子，她们的皮肤像绸缎一样。她们浑圆，温热却又雄武。菜香蕉与木薯随时随地充饥。

我多次与你说笑，我说我在梦中与一个黑皮肤的浑圆的柔道冠军争夺锦旗，你说我是以歪就歪不说真情。世界上有这样的男子吗？我的初恋是你。我的少年是你。我的颠沛流离是你。我的金婚是你。我的未有实现的钻石婚是你。你的唯一的对手是非洲冠军，是欧洲长跑，是俄罗斯与白俄罗斯网球手，是澳大利亚的鱼。我老了老了迷上了女子举重，期待着世界纪录打破者，举起，旋转，"砰"的一声，接在手里，或者粉碎在大地。

世上有海，有风浪。海上有月和星星。我躺在海上入眠。阳光照得我睁不开眼，重复再重复的运作正好催眠。说海是起源，海是归结，海是摇篮，海是家园，海就是神祇。早春遇海，我们惺惺相惜。我只是怕你孤单。本来你可以不那么孤单。本来你可以与我相伴，就像星与月相伴，草与花相伴，沙与沫相伴，呼唤与回应相和，回忆与追思为伴。来啊！

你可晓得，明年我将衰老？

五年前，那次也是在海边，在山路上，在欧洲与非洲，在秋叶树下。一个温顺的女孩子问我：你有洛丽塔情结吗？

我不知道她是不是真的想问我这个，因为那是一个午夜的节目。人们不大相信节目，已经有朋友打电话告诉我不要上传媒的当。我怜惜那些嘀嘀咕咕的宣布者，他们已经基本销声匿迹，像驶入海洋的纸船，像脱了线的纸鸢，像一声噩梦中的阴声冷笑。我感动于晴日清晨，复活过来的，头一晚上已经僵死过去的蝈蝈。它一醒就又叫唤起来了，然后第二天或者第三天还是悄悄汰去。我未能帮了你。

我说,我不知道什么是洛丽塔,她给我解释是说什么老男与少女的钟情。

我赶上了无风三尺土、有雨一街泥的刚刚安装有轨电车的年代。我常常走过胡同拐弯处的一处小宅院,高墙上安着电网,有时候电网上栖息着麻雀,黑大门上红油漆书写着对联:忠厚传家久,诗书继世长。树上的蝉叫得正是死去活来。小院对面的略显寒碜的、油漆脱落的院门上的对联,对于我来说有更多的依恋与普世情怀:又是一年芳草绿,依然十里杏花红。草枯黄了,又绿了起来。花儿早就落地与被遗忘了,然后倏然满街满树满枝地绚烂与衰败。尤其是春天,这副对联,令我幸福又伤感地颤抖,像挂在电线杆上的一只不能放飞的风筝。赶上了飒飒的春雨与从斜对面吹过来的小风。已经是七八十届芳草与杏花了。

那时候古城夏日的雨后到处飞蜻蜓,青蛙与刺猬会进入四合院,夜间到处飘飞着萤火虫,一只青蛙爬到我的小屋里,它的眼神使我相信它有博士学位。而初夏的古槐上吊着青虫,每到春天到处卖鸡雏。我一次次经过那个"继世长"的小红门,听到水声"轰轰"地响。凉爽与水声同在。从来没有见到过它的门打开过,那里有不为人知的故事,是一个人老珠黄的美女,那个故事与故事的散落已经泯灭,那个故事还等待着我们的发现与转述辛酸。

经过迷茫,自以为是大明白,然后是《雾啊,我的雾》,二战歌曲。然后是欲老未老,然后是不太敢于面对旧日的照片,然后大家都会静下来,我看到了我也看到了你,我们本来都在襁褓里。都说你有福相,从那时起。

有许多次我被离别。我不喜欢离别,离别的唯一价值是怀念聚首与期待下次重逢的欢喜。离别的美好是看到月亮以为你也在看月亮,同一个月亮。被离别时我常常深夜因呼唤而叫醒了自己，然后略略辗转。我呼唤的是你的名字。你有一个乳名，你不许我叫你。我们在春水与垂柳下见面，我们站在汉白玉桥下面，我们身旁有一壶一壶的茶水，一碟一碟瓜子。你闻到了水与鱼的气味，柳条与藤椅的气息。是一见钟情，那时候还没有忘记"千里送京娘"的流行歌曲。

醒来后的第一个感觉是我怎么已经活了那么久？我上了幼稚园、小学、初中、高中，当了第一名、干部、分子、队长，嘛跟嘛嘛……

然后礼貌的女孩子问我，你有什么因为年老而产生的不那么舒服的感觉吗？例如记忆力的减退，例如体力的丧失……她果然很天真，她顺应了媒体的捉弄。

我的头发那一年远远没有全白，现在也没有。我还在登山抛球与游泳，我还在学俄文与英语歌曲，我还在奋键疾书，我已经绝不年轻，我还有不错的肱二头肌、肱三头肌和胸肌，不比那些秀胸的国际政要差。后来我还从好声音那边学到了"爱我如君"，是说话也是唱歌，是诵读也是吟咏，像是大不列颠的梅花大鼓，像是欧洲的花小宝与籍薇。她就是阿黛尔：求求你不要忘记，我流下了眼泪。

我岂可说不是的？世界是你们的，是他们的，是孩子们的，我早该隐退，谁让我还能连吃四五个狗不理包子，天津卫？

我当然老了，岂止是老了，走了歇了去了别了如烟了西辞黄鹤楼了烟花三月下扬州了也是题中应有之义。我回答：是的，也许是明年吧，明年我将衰老。

没有说出来的话：如果明年的衰老仍然不明显，那么就是明年的明年或明年的明年的明年衰老。衰老是肯定的，这不由我拍板儿，何时衰老我未敢过于肯定，这同样不听谁的批示：

这是多么快乐，
明年我将衰老，
这是多么平和，
今天仍然活着……

当我遇到某种冲击的时候，不管是哪一类的事情，我会把一切生活表象暂时放开，只写我的心的最直接的感受，可以是超越生死的感受，超越人物情节、故事和语言的感受，真正把自己的心掏出来的感受。

著名作家　王蒙

勇 气

Courage

就像茨威格说的,"勇气是逆境中绽放的光芒"。勇气是一笔财富,拥有了它,就拥有了改变的机会。岳飞的"三十功名尘与土",文天祥的"留取丹心照汗青",贝多芬的"扼住命运的咽喉",海伦·凯勒的"假如给我三天光明"……这些勇气都彪炳在史册上,流传在故事里。

莎士比亚说,"有德必有勇,正直的人不会胆怯"。试想一下,如果历史失去了勇气,那将失去改写的英雄;如果人生失去勇气,那很多日子就会变得苍白无力。

在"勇气"这一章,最让我记忆深刻的是文物史家樊锦诗,一位瘦弱的南方女子,从北大考古系毕业之后,她用了五十四年的时间坚守在大漠深处,而她为敦煌所做的一切,也被季羡林先生誉为"功德无量"。

勇气有时候是一瞬间的闪念,有时候是一辈子的执念。勇气是在你看清了生活的真相之后,依然热爱生活。

勇 气

Courage

Readers

JIANG YI YAN

朗读者

江一燕

江一燕在演艺圈一直是个独特的存在。二十四岁就凭借《我们无处安放的青春》走红，当其他演员忙着拍戏、参加商业活动时，她却跑去写歌、演话剧、写作、旅行、摄影。她自诩"江小爬"，她的粉丝和志愿者也被称为"爬行团"，"我们可能走得很慢，但是一步一个脚印地往前走，奋力爬"。

本是演员的江一燕，竟渐渐在摄影圈也有了一些影响。2015 年，江一燕的公益影展在北京 798 开幕。在她的镜头中，有火山，有极地，也有非洲大草原上的狮子、斑马和长颈鹿。她的摄影作品曾入选《美国国家地理》。

这些年，她更为人熟知的称谓是"小江老师"。从 2007 年开始，她坚持每年抽出一段时间去广西巴马山区小学支教，长则一月，短则一周。"我始终相信，人与人之间的情义是无价的。"江一燕说，"我选择每年去看望那些孩子，帮他们做一点小事。"

这就是江一燕，一个非典型的女明星。她常说："我做的事情、走的路，都是一点一滴、慢慢的、小小的，但它是可以深入人心的。"

朗读者 ❀ 访谈

董　卿：你坚持做支教有多少年了？
江一燕：今年算起来应该是第十年了。
董　卿：那你都给他们上些什么课呢？
江一燕：什么都上过。我也上过朗读课。其实每一次去都会准备一些让他们感觉新鲜的课，主要是以兴趣课为主。
董　卿：他们知道你是谁吗？
江一燕：很多人不知道。有一些人知道，可是他其实并不太知道明星是什么。他们会在给我写的小卡片上说，我一定要努力学习，要做一个像小江老师这样好的明星。我觉得好可爱。
董　卿：因为你是每年都去，所以应该说跟那些孩子保持着一个长久的联系。
江一燕：每次我都是尽量不提前通知他们。因为学校的老师跟我说，如果知道我要回去的话，可能孩子们提前两天就已经兴奋得睡不着觉了。我很多时候是走路上山，有一个学生远远地看见我，就会跑到学校或者在山上大喊一声，"小江老师回来了"，然后所有的人都冲出教室。

　　山里的小孩儿比较害羞，很多时候他们表达不出心里真的想说的话，但是他们会用行动。他们会突然过来抱你一下，或者会默默地拉你的手。然后你发现他松开你的时候，你的手里面会有一个脏脏的小玉米，那是他口袋里存着的午饭，他会偷偷地给你。
董　卿：有没有你印象特别深刻的孩子？

江一燕：有一个小孩儿，我再去的时候，他已经转学了，可是每年只要我一回到我经常去的那个学校，不管他转到多远，只要一下课，就会疯了一样冲到这个学校。可是你知道两个学校之间距离有多远吗？他要在路上跑一个多小时。去年我走的时候，他说小江老师，你要等我。可是那天因为要赶飞机，没有办法，就先走了，结果车开到路上，我就远远地看到有几个孩子在那儿疯跑，当时我就说是蒙贵祥。结果孩子跑近了，车一停下，真的是他，而且他还带着他的妹妹、弟弟。我一下车就跟他们拥抱，我觉得好像很难离开的感觉，每一次都是这样。

董　卿：你会流泪吗？

江一燕：我告诉自己，不要流泪。我不能让他们伤感，我要让他们感觉到希望，感觉到勇气。

董　卿：你也一直在说，老师对学生的关怀和帮助，会给学生很大的勇气。你最早感受到的老师给予你的勇气是在什么时候？

江一燕：她是我的舞蹈老师，叫章燕。我跟这个老师第一次见面的时候，她就跟我说：你上我的课，你要坚持。后来我真的跟她学了舞蹈，然后一年一年。

董　卿：你小时候是什么样的一个孩子？

江一燕：我是一个很孤独的孩子（笑）。我不知道跟谁交流，然后突然有一天，有这样一个老师出现在生命里，又像大姐姐，又像最亲密的朋友，她完全改变了我。那时候我爸爸妈妈没有时间来接我，我就一个人很孤独地等在少年宫的门口，然后章老师会过来叫我说，你来吧。我就到她的宿舍。她的生活很朴素，一间宿舍小小的。她说，你等我吃完，我送你回去。然后，我坐在她的自行车后面，她的长发被风吹起来。我第一次坐在一个老师的自行车后，现在想起来，我都觉得是一个非常非常幸福的画面。我只是看到她的背影，但是我觉得她好香，她好美。在很孤独的一个阶段有这种细小的爱，让你觉得好温暖。直到她后来生病了……

董　卿：她生的什么病？

江一燕：白血病。后来她被隔离了，所有的孩子就只能在玻璃窗外面看她。她的手贴着玻璃窗，我们隔着一层玻璃跟她说，我们一定会跳得非常好，请她放心。

老师那个时候有一个愿望，就是特别想让我们上北京舞蹈学院。我十四岁那会儿他们来招生的时候，很多人都说，已经有几年没跳了，你肯定考不上。我说我要考，我要试试。记得后来在舞蹈学院欢迎新生的仪式上面，我念了一封给老师的信，叫《永远的燕子老师》。我说是她伴随着我，让我

　　　　　有勇气到了北京,我说我一直可以坚持做她的梦想,我觉得
　　　　　是她陪伴着我。就像天上的一颗星星一样,她现在也永远在。
董　卿:所以你今天的朗读是要献给你的老师吗?
江一燕:嗯。我觉得她一定会听到的。
董　卿:读一篇什么呢?
江一燕:我要读的是陈忠实老师的《晶莹的泪珠》。
董　卿:你选的这篇文章是陈忠实先生根据他自己的经历写的,当他
　　　　因为家庭贫困不得不退学的时候,遇到了一个其实也没有太
　　　　多交往的老师,可就是那个老师,很温暖关切的表情和她流
　　　　下的眼泪,在他的心里种下了一个种子。其实有的时候老师
　　　　可能只是一点点的关怀,一点点的爱,就会影响到我们整个
　　　　生命,改变我们的人生信仰。

朗读者 ❖ 读本

晶莹的泪珠

陈忠实

我手里捏着一张休学申请书朝教务处走着。

我要求休学一年。我写了一张要求休学的申请书。我在把书面申请交给班主任的同时，又口头申述了休学的因由，发觉口头申述因为穷而休学的理由比书面申述更加难堪。好在班主任对我口头和书面申述的同一因由表示理解，没有经历太多的询问便在申请书下边空白的地方签写了"同意该生休学一年"的意见，自然也签上了他的名字和时间。他随之让我等一等，就拿着我写的申请书出门去了，回来时那申请书上就增加了校长的一行签字，比班主任的字签得少，自然也更简洁，只有"同意"二字，连姓名也简洁到只有一个姓，名字略去了。班主任对我说："你现在到教务处去办手续，开一张休学证书。"

我敲响了教务处的门板。获准以后便推开了门，一位年轻的女先生正伏在米黄色的办公桌上，手里提着长杆蘸水笔在一厚本表册上填写着什么，并不抬头。我知道开学报名时教务处最忙，忙就忙在许多要填写的各式表格上。我走到她的办公桌前鞠了一躬："老师，给我开一张休学证书。"然后就把那张签着班主任和校长姓名和他们意见的申请递放到桌子上。

她抬起头来，诧异地瞅了我一眼，拎起我的申请书来看着，长杆蘸水笔还夹在指缝之间。她很快看完了，又专注地把目光留滞在纸页下端班主任签写的一行意见和校长更为简洁的意见上面,似乎两个人连姓名在内的十来个字的意见批示,看去比我大半页的申请书还要费时更多。她终于抬起头来问:

"就是你写的这些理由吗?"

"就是的。"

"不休学不行吗?"

"不行。"

"亲戚全都帮不上忙吗?"

"亲戚……也都穷。"

"可是……你休学一年,家里的经济状况也不见得能改变,一年后你怎么能保证复学呢?"

于是我就信心十足地告诉她我父亲的精确安排计划:待到明年我哥哥初中毕业,父亲谋划着让他投考师范学校,师范生的学杂费和伙食费全由国家供给,据说还发三块钱零花钱。那时候我就可以复学接着念初中了。我拿父亲的话给她解释,企图消除她对我能否复学的疑虑:"我伯伯说来,他只能供得住一个中学生;俺兄弟俩同时念中学,他供不住。"

我没有做更多的解释。我的爱面子的弱点早在此前已经形成。我不想再向任何人重复叙述我们家庭的困窘。父亲是个纯粹的农民,供着两个同时在中学念书的儿子。哥哥在距家四十多里远的县城中学,我在离家五十多里的西安一所新建的中学就读。在家里,我和哥哥可以合盖一条被子,破点旧点也关系不大。先是哥哥接着是我要离家到县城和省城的寄宿学校去念中学。每人就得有一套被褥行头,学费杂费伙食费和种种花销都空前增加了。实际上轮到我考上初中时已不再是考中秀才般的荣耀和喜庆,反而变成了一团浓厚的愁云忧雾笼罩在家室屋院的上空。我的行装已不能像哥哥那样有一套新被子新褥子和新床单，被简化到只能有一条旧被子卷成小卷儿背进城市里的学校。我的那一绺床板终日裸露着缝隙宽大的木质板面，晚上就把被子铺一半再盖上一半。我也不能像哥哥那样由父亲把一整袋面粉送交给学生灶，而只能是每周六回家来背一袋杂面馍馍到学校去，因为学校灶上的管理制度规定一律交麦子面，而我们家总是短缺麦子而苞谷面还算宽裕。这样的生活我并未意识到有什么不好，因为背馍上学的学生远远超过能搭得起灶的学生人数，每到三顿饭时，背馍的学生便在丼水灶的一排供水龙头前排起五六列长队，把掰碎的各色馍块装进各自的大号搪瓷缸子里，用开水浸泡后，便三人一堆五人一伙围在乒乓球台的周围进餐，佐菜大都是花钱买的竹篓咸菜或家制的腌辣椒，说笑和争论的声浪甚至压倒了那些从灶房领取炒菜和热饭的"贵族阶层"。

  这样的念书生活终于难以为继。父亲供给两个中学生的经济支柱，一是卖粮，一是卖树，而我印象最深的还是卖树。父亲自青年时就喜欢栽树，我们家四五块滩地地头的灌渠渠沿上，是纯一色的生长最快的小叶杨树，稠密到不足一步就是一棵，粗的可作檩条，细的能当椽子。父亲卖树早已打破了先大后小先粗后细的普通法则，一切都是随买家的需要而定，需要檩条就任其选择粗的，需要椽子就让他们砍伐细的。所得的票子全都经由哥哥和我的手交给了学校，或是换来书籍课本和作业本以及哥哥的菜票我的开水费。树卖掉后，父亲便迫不及待地刨挖树根，指头粗细的毛根也不轻易舍弃，把树根劈成小块晒干，然后装到两只大竹条笼里挑起来去赶集，卖给集镇上那些饭馆药铺或供销社单位。一百斤劈柴的最高时价为一点五元，得来的块把钱也都经由上述的相同渠道花掉了。直到滩地上的小叶杨树在短短的三四年间全部砍伐一空,地下的树根也掏挖干净,渠岸上留下一排新插的白杨枝条或手腕粗细的小树……

我上完初一第一学期,寒假回到家中便预感到要发生重要变故了。新年佳节弥漫在整个村巷里的喜庆气氛与我父亲眉宇间的那种根深蒂固的忧虑形成强烈的反差,直到大年初一刚刚过去的当天晚上,父亲便说出来谋划已久的决策:"你得休一年学,一年。"他强调了一年这个时限。我没有感到太大的惊讶。在整个一个学期里,我渴盼星期六回家又惧怕星期六回家。我那年刚交十三岁,从未出过远门,而一旦出门便是五十多里远的陌生的城市,只有星期六才能回家一趟去背馍,且不要说一周里一天三顿开水泡馍所造成的对一碗面条的迫切渴望了。然而每个周六在吃罢一碗香喷喷的面条后便进入感情危机,我必须说出明天返校时要拿的钱数儿,一元班会费或五毛集体买理发工具的款项。我知道一根丈五长的椽子只能卖到一点五元钱,一丈长的椽子只有八角到一块的浮动区。我往往在提出要钱数目之前就折合出来这回要扛走父亲一根或两根椽子,或者是多少斤树根劈柴。我必须在周六晚上提前提出钱数,以便父亲可以从容地去借款。每当这时我就看见父亲顿时阴沉下来的脸色和眼神,同时,夹杂着短促的叹息。我便低了头或扭开脸不看父亲的脸。母亲的脸色同样忧愁,我似乎可以看;而父亲的脸眼一旦成了那种样子,我就不忍对看或者不敢对看。父亲生就的是一脸的豪壮气色,高眉骨大眼睛统直的高鼻梁和鼻翼两边很有力度的两道弯沟,忧愁蒙结在这样一张脸上似乎就不堪一睹……我曾经不止一次地产生过这样的念头,为什么一定要念中学呢?村子里不是有许多同龄伙伴没有考取初中仍然高高兴兴地给牛割草给灶里拾柴吗?我为什么要给父亲那张脸上周期性地制造忧愁呢……父亲接着就讲述了他得让哥哥一年后投考师范的谋略,然后可以供我复学念初中了。他怕影响一家人过年的兴头儿，所以压在心里直到过了初一才说出来。我说："休学。"父亲安慰我说："休学一年不要紧，你年龄小。"我也不以为休学一年有多么严重，因为同班的五十多名男女同学中有不少人都结过婚，既有孩子的爸爸，也有做了妈妈的，这在五十年代初并不奇怪。解放后才获得上学机会的乡村青年不限年龄。我是班里年龄最小个头最矮的一个，座位排在头一张课桌上。我轻松地说："过一年个子长高了，我就不坐头排头一张桌子咧——上课扭得人脖子疼……"父亲依然无奈地说：

"钱的来路断咧！树卖完了——"

她放下夹在指缝间的木质长杆蘸水笔，合上一本很厚很长的登记簿，站起来说："你等等，我就来。"我就坐在一张椅子上等待，总是止不住她出去干什么的猜想。过了一阵儿她回来了，情绪有些亢奋也有点激动，一坐到她的椅子上就说："我去找校长了……"我明白了她的去处，似乎验证了我刚才的几种猜想中的一种，心里也怦然动了一下。她没有谈她找校长说了什么，也没有说校长给她说了什么。她现在双手扶在桌沿上低垂着眼，久久不说一句话。她轻轻舒了一口气，仰起头来时我就发现，亢奋的情绪已经隐退，温柔妩媚的气色渐渐回归到眼角和眉宇里来了，似乎有一缕淡淡的无能为力的无奈。

她又轻轻舒了口气，拉开抽屉取出一本公文本在桌子上翻开，从笔筒里抽出那支木杆蘸水笔，在墨水瓶里蘸上墨水后又停下手，问："你家里就再想不下办法了？"我看着那双滋浮着忧郁气色的眼睛，忽然联想到姐姐的眼神。这种眼神足以使任何被痛苦折磨着的心平静下来，足以使任何被痛苦折磨得心力交瘁的灵魂得到抚慰，足以使人沉静地忍受痛苦和劫难而不至于沉沦。我突然意识到因为我的休学致使她心情不好这个最简单的推理。而在校长班主任和她中间,她恰好是最不应该产生这种心情的。她是教务处的一位年轻职员,平时就是在教务处做些抄抄写写的事,在黑板上写一些诸如打扫卫生的通知之类的事,我和她几乎没有说过话,甚至至今也记不住她的姓名。我便说:"老师,没关系。休学一年没啥关系,我年龄小。"她说:"白白耽搁一年多可惜!"随之又换了一种口吻说,"我知道你的名字也认得你。每个班前三名的学生我都认识。"我的心情突然灰暗起来而没有再开口。

她终于落笔填写了公文函,取出公章在下方盖了,又在切割线上盖上一枚合缝印章,吱吱吱撕下并不交给我,放在桌子上,然后把我的休学申请书抹上糨糊后贴在公文存根上。她做完这一切才重新拿起休学证书交给我说:"装好。明年复学时拿着来找我。"我把那张硬质纸印制的休学证书折叠了两番装进口袋。她从桌子那边绕过来,又从我的口袋里掏出来塞进我的书包里,说:"明年这阵儿你一定要来复学。"

我向她深深地鞠了躬就走出门去。我听到背后咣当一声闭门的声音,同时也听到一声"等等"。她拢了拢齐肩的整齐的头发朝我走来,和我并排在廊檐下的台阶上走着,两只手插在外套的口袋里。走过一个又一个窗户,走过一个又一个教室的前门和后门,校园里和教室里出出进进着男女同学,有的忙着去注册去交费,有的已经抱着一摞摞新课本新作业本走进教室,还有从校门口刚刚进来的背着被卷馍袋的迟来者。我忽然心情很不好受,在争取得到了休学证后心劲松了吗?我很不愿意看见同班同学的熟悉的脸孔,便低了头匆匆走起来,凭感觉可以知道她也加快了脚步,几乎和我同时走出学校大门。

学校门口又涌来一拨偏远地区的学生,熟悉的同学便连连问我:

"你来得早！报过名了吧？"我含糊地笑笑就走过去了，想尽快远离正在迎接新学期的洋溢着欢跃气浪的学校大门。她又喊了一声"等等"。我停住脚步。她走过来拍了拍我的书包："甭把休学证弄丢了。"我点点头。她这时才有一句安慰我的话："我同意你的打算，休学一年不要紧，你年龄小。"

我抬头看她，猛然看见那双眼睫毛很长的眼眶里溢出泪水来，像雨雾中正在涨溢的湖水，泪珠在眼里打着旋儿，晶莹透亮。我瞬即垂下头避开目光。要是再在她的眼睛里多驻留一秒，我肯定就会号啕大哭。我低着头咬着嘴唇，脚下盲目地拨弄着一颗碎瓦片来抑制情绪，感觉到有一股热辣辣的酸流从鼻腔倒灌进喉咙里去。我后来的整个生命历程中发生过多少这种酸水倒流的事，而倒流的渠道却是从十四岁刚来到的这个生命年轮上第一次疏通的。第一次疏通的倒流的酸水的渠道肯定狭窄，承受不下那么多的酸水，因而还是有一小股从眼睛里冒出来，模糊了双眼，顺手就用袖头揩掉了。我终于仰起头鼓起劲儿说："老师……我走咧……"

她的手轻轻搭上我的肩头："记住，明年的今天来报到复学。"

我看见两滴晶莹的泪珠从眼睫毛上滑落下来，掉在脸鼻之间的谷地上，缓缓流过一段就在鼻翼两边挂住。我再一次虔诚地深深鞠躬，然后就转过身走掉了。

二十五年后，卖树卖树根（劈柴）供我念书的父亲在癌病弥留之际，对坐在他身边的我说："我有一件事对不住你……"

我惊讶得不知所措。

"我不该让你休那一年学！"

我浑身战栗，久久无言。我像被一吨烈性"梯恩梯"炸成碎块细末儿飞向天空，又似乎跌入千年冰窖而冻僵四肢冻僵躯体也冻僵了心脏。在我高中毕业名落孙山回到乡村的无边无际的彷徨苦闷中，我曾经猴急似的怨天尤人："全都倒霉在休那一年学……"我一九六二年毕业恰逢中国经济最困难的年月，高校招生任务大大缩小，我们班里剃了光头，四个班也仅仅只考取了一个个位数，而在上一年的毕业生里我们这所不属重点的学校也有百分之五十的学生考取了大学。我如果不是休学一年当是一九六一年毕业……父亲说："错过一年……让你错过了二十年……而今你还算熬出点名堂了……"

我感觉到炸飞的碎块细末儿又归结成了原来的我，冻僵的四肢自如了冻僵的躯体灵便了冻僵的心又噔噔噔跳起来的时候，猛然想起休学出门时那位女老师溢满眼眶又流挂在鼻翼上的晶莹的泪珠儿。我对已经跨进黄泉路上半步的依然向我忏悔的父亲讲了那一串泪珠的经历，我称呼伯伯的父亲便安然合上了眼睛，喃喃地说："可你……怎么……不早点给我……说这女先生哩……"

我今天终于把几近四十年前的这一段经历写出来的时候，对自己算是一种虔诚祈祷。当各种欲望膨胀成一股强大的浊流冲击所有大门、窗户和每一个心扉的当今，我便企望自己如女老师那种泪珠的泪泉不致堵塞更不敢枯竭，那是滋养生命灵魂的泉源，也是滋润民族精神的泉源哦……

选自人民文学出版社《陈忠实文集》第五卷

陈忠实是来自陕西的作家，是当代屈指可数的几位重要的作家之一。他因为长篇小说《白鹿原》获得了广泛的声誉，由此而获得茅盾文学奖。今年是陈忠实先生逝世一周年，《晶莹的泪珠》是陈忠实回忆自己学生时代生活一个动人的片段。一个孩子在绝境中遇见了一个可爱的老师，那可以说是绝望中的光亮，久旱的甘霖，足以改变一生的命运。

中国人民大学文学院院长　孙郁

WANG MING QUAN
LUO JIA YING

朗读者
汪明荃 罗家英

她被誉为香港电视台的"镇台之宝",在香港家喻户晓;他出身粤剧世家,多年钻研表演艺术。相爱二十多年,他们在六十出头的年纪,鼓起勇气步入了婚姻的殿堂。他们的爱情经受了时间和生死的考验。

1988年,两人第一次联袂出演粤剧《穆桂英大破洪州》,从此开始了长达二十一年的恋情。造化弄人,这些年间,他们两人先后被确诊患上癌症。汪明荃在2002年被诊断患有乳腺癌,罗家英则在2004年被诊断患有肝癌。患病期间,两人虽未结婚,但生死相依。

也许因爱而产生对抗疾病的勇气的故事并不少见,但因疾病而鼓起结婚的勇气的却不常有。在生命面前,爱常能创造奇迹。

朗读者 ❋ 访谈

董　卿：好久不见了！我刚才注意到一个细节。上场前，罗老师的眼镜可能有一点模糊，然后他拿着你的围巾开始擦。
汪明荃：（笑）这是名牌啊。
罗家英：我不知道，对不起。
董　卿：其实说到勇气，你们俩觉得你们做的最有勇气的一件事情是什么？
汪明荃：我们俩单身了很久，然后在六十岁的时候才决定结婚。我觉得这实在是需要很大的勇气。
董　卿：你们俩认识差不多二十年以后才决定要结婚？
汪明荃：1987年，因为他需要找一个新的搭档跟他演粤剧，就托了一个长辈来说可不可以试试看，我说可以啊。然后经过一年的相处、练习，我观察到他人挺好的，也是负责任的。
董　卿：那时候您的搭档为什么走了呢？
罗家英：我从前那个搭档也是女朋友，但是我们缘分到了，就分手了，所以我就没有搭档了。
董　卿：那您那时候找汪姐是奔着去找新的女朋友吗？
罗家英：没有，哪里敢，她这样大的名气。
董　卿：从什么时候开始，你们觉得这个人不错，开始从工作关系变成了恋爱关系？
汪明荃：我母亲、弟弟他们都是在外国生活的，所以其实在香港我还是一个人，有时候就常到他们家里去吃饭。他妈妈煮的菜非常好吃。他家里人很亲切，他的妈妈、弟、妹，都是蛮温暖的。

罗家英：最主要是我们演完了，大家有点不舍得的感觉。我们一起去看戏、旅游，感情就起来了。

董　卿：大家自然而然就在一起了，那后来是什么原因促使你们俩下定决心，鼓起勇气要结婚的？

汪明荃：最主要是有一次他生病吧。他告诉我他要动手术，我就突然说，那我们结婚吧。

董　卿：为什么听到他生病你反而提出了这个想法？

汪明荃：就是觉得很想照顾他。（掌声）

罗家英：我2004年，肝癌。2014年，又复发了一次。结婚最直接的原因，其实是我妈妈办后事。我们香港很流行的，在报纸上说，谁的爸爸、妈妈走了，叫讣闻。我就问她，你是我女朋友，那应不应该把你的名字放上去？当时她不答应，说还没有名分。所以2009年，我们就结婚咯！

董　卿：这个事情真的是需要很大勇气才能做的决定吗？

汪明荃：我们很认真地对待这一纸婚书。假如说你签字，你就有一个很大的承诺。有些人认为我们一直在同居，所以结婚很自然，但是我们没有同居。

董　卿：你们从登记结婚之后才真正生活在一起？

汪明荃：对。

罗家英：真的很难的。（笑）

董　卿：那是需要勇气的，因为到了一定的年龄之后，已经各有各的习惯，很难改变了。

汪明荃：已经习惯了几十年都是这样的生活，突然间房子里多了一个人，又是不同的性格。

董　卿：谁搬到谁那里去了？

汪明荃：他搬到我家里。因为我家里有三条狗，假如我住在 flat（楼房）里边，没有地方给它们，而且我舍不得它们。于是他就答应这唯一的条件搬来我家，是不是？

罗家英：因为我从没有结过婚。我六十二岁才结婚，头一次结婚。但她是离婚的，跟我不同。

汪明荃：我是第二次婚姻。

罗家英：所以我比她更金贵。（全场笑）

汪明荃：珍贵。生活上，比如我喜欢东西端端正正地摆在这里，他喜欢乱七八糟。

罗家英：这个也不是最重要的，最重要的是她是一个大女人。她对每一件事都是，哎，你这样做，你这样做。我也是一个大男人，现在不晓得是她听我还是我听她的。

董　卿：那最后到底谁听谁呢？

罗家英：当然我听她了，她是屋主嘛。她赶我走怎么办呐！（全场笑）

汪明荃：我是房东。

董　　卿：我觉得到这个年龄就不会吵架了。
汪明荃：会的。因为他慢腾腾的，你真的忍不住。他到什么地方都不说的，假如你问他什么，他就觉得你管他。
罗家英：做老婆不能问太多，问得太多老公不喜欢的。（全场笑）
董　　卿：但是什么也不问还叫夫妻吗？
汪明荃：你问他，他说这里收不到电话，那里电话又很贵。后来我就觉得，大家都一把年纪，给他绝对的自由是最好的、最舒服的。每个人的生命是属于自己的，是不是？
罗家英：谢谢谢谢，喝茶。
董　　卿：给太太倒点水。
罗家英：所以不能跟女人吵架，吵不赢的；也不能跟她讲理的，她们都是歪理。（全场笑）
汪明荃：现在主要看的是女观众，你要小心。
罗家英：不说了，喝茶。
董　　卿：所以你现在想想，觉得2009年做出结婚这个决定是对的吗？
罗家英：对，绝对对。我感觉到我找到了好老婆。我一生没有什么太大的收获，唱戏也不是很出名，拍戏也不是很出名，拍电视剧也不是很出名，但是我的老婆很出名。（全场笑）
汪明荃：我觉得人生是不断地学习，一段婚姻也是去学习。
董　　卿：你们今天来要为大家读些什么呢？
汪明荃：我觉得你这个节目特好，所以我们也接受这个挑战。大家要原谅他的国语。
董　　卿：我觉得朗读最重要的是你想要为谁读，然后用心去读就好了。那你们是要把这篇朗读献给彼此吗？
汪明荃：我觉得也好啊。送给你啊，罗先生。
罗家英：谢谢，罗太太。

朗读者 ❋ 读本

老夫老妻

冯骥才

"为我们唱一支暮年的歌儿吧!"

他俩又吵架了。年近七十的老夫老妻,相依为命地共同生活了四十多年,也吵吵打打地一起度过了四十多年。一辈子里,大大小小的架,谁也记不得打了多少次。但是不管打得如何热闹,最多不过两个小时就能和好,好得像从没吵过架一样。他俩仿佛两杯水倒在一起,怎么也分不开。吵架就像在这水面上划道儿,无论划得多深,转眼连条痕迹也不会留下。

可是今天的架打得空前厉害,起因却很平常——就像大多数夫妻日常吵架那样,往往是从不值一提的小事上开始的——不过是老婆儿把晚饭烧好了,老头儿还趴在桌上通烟嘴,弄得纸块呀、碎布条呀,沾着烟油子的纸捻子呀,满桌子都是。老婆儿催他收拾桌子,老头儿偏偏不肯动,老婆儿便像一般老太太们那样叨叨起来。老婆儿们的唠唠叨叨是通向老头儿们肝脏里的导火线,不一会儿就把老头儿的肝火引着了。两人互相顶嘴,翻起对方多年来一系列过失的老账,话愈说愈狠。老婆儿气得上来一把夺去烟嘴塞在自己的衣兜里,惹得老头儿一怒之下,把烟盒扔在地上,还嫌不解气,手一撩,又将烟灰缸子打落地上。老婆儿则更不肯罢休,用那嘶哑、干巴巴的声音说:

"你摔呀！把茶壶也摔了才算有本事呢！"

老头儿听了，竟像海豚那样从座椅上直蹿起来，还真的抓起桌上沏满热茶的大瓷壶，用力"叭"地摔在地上，老婆儿吓得一声尖叫，看着满地碎瓷片和溅在四处的水渍，直气得她那因年老而松垂下来的两颊的肉猛烈抖颤起来，冲着老头儿大叫：

"离婚！马上离婚！"

这是他俩还都年轻时，每次吵架吵到高潮，她必喊出来的一句话。这句话头几次曾把对方的火气压下去，后来由于总不兑现便失效了；但她还是这么喊，不知是一时为了表示自己盛怒已极，还是迷信这句话最具有威胁性。六十岁以后她就不知不觉地不再喊这句话了。今天又喊出来，可见她已到了怒不可遏的地步。

同样的怒火也在老头儿的心里撞着，就像被斗牛士手中的红布刺激得发狂的牛，在看池里胡闯乱撞。只见他嘴里一边像火车喷气那样不断发出呼呼的声音，一边急速而无目地地在屋子中间转着圈。转了两圈，站住，转过身又反方向地转了两圈，然后冲到门口，猛拉开门跑出去，还使劲"啪"的一声带上门。好似从此一去就再不回来。

老婆儿火气未消，站在原处，面对空空的屋子，还在不住地出声骂他。骂了一阵子，她累了，歪在床上，一种伤心和委屈爬上心头。她想，要不是自己年轻时候得了肠结核那场病，她会有孩子的。有了孩子，她可以同孩子住去，何必跟这愈老愈执拗、愈急躁、愈混账的老东西生气？可是现在只得整天和他在一起，待见他，给他做饭，连饭碗、茶水、烟缸都要送到他跟前，还得看着他对自己耍脾气……她想得心里酸不溜秋，几滴老泪从布满一圈细皱的眼眶里溢出来。

过了很长时间，墙上的挂钟"当当"响起来，已经八点钟了。他们这场架正好打过了两个小时。不知为什么，他们每次打架过后两小时，心情就非常准时地发生变化，好像大自然的节气一进"七九"，封冻河面的冰片就要化开那样。刚刚掀起大波大澜的心情渐渐平息下来，变成浅浅的水纹一般。她耳边又响起刚才打架时自己朝老头儿喊的话："离婚！马上离婚！"她忽然觉得这话又荒唐又可笑。哪有快七十的老夫老妻还打离婚的？她不禁"扑哧"一下笑出声来。这一笑，她心里一点皱褶也没了，连一点点怒意、埋怨和委屈的心情也没了。她开始感到屋里空荡荡的，还有一种如同激战过后的战地那样出奇的安静，静得叫人别扭、空虚、没着没落的。于是，悔意便悄悄浸进她的心中。她想，俩人一辈子什么危险急难的事都经受过来了，像刚才那么点儿小事还值得吵闹吗？——她每次吵过架冷静下来时都要想到这句话。可是……老头儿总该回来了；他们以前吵架，他也跑出去过，但总是一个小时左右就悄悄回来了。但现在已经两个小时仍没回来。他又没吃晚饭，会跑到哪儿去呢？外边正下大雪，老头儿没戴帽子、没围围巾就跑了，外边地又滑，瞧他临出门时气冲冲的样子，别不留神滑倒摔坏吧？想到这儿，她竟在屋里待不住了，用手背揉揉泪水干后皱巴巴的眼皮，起身穿上外衣，从门后的挂衣钩儿上摘下老头儿的围巾、棉帽，走出房子去了。

　　雪下得正紧，积雪没过脚面。她左右看看，便向东边走去。因为每天早上他俩散步就先向东走，绕一圈儿，再从西边慢慢走回家。

　　夜色并不太暗，雪是夜的对比色，好像有人用一支大笔蘸足了白颜色把所有树枝都复勾一遍，使婆娑的树影在夜幕上白茸茸、远远近近、重重叠叠地显现出来。雪还使路面变厚了，变软了，变美了；在路灯的辉映下，繁密的大片大片的雪花纷纷而落，晶晶莹莹地闪着光，悄无声息地加浓它对世间万物的渲染。它还有种潮湿而又清冽的气息,有种踏上去清晰悦耳的"咯吱咯吱"声;特别是当湿雪蹭过脸颊时,别有一种又痒、又凉、又舒服的感觉。于是这普普通通、早已看惯了的世界,顷刻变得雄浑、静穆、高洁,充满活鲜鲜的生气了。

她一看这雪景,突然想到她和老头儿的一件遥远的往事。

五十年前,她和他都是不到二十岁的欢蹦乱跳的青年,在同一个大学读书。老头儿那时可是个有魅力、精力又充沛的小伙子,喜欢打排球、唱歌、演戏,在学生中属于"新派",思想很激进。她不知是因为喜欢他、接近他,自己的思想也变得激进起来,还是由于他俩的思想常常发生共鸣才接近他、喜欢他的。他们在一个学生剧团。她的舞跳得十分出众。每次排戏回家晚些,他都顺路送她回家。他俩一向说得来,渐渐却感到在大庭广众中间有说有笑,在两人回家的路上反而没话可说了。两人默默地走,路显得分外长,只有脚步声,那是一种甜蜜的尴尬呀!

她记得那天也是下着大雪,两人踩着雪走,也是晚上八点来钟,她从多少天对他的种种感觉中,已经又担心又期待地预感到他这天要表示些什么了。在沿着河边的那段宁静的路上,他突然仿佛抑制不住地把她拉到怀里去。她猛地推开他,气得大把大把抓起地上的雪朝他扔去。他呢?竟然像傻子一样一动不动,任她用雪打在身上,直打得他浑身上下像一个雪人。她打着打着,忽然停住了,呆呆看了他片刻,忽然扑向他身上。她感到,他有种火烫般的激情透过身上厚厚的雪传到她身上。他们的恋爱就这样开始了——从一场奇特的战斗开始的。

多少年来,这桩事就像一张画儿那样,分外清楚而又分外美丽地收存在她心底。每逢下雪天,她就不免想起这桩醉心的往事。年轻时,她几乎一见到雪就想到这事；中年之后，她只是偶然想到，并对他提起，他听了都要会意地一笑，随即两人都沉默片刻，好像都在重温旧梦。自从他们步入风烛残年，即使下雪天气也很少再想起这桩事。是不是一生中经历的事太多了，积累起来就过于沉重，把这桩事压在底下拿不出来了？但为什么今天它却一下子又跑到眼前，分外新鲜而又有力地来撞她的心……

现在她老了，与那个时代相隔半个世纪了。时光虽然依旧带着他们往前走，却也把他们的精力消耗得快要枯竭了。她那一双曾经蹦蹦跳跳、多么有劲的腿，如今僵硬而无力；常年的风湿病使她的膝头总往前屈着，雨雪天气里就隐隐发疼；此刻在雪地里，每一步踩下去都是颤巍巍的，每一步抬起来都费力难拔。一不小心，她滑倒了，多亏地上是又厚又软的雪。她把手插进雪里，撑住地面，艰难地爬起来，就在这一瞬间，她又想起另一桩往事——

啊！那时他俩刚刚结婚，一天晚上去平安影院看卓别林的《摩登时代》。他们走进影院时，天空阴沉沉的。散场出来时一片皆白，雪还下着。那时他们正陶醉在新婚的快乐里，内心的幸福使他们把贫穷的日子过得充满诗意。瞧那风里飞舞的雪花，也好像在给他们助兴；满地的白雪如同他们的心境那样纯净明快。他们走着走着，又说又笑，跟着高兴地跑起来。但她脚下一滑，跌在雪地里。他跑过来伸给她一只手，要拉她起来。她却一打他的手：

"去，谁要你来拉！"

她的性格和他一样，有股倔劲儿。

她一跃就站了起来。那时是多么轻快啊，像小鹿一般，而现在她又是多么艰难呀，像衰弱的老马一般。她多么希望身边有一只手，希望老头儿在她身边！虽然老头儿也老而无力了，一只手拉不动她，要用一双手才能把她拉起来。那也好！总比孤孤单单一个人好。她想到楼上邻居李老头，"文化大革命"初期老伴被折腾死了。尽管有个女儿，婚后还同他住在一起，但平时女儿、女婿都上班，家里只剩李老头一人；星期天女儿、女婿带着孩子出去玩，家里依旧剩李老头一人。年轻人和老年人总是有距离的。年轻人应该和年轻人在一起玩，老人得有老人为伴。

真幸运呢！她这么老，还有个老伴。四十多年如同形影，紧紧相随。尽管老头儿爱急躁，又固执，不大讲卫生，心也不细，等等，却不失为一个正派人，一辈子没做过一件亏心的、损人利己的、不光彩的事。在那道德沦丧的岁月里，他也没丢弃过自己奉行的做人的原则。他迷恋自己的电气传动专业，不大顾及家里的事。如今年老退休，还不时跑到原先那研究所去问问、看看、说说，好像那里有什么事与他永远也无法了结。她还喜欢老头儿的性格，真正的男子气派，一副直肠子，不懂得与人记仇记恨；粗心不是缺陷，粗线条才使他更富有男子气……她愈想，老头儿似乎就愈可爱了。两小时前能够一样样指出来、几乎无法忍受的老头儿的可恨之处，也不知都跑到哪儿去了。此刻她只担心老头儿雪夜外出，会遇到什么事情。她找不着老头儿，这担心就渐渐加重。如果她的生活里真丢了老头儿，会变成什么样子？多少年来，尽管老头儿夜里如雷一般的鼾声常常把她吵醒，但只要老头儿出差外地，身边没有鼾声，她反而睡不着觉，仿佛世界空了一大半……想到这里，她就有一种马上把老头儿找到身边的急渴的心情。

她在雪地里走了一个多小时，大概快有十点钟了，街上没什么人了，老头儿仍不见，雪却稀稀落落下小了。她两脚在雪里冻得生疼，膝头更疼，步子都迈不动了，只有先回去了，看看老头儿是否已经回家了。

她往家里走。快到家时，她远远看见自己家的灯亮着，灯光射出，有两块橘黄色窗形的光投落在屋外的雪地上。她心里怦地一跳：

"是不是老头儿回来了？"

她又想，是她刚才临出家门时慌慌张张忘记关灯了，还是老头儿回家后打开的灯？

走到家门口，她发现有一串清晰的脚印从西边而来，一直拐向她楼前的台阶。这是老头儿的吧？跟着她又疑惑这是楼上邻居的脚印。

她走到这脚印前弯下腰仔细地看，这脚印不大不小，留在踏得深深的雪窝里。她却怎么也辨认不出是否老头儿的脚印。

"天呀！"她想，"我真糊涂，跟他生活一辈子，怎么连他的脚印都认不出来呢？"

她摇摇头，走上台阶打开楼门。当将要推开屋门时，心里默默地念叨着："愿我的老头儿就在屋里！"这心情只有在他们五十年前约会时才有过。初春时曾经撩拨人心的劲儿，深秋里竟又感受到了。

屋门推开了，啊！老头儿正坐在桌前抽烟。地上的瓷片都扫净了。炉火显然给老头儿捅过，呼呼烧得正旺。顿时有股甜美而温暖的气息，把她冻得发僵的身子一下子紧紧地攫住。她还看见，桌上放着两杯茶，一杯放在老头儿跟前，一杯放在桌子另一边，自然是斟给她的……老头儿见她进来，抬起眼看她一下，跟着又温顺地垂下眼皮。在这眼皮一抬一垂之间，闪出一种羞涩的、发窘、歉意的目光。每次他俩闹过一场之后，老头儿眼里都会流露出这目光。在夫妻之间，打过架又言归于好，来得分外快活的时刻里，这目光给她一种说不出的慰安。

她站着,好像忽然想到什么,伸手从衣兜里摸出刚才夺走的烟嘴,走过去,放在老头儿跟前。一时她鼻子一酸,想掉泪,但她给自己的倔劲儿抑制住了。什么话也没说,赶紧去给空着肚子的老头儿热菜热饭,还煎上两个鸡蛋……

　　人之常情最难写,平淡夫妻最难做。冯骥才先生用平实的笔,写下一对老夫老妻的相濡以沫。岁月沉淀下来相守的勇气,爱为这种勇气做底。读这样的文字,总能让人生出柴米油盐间的浪漫之慨。

QIU BABA

QIU MAMA

朗读者

秋爸爸
秋妈妈

我们习惯把患有自闭症的孩子称为"星星的孩子",不知道是不是因为他们像星星一样遥远？他们不聋,但是对声响充耳不闻;他们不盲,但是对周围的一切视而不见;他们不哑,但是却不知道怎么样开口来表达自己。任何父母在得知自己的孩子患有自闭症之后,都需要鼓足勇气来面对未来的每一天。

2002年,秋歌、秋语出生。秋歌、秋语的名字取自《诗经·东门之池》中的"可与晤歌,可与晤语",寓意就是要孩子长大后,每天都能欢歌笑语。秋爸爸是分子生物学的博士,秋妈妈则是外企的一名管理人员,一对双胞胎儿子的诞生为这个小家庭增添了无限喜悦。可他们逐渐发现两个孩子不对劲：眼神空洞,不会说话,不懂什么是危险。困惑的他们带着儿子去诊治,才得知两个儿子都患有自闭症。

让人钦佩的是,他们从没把时间花在怨天尤人上。他们照顾自己的孩子,还同样关心着更多自闭症的家庭。面对那些濒临崩溃、准备放弃的家长,秋爸爸这样劝导他们："苦不苦,看看秋爸爸他们家两份堵;累不累,看看秋爸爸他们两份罪。"如今,秋爸爸、秋妈妈已是许多病友家庭的良师益友,他们为自闭症知识的社会普及和尽早干预治疗而奔走疾呼。

朗读者 ❀ 访谈

董　卿：刚才上场前，我问是叫秋爸爸秋妈妈呀，还是叫你们自己的名字，然后两位很坚定地说，就叫秋爸秋妈，好像自己的名字已经不重要了，重要的是你们是他们的爸爸和妈妈。

秋爸爸：
秋妈妈：是的。

董　卿：是什么时候发现孩子跟一般的孩子不太一样的？

秋爸爸：两岁左右，孩子还不说话。家长不愿意往坏处想，但当拿到医生的诊断书，上面清清楚楚地写着"自闭症"这几个字的时候，还是被打了一闷棍的感觉。那是2004年的冬天，本来阳光很温暖的，但感觉怎么这么刺眼！我在花坛边坐了一会儿，想接下来后半生可能我们要重新规划了。

董　卿：你们真的是要开始重新学习很多东西，怎么教他说话，怎么教他写字，或者怎么教他自己不去伤害自己。

秋妈妈：你永远不知道下一秒钟会发生什么。他有的时候生气了，还会撞自己的头。他还会抓扯我的头发，我感到痛，他也不松手。我心里很难过。

秋爸爸：这样的时候让我们很伤心。我们觉得害怕，怕他可能这一辈子，都不知道我们很爱他。

董　卿：我觉得这是最痛苦的地方，就是没有情感的回馈。

秋妈妈：对，就像中间有一道冷冰冰的墙，永远这堵墙都打不破。

董　卿：他们现在已经有十四岁了。那他们现在能够自己照顾自己吗？

秋爸爸：还不能。他们可能终生都需要有人看护下去。他们属于典型

的中低功能的自闭症孩子。他们现在上特殊教育学校，有两个陪读的姐姐，全天候地跟着他们。

董　卿：像这样的保姆姐姐，你们是不是家里也找了好多了？

秋妈妈：到现在也有七八十个了，至少。从出生到现在，长的有几年的，短的有两个小时的，大部分可能就一两个月就走了，受不了。

董　卿：但是对于你们俩来说，生活这条路总是显得不那么平坦。在2011年的时候是秋歌，被查出了白血病？

秋爸爸：对，那时候我们真是差点垮掉了。

秋妈妈：那是一生中最黑暗的时光。他是属于M2型的，髓性细胞白血病，治愈率很低的，所以当时就觉得我们快要失去宝宝了。我们特别爱宝宝、贝贝，胜过自己的生命。所以当时我心里就在想，如果宝宝去了，我一定跟着他去。

秋爸爸：治疗白血病，需要长期的化疗，需要二十四小时躺在床上。而他们这样的孩子，可能安静地在教室里坐二十分钟都是个困难的事。我们当时就觉得，完了，宝宝不会配合这些治疗的。每天都要抽血，他会拔管子的。

秋妈妈：有一次他一拔，血一下就冒出来了，医生和护士的白大褂上都是血迹。后来，两个姐姐二十四小时在病床上陪护，就把他的手臂按着，让他不要拔。他这里还有输液杆，一个月还要做一次骨髓穿刺。骨髓穿刺是不打麻药的，是从锁骨这里，很长很粗的针，就这么扎进去，抽他的骨髓。要是我，我肯定会受不了这种痛苦。但是我真的没有想到，宝宝一声都没吭就挺过去了。我觉得他有强烈的求生的欲望。

董　卿：那段时间，你们俩的身体或者说精神上能受得了吗？

秋妈妈：那段时间确实很苦很累，因为我每天还得坚持上班。一下班，我就把饭打过去，给他们几个人吃，然后我一直在医院待到十点半，医生都轰人了，我才恋恋不舍地走。我在附近租了个房子，大概有一公里那么远。每天一个人就这么走，很黑。我总是看着天上的月亮、星星，很惨淡地挂着。我想老天你为什么对我这么不公呢？你把所有的坎坷降到我头上，没关系；不要让我的宝宝受罪受苦，我愿意代他受罚。

董　卿：秋歌现在好了吗？

秋爸爸：好了。从停止化疗以后，五年过去了。五年没复发，就算是临床上的治愈了。谢天谢地吧，感谢很多人。

董　卿：从孩子两岁，得知他们有自闭症；到大儿子九岁得了白血病；一直到现在，他们已经十四岁了。这一路走过来，再回望，你们觉得这种勇气是来自于哪里呢？

秋妈妈：我觉得是来自于爱，还有一种为人父母的使命感。我唯一的希望就是宝宝、贝贝能够在这个世界上有尊严地活着。这一辈子我都想做他们的守护神。我的愿望就是比他们多活一天。因为这样，我才能够多照顾他们一天。

秋爸爸：爱自己的孩子，可能是我们每个家长的天性吧。光哭，或者抱怨，或者躲，这些都没有用，我们只能迎上去，面对现实。

董　卿：最初的勇气可能是出于父母保护孩子的本能，就是一定要让他们好好地活着。他们要好好地活着，首先你们得好好地活着。我知道你们这些年在很努力地构建一个平台，联手更多的自闭症家庭，彼此给予一些帮助，也切切实实地帮助到了更多的人。

秋爸爸：我跟北京的另外两个理科生家长，一起做了一个面向自闭症家庭的免费的网上平台。没想到的是，刚一上线，就几天之内，一下子几千人涌进来了。家长遇到一些问题的时候，就会找我。甚至有极端的家长可能会带着孩子一起跳海。这种事情不是个案。我一般进去这么劝：苦不苦，看看秋爸，他们家两份堵；累不累，看看秋爸，他们家两份罪。这样一说，基本上能够让家长平息一下自己。

董　卿：平时你们俩交流沟通多吗？

秋妈妈：我们很多时间一天没有一句话。

董　卿：那有没有什么话想对彼此说的？

秋妈妈：秋爸爸，以后无论你怎么惹我生气，我都会原谅你。

秋爸爸：反正就一起过呗。其实我们之间这种相互支持，是能够让我们坚持下去的因素吧。缺了这方面的支持，恐怕真的走不下去了。

董　卿：其实把今天过好了，就是一种勇气。今天，明天，未来的一天又一天，坚持下来就是一种勇气。没有什么惊天动地的大事情，把自己照顾好，把孩子照顾好。那你们今天要来读些什么呢？

秋爸爸：今天我们准备读一首海桑的诗，《写给女儿的诗》。

董　卿：我特别喜欢那首诗，可能今天听你们朗读，会有不同的感受。你们要把它献给谁呢？

秋爸爸：我们想把这首诗献给我们的孩子，秋歌和秋语。

秋妈妈：同时我觉得全国有一千多万的自闭症家庭，我也希望他们能从这首诗里看到信心、勇气和力量。

写给女儿的诗

海桑

一、出生了

1

没想到你竟如此的小
简直是一条软体的虫子
当我伸出偌大的双手
却不知如何抱你

2

你第一次见我
就面似老人,就满脸皱纹
你究竟走了多长的时间多少的路
才从生命的源头
跌进我的手中

3

若将你放在一堆婴儿中间

我几乎认不出你
就像把一只苹果放在一堆苹果中间
都是红扑扑的

4

今天叫你宝宝
明天叫你贝贝
八九十来个名字
你知道自己是谁
但是啊
你不可能合乎每个人的口味

5

你冷不丁发出一个声音
把自己轻轻吓了一跳

6

你原本想笑来着
没有笑好,却哭了

7

你能笑出声了,这是件大事

你的体重增加了二斤
便是咱家的新闻
你的每一点变化都让我心疼
而我只是其中一个爱你的人

8

全乱套了
吃饭和睡觉
白天和黑夜
全乱套了
生活得重新安排
现在几点了

9

一天到晚
你紧握着小拳头
就像春天紧握着小小花骨朵
似乎柔弱,经不起风雨
但我知道其中包含的力量

二、透明娃娃

1

你漫无目的的手和脚和眼神告诉我
说这世界是新鲜的
于是我洗净一个苹果
放进清晨的阳光里

2

满月了
给你剃个光头
留下第一缕头发
用一根红线系好
放进你的相册
等哪一天你也老了
还能看看它

3

不管是什么东西
你都敢放进嘴里
假如你真的消化得了
恐怕就长成个新新人类

4

你还听不懂我说的话呢
我也不明白你的咿呀
但这并不妨碍我俩的交流
要不你笑什么，要不我笑什么

5

三个月大的婴儿
你看见过吗
有鼻子有眼有耳朵
手指头十个，脚指头十个
眼睫毛细细能数得清呢
指甲盖像是一层水皮儿
那叫作清澈
我这是怎么了
这些平淡无奇的事物
突然间变得奇怪

6

我三十岁了，你三个月了
我抱着你，你也抱着我
身后那个偷偷爬上来的孩子

是叫个月亮吧
我仿佛也是第一次看见它

7

就跟恋爱时一样
我又开始说些可笑的话
比如说大高楼很高
比如说大苹果很大
上一回是你妈妈笑了
这一回是我笑了
你只是瞪着两只大眼
仿佛看我

8

婴儿的身体是香甜的
不信你闻闻
婴儿的灵魂是香甜的
不信你闻闻

三、你是我心中最软的地方

1

我对着你说话

我对着你唱歌
我对着你变成一条小狗
欢喜得像是一个傻瓜

2

不哭不闹的时候
你妈妈就关心你的鼻子
你瞧她趴在你的脸上
听它们是否仍在呼吸

3

你姥爷喝多了酒
然后打来电话
说是要你给他哭一个
然后他好去睡觉

4

你妈妈像个小偷
她总是蹑手蹑脚
她溜进你的房间
她溜出你的房间
她偷出来一朵微笑

不等她开口，我知道
你已经睡着

5

你走姥姥家去了
你妈妈抱着你走姥姥家去了
你可真狠心
你一走就走了
一二三四五六天
我跟你说吧
我是忍着才没有去看你
并且告诉自己
每天只想你一次
你知道吗，我的孩子
不管你哪一天回来
那一天就是我的节日

6

你睡着了
你妈妈也似乎睡着了
但我知道她
她睡着的只是眼睛
她的耳朵醒着

7

你叽里咕噜的言语
都是生命的密码吧
你对我说了那么多
我一听,傻了

8

你的两只大眼睛
没有看见我
因为我手里拿着个苹果
我就像一只盛水果的篮子
你就扒开来看吧

9

你病了,等于是天塌了
我们都成了没主意的人
我们对医生微笑
我们对护士微笑
我们不停地点头
恨自己和他们攀不上亲戚

10

突然间有个想法
想自己一夜间变老
这样就能看见
你长大后的样子了

四、你是个两岁的大女孩

1

把整齐的都弄乱了
把站着的都打翻了
把干净的都玩脏了
你便快乐地笑了

2

你总是让我想起我的爹娘
想起他们的那些年月
比如今天，你病了
我抱着你跑呀
仿佛他们在抱着我跑
而他们已经死了
他们死了，就是我死了

而你活着
你活着，就是我活着

3

跌倒了
你趴在地上不起来
左瞧右瞧，你看见了我
于是，你哭了

跌倒了
你趴在地上不起来
左瞧右瞧，你没看见我
于是，你自己爬起来

4

有些时候
我变得和你一样小
另一些时候
你变得和我一样大
当我问你的远大理想
你说长大了要做妈妈

5

我拿你怎么办呢
我亲你的脸蛋亲你的肚皮
亲你的臭脚丫亲你的小屁股
如果你是个小男孩
我还会亲你腿间的那个小宝贝
可你是个女孩,你是我两岁的女儿
你的宝贝更加奇妙
我看着它,我不敢动
一想到自己也从它而来
心中便一阵惭愧
那地方地形复杂,山峦起伏
我一定迷路了千百次
才变成现在这样的人

6

你不是我的希望,不是的
你是你自己的希望
我那些没能实现的梦想还是我的
与你无关,就让它们与你无关吧
你何妨做一个全新的梦
那梦里,不必有我
我是一件正在老去的事物

却仍不准备献给你我的一生
这是我的固执
然而我爱你，我的孩子
我爱你，仅此而已

你不是我的财富，不是的
如果你一定是财富
那你是时间的财富，是未来的财富
你如此的宝贵，我怎能占为己有
一直以来，我都不愿意承认
其实在生命的意义上我们都是奇迹
就像未来不会比现在更重要
你我也只能是对方人生的某个部分
然而我爱你，我的孩子
我爱你，仅此而已

你甚至不是我的孩子，我是说
当神明通过我将一口生气传递给你
我想我愿，我又怎能做你一生的保护神
总有一天，我将成为一种无用的东西
我看着你看着你，却无能为力
然而我爱你，我的孩子
我爱你，仅此而已

我爱你，仅此而已

然而我爱你多些
就像我父亲爱我多些
事情只能如此

选自新世纪出版社《海桑诗集》

  在这个人喊马叫、人仰马翻、人困马乏的世界里,海桑是个异类。他从不说大话,但他的心很宽大;他从不谈大事,但他对世事很明了;他写诗从不用大词,但他的诗很豁达。他的悲伤里透着喜悦,他的柔软里藏着坚强,与其说那是诗,不如说那是他的自言自语,对那些被这个世界忽悠晕了的人来说,这样的言语毫无用处,可事实上,这样的言语,才是一个个体生命曾经丰富地、有尊严地存在过的证据。

著名主持人 张越

L I

N I N G

李宁 朗读者

李宁是广西壮族人，七岁开始练体操，十七岁入选国家体操队。1982年的世界杯体操赛，他一人夺得男子全部七枚金牌中的六枚，前无古人，后无来者；1984年的奥运会，他独得三金两银一铜，成为该届运动会获得奖牌最多的运动员，举国仰慕。然而，1988年的汉城奥运会，浑身伤病的李宁发挥失常，就此终结了辉煌的运动生涯。

谁也没想到，这次失败却开启了他征战商界的人生，并以自己的名字创造出中国本土的运动品牌。

无论在赛场还是在商界，李宁用实力向我们证明：即便在最艰难的时刻，也永远不要低估一颗冠军的心。

朗读者 ❦ 访谈

董　卿：我听您身边的人说过一句话，说李董这辈子也挺值的，一个人活了别人好几辈子。我理解他们的意思是您在完全不同的领域，通过自己的拼搏和努力，取得了很高的成就。

李　宁：很高成就谈不上，但作为运动员情况比较特殊。你去比赛，你得敢于挑战，你内心里面得不断地去激励自己，去形成那种有勇气的行为。从一个运动员到做企业，现在回想起来，也需要一点勇气，就是你完全离开过去自己熟悉的环境，到一个未知的、新的环境。但我自己觉得是"无知者无畏"，谈不上勇气。

董　卿：那个时候企业的起点还是挺高的。1989 年公司成立，1990 年的亚运会，1992 年的奥运会，您的企业就成为中国国家代表团的赞助商了。

李　宁：是，起点比较高。因为在那个年代，这类商品还是比较缺少的。那时候我们的制作水平还不算太高，很多商业运营的想法也不是那么完善，但是就有机会把生意做起来了，所以我也算是比较幸运的。当初一个梦想，就这样一直做到今天。

董　卿：好像全国最多的时候，门店达到了八千多家。

李　宁：最初第一家店的时候，我还参加业务。后来，因为我比较推崇这样的理念：一个公司要想长期发展，还是应该有一个更优秀的团队把公司持续地运营向好。所以，我后来就慢慢地退到幕后。

董　卿：您曾经说过一句话，您说希望大家都忘掉李宁，记住李宁牌。

李　宁：我拿冠军是上个世纪的事，但是我做一个商品或者做一个品牌，那是可以延续的。

董　卿：但是做企业，其实是很复杂的一条链。您的企业第一次出现危机在什么时候？

李　宁：因为市场同质化太严重，不但是产品同质化，经营模式也同质化，而我们希望把自己的产品做得更加运动，更加专业，这个时候其实是有一个最艰苦的过程。我们要放弃我们之前赚钱的，再做更专业的，在这个阶段就产生了亏损。

董　卿：企业亏损，您会有压力吗？

李　宁：当然有压力。我们预期三年是可以转型完，可以建立我们自己的专业的产品和专业的发展规划。当第三年还是没有完成任务的时候，是有压力的。

董　卿：据说您这当中换了两任职业经理人，但没有达到预期的目标？

李　宁：是。公司没有实现我想走的那条路上所需要的一些商业模型、商业基础。那个时候其实，要比最早亏损的时候压力更大。

董　卿：所以，我们看到您原本是远远地站在企业背后的，这个时候，也就是2014年，您再一次挺身而出。

李　宁：我自己决定出来，在新的CEO（首席执行官）没到之前，我自己先带领公司往前走。这样，做CEO就变成了日常业务经营，从产品，从人，从财，从渠道，包括跟股东的沟通，都要合在里面。以前我很少坐办公室，但现在我必须得到办公室去，跟这个部门，跟这个员工，就这项业务来进行交流。包括去店面，或者去工厂，或者是其他一些社会活动、推广活动，都要参与。

董　卿：在您2014年代理CEO之后，2015年公司就扭亏为盈了？

李　宁：对，是的。

董　卿：对于您来讲，1988年汉城奥运会那次之后，您所遭受的挫败和在经营一个企业的时候，所经历过的低谷，这两件事情，哪一件您觉得更难呢？哪一件更需要勇气？

李　宁：想把一件事情做到极致，或者说给社会带来更大的收益的话，都是需要勇气的。因为没有人知道能不能真正做得到。作为运动员，个人的挑战会大一点，成功也是你，失败也是你。企业毕竟还是一个更广泛的事情，有资本的层面，有管理团队的层面，有技术层面，有产品层面，有市场渠道，竞争环境等等。企业的勇气在于，拥有决策权的人，他是否能平衡好，最终决定往哪走。有时候可能需要放弃一些既得的，去追求一些看似很有价值，但是未必会实现的。

董　卿：有人说我们随着年龄的增长会慢慢变得胆小，不像以前那么勇敢了，您觉得呢？

李　宁：有信心，就会有勇气，因为有梦想，就会有冲动。
董　卿：那您今天想要为大家朗读些什么呢？
李　宁：今天选了一篇巴金的《做一个战士》。
董　卿：这当中有哪一句话给您特别深的触动，或者说让您有特别强的共鸣感吗？
李　宁："做一个战士"！战士要有一个坚定的目标，不会被假象所迷惑。
董　卿：在李宁的身上，有着106枚金牌。但是在1988年，在汉城奥运会的时候，因为他出现了两个失误，当时所有的报道都口诛笔伐。
李　宁：那时候对我的"讨伐"，是因为没有实现大家预期的目标。骂的，或者说让我去找地方，哪儿凉快哪儿待着，甚至上吊的，都有。
董　卿：但是我还是很佩服您那时候走出那样的人生低谷的勇气。
李　宁：因为老徘徊在那样的感觉，其实也没什么意思，不吸引我。
董　卿：现在大家才能理解，就像李宁将要朗读的这篇文章的名字一样，他是一名战士。

朗读者 读本

做一个战士

巴金

一个年轻的朋友写信问我:"应该做一个什么样的人?"我回答他:"做一个战士。"

另一个朋友问我:"怎样对付生活?"我仍旧答道:"做一个战士。"

《战士颂》的作者[①]曾经写过这样的话:

我激荡在这绵绵不息、滂沱四方的生命洪流中,我就应该追逐这洪流,而且追过它,自己去造更广、更深的洪流。

我如果是一盏灯,这灯的用处便是照彻那多量的黑暗。我如果是海潮,便要鼓起波涛去洗涤海边一切陈腐的积物。

这一段话很恰当地写出了战士的心情。

在这个时代,战士是最需要的。但是这样的战士并不一定要持枪上战场。他的武器也不一定是枪弹。他的武器还可以是知识、信仰和坚强的意志。他并不一定要流仇敌的血,却能更有把握地致敌人的死命。

战士是永远追求光明的。他并不躺在晴空下享受阳光,却在暗夜里燃起火炬,给人们照亮道路,使他们走向黎明。驱散黑暗,这是战士的任务。他不躲避黑暗,却要面对黑暗,跟躲藏在阴影里的魑魅、魍魉搏斗。他要消灭它们而取得光明。战士是不知道妥协的。他得不

[①] 指亡友陈范予(1901—1941)。

到光明便不会停止战斗。

战士是永远年轻的。他不犹豫，不休息。他深入人丛中，找寻苍蝇、毒蚊等等危害人类的东西。他不断地攻击它们，不肯与它们共同生存在一个天空下面。对于战士，生活就是不停地战斗。他不是取得光明而生存，便是带着满身伤疤而死去。在战斗中力量只有增长，信仰只有加强。在战斗中给战士指路的是"未来"，"未来"给人以希望和鼓舞。战士永远不会失去青春的活力。

战士是不知道灰心与绝望的。他甚至在失败的废墟上，还要堆起破碎的砖石重建九级宝塔。任何打击都不能击破战士的意志。只有在死的时候他才闭上眼睛。

战士是不知道畏缩的。他的脚步很坚定。他看定目标，便一直向前走去。他不怕被绊脚石摔倒，没有一种障碍能使他改变心思。假象绝不能迷住战士的眼睛，支配战士的行动的是信仰。他能够忍受一切艰难、痛苦，而达到他所选定的目标。除非他死，人不能使他放弃工作。

这便是我们现在需要的战士。这样的战士并不一定具有超人的能力。他是一个平凡的人。每个人都可以做战士，只要他有决心。所以我用"做一个战士"的话来激励那些在彷徨、苦闷中的年轻朋友。

选自人民文学出版社《巴金全集》第十三卷

1938年3月27日,"中华全国文艺界抗敌协会"在武汉成立,巴金被推选为四十五位理事之一。他的当选,是文艺界对他积极投身抗日斗争的行动和在文艺界所具影响的肯定。1938年7月到第二年春天,巴金写了收在《旅途通讯》里的十多篇散文,记叙自己同朋友们一道辗转跋涉的艰苦历程和"在轰炸中过的日子"。此外,他还写了《做一个战士》《"重进罗马"的精神》和《黑土》《南国的梦》等杂文和散文。他用古罗马的传说勉励留在上海的青年"应当感到自己责任的重大而兴奋、振作";用"做一个战士"来激励那些在彷徨、苦闷中的青年……这篇散文充分表达了巴金对时代战士的理解、崇敬和赞美。

学者、巴金研究专家　李存光

ZHAI MO

翟墨 朗读者

航海家哥伦布曾经说过:"除非你有勇气到达那些看不到岸的地方,否则你就永远无法跨越大洋。"从古至今,大海是人类一直渴望去征服的领域,有无数的航海家冒着生命的危险去探索、去发现。

在中国,也有这样一位向海而生的航海爱好者,他叫翟墨。从2007年1月到2009年8月,他用了整整两年半的时间,完成了自驾帆船环球航海一周的壮举。由此,他成为中国单人无动力帆船环球航海第一人。

单人环球航海是一项充满惊险、艰辛的运动,极大地挑战着人类生存能力的极限。陪伴他的,只有波澜壮阔的大海、诡谲神秘的大自然和无法言喻的孤独。他曾在印度洋中经历了五天五夜的狂风暴雨,曾连续一百二十个小时手不离舵达到虚脱的边缘,曾在航行中误闯军事禁区而被守岛的美国大兵押向小岛,还曾被海盗在海上跟踪了三四个小时……他用力量、意志和智慧与风浪搏击,战胜了死神和孤独,化解了危机。

"一个人,一条船,他航行于世界。或许他不想去证明什么宏大的词汇,只是想证明一个人可以走多远。"白岩松这样评价翟墨。

"生活在天空之下、海水之上,接受阳光、狂风和海水洗礼的人。"翟墨这样评价自己。

朗读者 ❋ 访谈

董 卿：先跟大家普及一下，环球航海的定义是什么。
翟 墨：国际上有一个规定，穿越地球所有的经线，就是环球航海。
董 卿：经过所有的海域。
翟 墨：对，像印度洋、大西洋、太平洋。
董 卿：您是从什么时候开始航海的？
翟 墨：接触航海是一个很偶然的机会。当时在新西兰拍纪录片的时候，我问一个老船长：你开船去过多少个国家？他轻描淡写地说围地球转了一圈半。我听了却很兴奋，立刻想：我能不能做呢？不久，我就自己买了一艘船。
董 卿：你这也太疯狂了吧，连怎么掌舵、怎么用帆都不知道，就买了一艘船，然后想要环球航海。这个听上去……
翟 墨：有点莽撞。
董 卿：有点离谱。
翟 墨：当时开这个船，想去南太平洋的一个岛，然后我在海上漂了二十九天，遇到了一次最恶劣的天气，途经汤加海沟，正好赶上地震，同时又遇到季风。当时连续刮了将近五天的时间，风力达到十二级，整个海面上都是黑灰色的。那感觉就像世界末日到了。我是连滚带爬地进了船舱，帆也给撕开了。狂风肆虐的时候，我还在那儿缝那个帆，也给自己缝脚。
董 卿：给自己缝脚是什么意思？
翟 墨：当时我滚下船舱的时候，脚底板给划开了。我们航行的时候，都有一个急救箱，有麻药，有手术刀，包括针线都有。

董　卿：上麻药了吗？

翟　墨：上了。当时那个风浪浪高在十几米，一个浪砸在后背上，跟敲鼓一样。其实能自己缝针已经很不错了。刚缝一针，浪就砸在那个地方了，然后又恢复到原状，我再继续缝。

董　卿：那还是你的脚吗？

翟　墨：其实在远程航海的时候，特别是在极限运动的时候，能活着回来，已经是最大的胜利了。

董　卿：我突然想这也是为什么那么多人喜欢去探险的原因。让你对生命有了一种新的认识。

翟　墨：对，不断地去挑战自己，不断地去战胜自己。

董　卿：既知道生命的渺小，也知道生命的伟大。

翟　墨：对。风过了以后，我喝了一杯酒，这时候才发现，我有将近五天的时间没有吃东西了。酒喝下去火烧火燎的，于是就把酒杯直接扔海里了。

董　卿：那个时候是不是有一种重生的感觉？

翟　墨：是的。

董　卿：那你遇到过真的海盗吗？

翟　墨：2015年的时候，我遇到了三起海盗。当时我的船上有一个武装保安，是中国的一个保安公司，免费给我们做护航。刚一开始的时候，一艘小快艇，一直在尾随我们。我当时跟那个武装保安说，这是不是海盗？他说是海盗。尾随我们将近三个小时，一直在围着我们的船转。好在他们自己走了。

董　卿：除了这些突发情况，你在船上的日常是怎样的？比如洗澡就直接跳到海里了吗？

翟　墨：我们还可以找云洗澡。因为海水洗了以后，身上发黏。最希望的就是能赶上下雨天，特别是在赤道附近的时候，有很多的积雨云。

董　卿：就追着云是吗？

翟　墨：对，叫追云洗澡。有时候我追过去的时候，正好云层聚积得更多，而且走得很慢，然后就可以尽快地打上肥皂以后，尽快地洗了。这是我们航海之后最大的乐趣之一。

董　卿：听上去很美。你想象整个天空就是你的花洒，很棒。我很好奇，这么具有危险性的运动，你告诉家人吗？

翟　墨：我记得我买第一条船的时候，打电话告诉我哥了。结果回家过年的时候，我老娘问我："收成怎么样？"她以为我买了条渔船。（全场笑）

董　卿：你会告诉她你所经历的这些生死时刻吗？

翟　墨：不会。如果告诉的话，估计我老娘绝不会让我出海。
董　卿：你做环球航海的时候已经成家了吗？
翟　墨：没有。我是环球航海结束以后成的家，现在也有孩子了。
董　卿：那你现在还会去航海吗？
翟　墨：我不会有过去那种"无知者无畏"的感觉了。现在因为有了儿子嘛，我就会带他去，但航的都是近岸，就是让他去体验体验，感受感受。
董　卿：他是不是特别崇拜你？
翟　墨：他现在画的画儿都是我的船。
董　卿：如果可以选择，你希望他成为画家还是成为航海家？
翟　墨：我希望两者都具备。
董　卿：你觉得勇气是什么？
翟　墨：勇气是我启航的一种力量。
董　卿：这也是勇气给你的珍贵馈赠之一吧。勇气让你能够走出家门，也希望每一次都能够平安回来。那你今天要读些什么呢？
翟　墨：高尔基的《海燕》。因为我在海上的时候，特别是恶劣天气的时候，只有海燕在海面上飞翔，其他的海鸟都已经看不到了。
董　卿：你要把这段朗读献给谁呢？
翟　墨：献给正在大海上航行的水手和船长。

海燕之歌

[苏联] 高尔基

在苍茫的大海上,狂风卷集着乌云。在乌云和大海之间,海燕像黑色的闪电,在高傲地飞翔。

一会儿翅膀碰着波浪,一会儿箭一般地直冲向乌云,它叫喊着,——就在这鸟儿勇敢的叫喊声里,乌云听出了欢乐。

在这叫喊声里——充满着对暴风雨的渴望!在这叫喊声里,乌云听出了愤怒的力量、热情的火焰和胜利的信心。

海鸥在暴风雨来临之前呻吟着,——呻吟着,它们在大海上飞窜,想把自己对暴风雨的恐惧,掩藏到大海深处。

海鸭也在呻吟着,——它们这些海鸭啊,享受不了生活的战斗的欢乐:轰隆隆的雷声就把它们吓坏了。

蠢笨的企鹅,胆怯地把肥胖的身体躲藏到悬崖底下……只有那高傲的海燕,勇敢地,自由自在地,在泛起白沫的大海上飞翔!

乌云越来越暗,越来越低,向海面直压下来,而波浪一边歌唱,一边冲向高空,去迎接那雷声。

雷声轰响。波浪在愤怒的飞沫中呼叫,跟狂风争鸣。看吧,狂风紧紧抱起一层层巨浪,恶狠狠地把它们甩到悬崖上,把这些大块的翡翠摔成尘雾和碎末。

海燕在叫喊着,飞翔着,像黑色的闪电,箭一般地穿过乌云,翅膀掠起波浪的飞沫。

看吧,它飞舞着,像个精灵,——高傲的、黑色的暴风雨的精灵——

它在大笑,它又在号叫……它笑那些乌云,它因为欢乐而号叫!

从雷声的震怒里,——这个敏感的精灵,——它早就听出了困乏,它深信,乌云遮不住太阳,——是的,遮不住的!

狂风吼叫……雷声轰隆……

一堆堆乌云,像青色的火焰,在无底的大海上燃烧。大海抓住闪电的箭光,把它们熄灭在自己的深渊里。这些闪电的影子,活像一条条火蛇,在大海里蜿蜒游动,一晃就消失了。

"暴风雨!暴风雨就要来啦!"

这是勇敢的海燕,在怒吼的大海上,在闪电中间,高傲地飞翔;这是胜利的预言家在叫喊:

"让暴风雨来得更猛烈些吧!……"

(戈宝权 译)

选自人民文学出版社《高尔基文集》第五卷

1901年3月4日,大学生和工人抗议沙皇政府强迫大学生当兵,遭到残酷镇压。高尔基极为愤慨,写下短篇小说《春天的旋律》,全文禁止发表,但尾声《海燕》幸免,于是立刻成为最受欢迎、最富有宣传性和号召力的诗传单。一位演说者说:"高尔基被放逐了,原因是他说出了真理并揭露我们生活中可怕的事情。他有一件武器——他的笔,一种力量——他那在自由发表意见时所表示的思想……"

除了作为政治诗广为流传,《海燕》也是一篇充满英雄气概的人生赞歌。

FAN
JIN
SHI

樊锦诗 朗读者

1987 年，中国敦煌莫高窟被列入了世界非物质文化遗产。在保护名录中它得到了这样的评价："地处'丝绸之路'的战略要点，是宗教、文化艺术的交汇处。"但是，就是这样一座历史文化宝库，因为经历了动乱、战火和盗贼，在很长一段时间里，几乎成了废墟。

樊锦诗，一位出生在北平、成长在上海的瘦弱姑娘，1963 年从北京大学历史系考古专业毕业之后，便与莫高窟结下了一辈子的缘分。五十四年间，从青春年少到满头华发，她为莫高窟的永续利用、永久保存倾尽了全力，被称为是"敦煌的女儿"。

在敦煌，樊锦诗潜心于石窟考古工作。她走过莫高窟大大小小七百三十五座洞窟，完成了敦煌莫高窟北朝、隋及唐代前期的分期断代，这是学术界公认的敦煌石窟分期排年成果。由她主编的大型丛书《敦煌石窟全集》，则是百年敦煌石窟研究的集中展示。由于壁画文物不可再生，也不能永生，樊锦诗多年致力于建立"数字敦煌"，将洞窟、壁画、彩塑及与敦煌相关的一切文物，加工成高智能数字图像，永久保存。

樊锦诗对促进敦煌文物的保护事业做出的贡献，得到了学术界的一致认可。她用五十多年的执着和坚守，谱写了一个文物工作者的平凡与伟大。

朗读者 ✺ 访谈

董　卿：当您从我们的红地毯通道向我走来的时候，我心头一热：这样一个瘦弱的身躯里怎么会蕴藏着这么大的力量啊。您自己最早知道敦煌是在什么时候？

樊锦诗：是念中学的时候，历史课本里有一段专门写莫高窟。我被它深深吸引，很想看到它。

董　卿：是不是因为这个，才促使您后来报考了北大的考古专业呢？

樊锦诗：也有这方面因素吧。首先是因为喜欢历史。历史是文字的资料，考古就是实物的资料。越是到古代，在没有文字的时候，越是要靠着考古的实物资料来证明的。考古是研究历史不可或缺的实物资料。

董　卿：毕业那年您有一个机会到敦煌实习，那是您第一次到敦煌吧？

樊锦诗：实际上我当时去的目的不是那么纯，更多的不是去实习，而是想去看敦煌。一进洞就被它迷住了。敦煌的洞窟确实很美妙，而且想到大名鼎鼎的常书鸿先生、段文杰先生、史苇湘先生都在莫高窟工作，也很吸引我。但是洞窟外头的世界跟上海、北京的反差特别大。

董　卿：您看到了一个什么样的现实世界？

樊锦诗：房子就是土的，干打垒，没电灯。我从小长大没见过没电灯的地方。没有自来水，房间里也没有卫生设备。然后他们还跟我说，那儿有狼，所以心里就有点嘀咕。

董　卿：您碰到过狼吗？

樊锦诗：我晚上去解手嘛，出了寺庙的门一看，哟，两个绿绿的眼睛。

啊，我一想，这可能就是狼吧。我就吓得奔回到房子里，这一夜都没有睡好。好不容易憋到天亮，出去一看，还在那儿待着，原来不是狼，是个驴。（全场笑）

董　卿：当时，您还能够见到像常书鸿先生、段文杰先生，他们都是中国最早的敦煌研究专家了。他们给你留下了什么样的印象？

樊锦诗：我没去之前，我一想这些艺术家肯定是很气派的，西装革履的。结果一看，常先生，如果他不说话，不是戴那副眼镜，几乎跟农民差不多。段先生呢，穿了一件工作服，上面都是颜色。我说他怎么脸上都是点点，这不是《九色鹿》故事里头的点点吗？也是很土。史苇湘呢，我还以为他是个女的，一看是个大男子汉，而且都穿得很朴素，还是很土。他们在那儿已经待了十几年，常先生待了二十年。当时我说他们在这个地方能待住，还能把这些洞守住，了不起。

董　卿：1944年国立敦煌艺术研究所成立，常先生是第一任所长。

但是后去的樊老肯定没想到，她会真正地踏着他们的脚印，成为敦煌艺术院的第三任院长。

樊锦诗：待了一年又一年，转眼就是一辈子。主要是被老一辈感染，被敦煌的艺术魅力吸引。我慢慢也理解了，他们待下是为了敦煌，他们离不开敦煌这个艺术。我也是，那么我是不是应该也给敦煌做一点事？

董　卿：所以您毕业就服从分配去了敦煌是吗？可是我听说，您父亲曾经给北大写信，希望学校不要把您分配到敦煌？

樊锦诗：对，信是让我转递给北大的领导、系领导跟我的业师宿白先生的。主要是说这个女孩子从小身体不好，到敦煌会水土不服。但我考虑了两三天，信没有给学校交。

董　卿：其实当时不仅是父亲不放心，还有一个人也很不放心。是当时樊院长在大学里的恋人，也就是现在的丈夫。但是您好像跟他保证了说，我就去三年我就回来。

樊锦诗：他知道我的爱好，也知道我对敦煌的感情，所以他做了牺牲。1986年，老彭（彭金章）离开武汉大学，离开他一手创办的考古专业，调到敦煌。但是我也不是说就把他完全牺牲了，他到敦煌也有事做。敦煌分两个区：一个南区，这里头有塑像、壁画；一个北区，是神女们修行的洞窟和起居的洞窟，甚至是神女们死后埋葬的洞窟，里头没有塑像、壁画，有243个洞。他是学考古的，后来他把243个洞发掘完了，弄清楚了。所以应该说他为敦煌做的贡献，写敦煌历史的话，也会记上这一笔。

董　卿：你们是哪一年结的婚啊？

樊锦诗：我们是1963年毕业，1967年1月结的婚。

董　卿：结了婚之后，很快就有孩子了，这又是一个难题啊。

樊锦诗：当时我就一个人。办法就是小被子一裹，拿个绳子一捆，上海叫蜡烛包。他慢慢长大了，别人说，孩子五六个月了你还把他捆着吗？我说那不捆怎么办？我要上班啊！有一次进门，一看他从床上掉下来了，掉到煤渣子上，脸上都生花了。后来我请了假，把孩子送到我先生老家河北的农村，交给谁呢？交给我先生的姐姐。老二是隔了五年生的，后来把老大换出来把老二又放到农村。我常说，你们爸爸是我们家的功臣，没有他的支撑，这个家庭可能就散了。别人问您两个人怎么好的？他说：相恋在未名湖，相爱在珞珈山，相守在莫高窟。

董　卿：寥寥十几个字，总结了五十年。您是无愧于敦煌，但是有愧于家庭啊。我也透露一个小秘密，我们之前邀请樊院长，因为她的工作很忙，她也不喜欢接受采访，好几次都拒绝了。后来有一天，导演特别高兴跟我说，樊院长愿意来了。因为樊院长的爱人喜欢看我们这个节目。(笑)

樊锦诗：我想他在电视里看见我可能高兴。

董　卿：樊院长为敦煌做的事不只是自己留下来工作，先生调过来工作，为了莫高窟的数字工程，樊院长更是几乎是花了将近三十年的时间。

樊锦诗：1908年莫高窟被盗，其中一个法国人叫伯希和，他不是一般的毛贼，他是一个考古学家，他拍了好多照片。于是我翻他的照片，一翻吓一跳，伯希和拍的照片，同样的内容，还比较清楚。但到七十年代的时候，有的地方已经模糊了，有的地方已经退化了，有的地方已经脱落了。所以更应该加紧做档案；加紧做档案就要拍照。但是照片时间长了要变色，这个档案还有用吗？到了八十年代末我到北京出差，有一个人知道我在关注科技保护，说我带你去看电脑，图像只要变成数字，它就永远不变了。那我说，我们的莫高窟壁画能不能拿来试一试啊？可是我们试了半天，有效果，不满意。又过了十年，等于就是九十年代，我们跟国外合作，在洞窟里铺轨道拍摄。《五台山图》，十三米多长，三米多高，四十多平米，要用六千多张这样的照片拼接出来，一点都不能变形，还可以放出来看。这样数字敦煌也保存下来了，达到了我们的初步效果。

董　卿：可能很多观众并不是很了解敦煌莫高窟，它是以一种非常缓慢的，但的确是不可逆转的态势在消逝。所以，樊院长要拼尽全力，找到一种方法让这种不可再生、不可永生的文物永续利用，永久保存。用现在的话说这叫什么？逆天啊。（全场笑）文学家喜欢说"永远的敦煌"，樊院长付出毕生的精力就是为了让"永远"变成现实。在这样的一种"逆天"当中，我们看到的是勇气。谢谢樊院长，谢谢您为敦煌所做的一切，为敦煌所做的一切就是为中国做的一切，为每一个中国人做的一切。所以今天呢，我们也有几位樊院长的同事、好友来到了我们的现场，要为樊院长带来一段朗读。他们分别是：

敦煌研究院保护研究所所长、研究员苏伯民先生；

敦煌学学者中华书局资深编审，中国敦煌吐鲁番学会顾问，今年七十三岁的柴剑虹先生；

敦煌研究院接待部副主任宋淑霞女士；

中国社会科学院，考古研究所研究员，考古科技实验研究中心原主任袁靖先生。

朗读者 ❋ 读本

莫高窟（节选）

余秋雨

一

莫高窟对面，是三危山。《山海经》记，"舜逐三苗于三危"。可见它是华夏文明的早期屏障，早得与神话分不清界线。那场战斗怎么个打法，现在已很难想象，但浩浩荡荡的中原大军总该是来过的。当时整个地球还人迹稀少，"哒哒"的马蹄声显得空廓而响亮。让这么一座三危山来做莫高窟的映壁，气概之大，人力莫及，只能是造化的安排。

公元366年，一个和尚来到这里。他叫乐尊，戒行清虚，执心恬静，手持一支锡杖，云游四野。到此已是傍晚时分，他想找个地方栖宿。正在峰头四顾，突然看到奇景：三危山金光灿烂，烈烈扬扬，像有千佛在跃动。是晚霞吗？不对，晚霞就在西边，与三危山的金光遥遥对应。

三危金光之谜，后人解释颇多，在此我不想议论。反正当时的乐尊和尚，刹那间激动万分。他怔怔地站着，眼前是腾燃的金光，背后是五彩的晚霞，他浑身被照得通红，手上的锡杖也变得水晶般透明。他怔怔地站着，天地间没有一点声息，只有光的流溢，色的笼罩。他有所憬悟，把锡杖插在地上，庄重地跪下身来，朗声发愿，从今要广为化缘，在这里筑窟造像，使它真正成为圣地。和尚发愿完毕，两方光焰俱黯，苍然暮色压着茫茫沙原。

不久，乐尊和尚的第一个石窟就开工了。他在化缘之时广为播扬自己的奇遇，远近信士也就纷纷来朝拜胜景。年长日久，新的洞窟也一一挖出来了。上至王公，下至平民，或者独筑，或者合资，把自己的信仰和祝祈，全向这座陡坡凿进。从此，这个山坡的历史，就离不开工匠斧凿的叮当声。

工匠中隐潜着许多真正的艺术家。前代艺术家的遗留，又给后代艺术家以默默的滋养。于是，这个沙漠深处的陡坡，浓浓地吸纳了无量度的才情，空灵灵又胀鼓鼓地站着，变得神秘而又安详。

二

……

比之于埃及的金字塔、印度的桑奇大塔、古罗马的斗兽场遗迹，中国的许多文物遗迹常常带有历史的层累性。别国的遗迹一般修建于一时，兴盛于一时，以后就以纯粹遗迹的方式保存着，让人瞻仰。中国的长城就不是如此，总是代代修建、代代拓伸。长城，作为一种空间的蜿蜒，竟与时间的蜿蜒紧紧对应。中国历史太长、战乱太多、苦难太深，没有哪一种纯粹的遗迹能够长久保存，除非躲在地下，躲在坟里，躲在不为常人注意的秘处。阿房宫烧了，滕王阁坍了，黄鹤楼则是新近重修。成都的都江堰所以能长久保留，是因为它始终发挥着水利功能。因此，大凡至今轰传的历史胜迹，总是具有生生不息、吐纳百代的独特禀赋。

莫高窟可以傲视异邦古迹的地方，就在于它是一千多年的层层累聚。看莫高窟，不是看死了一千年的标本，而是看活了一千年的生命。一千年而始终活着，血脉畅通、呼吸匀停，这是一种何等壮阔的生命！一代又一代艺术家前呼后拥向我们走来，每个艺术家又牵连着喧闹的背景，在这里举行着横跨千年的游行。纷杂的衣饰使我们眼花缭乱，呼呼的旌旗使我们满耳轰鸣。在别的地方，你可以蹲下身来细细玩索一块碎石、一条土埂，在这儿完全不行，你也被裹卷着，身不由己，跟跟跄跄，直到被历史的洪流消融。在这儿，一个人的感官很不够用，那干脆就丢弃自己，让无数双艺术巨手把你碎成轻尘。

因此，我不能不在这暮色压顶的时刻，在山脚前来回徘徊，一点点地找回自己，定一定被震撼了的惊魂。晚风起了，夹着细沙，吹得脸颊发疼。沙漠的月亮，也特别清冷。山脚前有一泓泉流，汩汩有声。抬头看看，侧耳听听，总算，我的思路稍见头绪。

白天看了些什么，还是记不大清。只记得开头看到的是青褐浑厚的色流，那应该是北魏的遗存。色泽浓厚沉着得如同立体，笔触奔放豪迈得如同剑戟。那个年代战事频繁，驰骋沙场的又多北方骠壮之士，强悍与苦难汇合，流泻到了石窟的洞壁。当工匠们正在这些洞窟描绘的时候，南方的陶渊明，在残破的家园里喝着闷酒。陶渊明喝的不知是什么酒，这里流荡着的无疑是烈酒，没有什么芬芳的香味，只是一派力，一股劲，能让人疯了一般，拔剑而起。这里有点冷，有点野，甚至有点残忍。

色流开始畅快柔美了，那一定是到了隋文帝统一中国之后。衣服和图案都变得华丽，有了香气，有了暖意，有了笑声。这是自然的，隋炀帝正乐呵呵地坐在御船中南下，新竣的运河碧波荡漾，通向扬州名贵的奇花。隋炀帝太凶狠，工匠们不会去追随他的笑声，但他们已经变得大气、精细，处处预示着，他们手下将会奔泻出一些更惊人的东西。

色流猛地一下涡漩卷涌，当然是到了唐代。人世间能有的色彩都喷射出来，但又喷得一点儿也不野，舒舒展展地纳入细密，流利的线条，幻化为壮丽无比的交响乐章。这里不再仅仅是初春的气温，而已是春风浩荡，万物苏醒，人们的每一缕筋肉都想跳腾。这里连禽鸟都在歌舞，连繁花都裹卷成图案，为这个天地欢呼。这里的雕塑都有脉搏和呼吸，挂着千年不枯的吟笑和娇嗔。这里的每一个场面，都非双眼能够看尽，而每一个角落，都够你留连长久。这里没有重复，真正的欢乐从不重复。这里不存在刻板，刻板容不下真正的人性。这里什么也没有，只有人的生命在蒸腾。一到别的洞窟还能思忖片刻，而这里，一进入就让你燥热，让你失态，让你只想双足腾空。不管它画的是什么内容，一看就让你在心底惊呼，这才是人，这才是生命。人世间最有吸引力的，莫过于一群活得很自在的人发出的生命信号。这种信号是磁，是蜜，是涡卷方圆的魔井。没有一个人能够摆脱这种涡卷，没有一个人能够面对着它们而保持平静。唐代就该这样，这样才算唐代。我们的民族，总算拥有这么一个朝代，总算有过这么一个时刻，驾驭如此瑰丽的色流，而竟能指挥若定。

色流更趋精细，这应是五代。唐代的雄风余威未息，只是由炽热走向温煦，由狂放渐趋沉着。头顶的蓝天好像小了一点儿，野外的清风也不再鼓荡胸襟。

终于有点儿灰黯了，舞蹈者仰首看到变化了的天色，舞姿也开始变得拘谨。仍然不乏雅丽，仍然时见妙笔，但欢快的整体气氛，已难于找寻。洞窟外面，辛弃疾、陆游仍在握剑长歌，美妙的音色已显得孤单，苏东坡则以绝世天才，与陶渊明呼应。大宋的国土，被下坡的颓势，被理学的层云，被重重的僵持，遮得有点阴沉。

色流中很难再找到红色了，那该是到了元代。

……

这些朦胧的印象，稍一梳理，已颇觉劳累，像是赶了一次长途的旅人。据说，把莫高窟的壁画连起来，整整长达六十华里。

我只不信,六十华里的路途对我轻而易举,哪有这般劳累?

夜已深了,莫高窟已经完全沉睡。就像端详一个壮汉的睡姿一般,看它睡着了,也没有什么奇特,低低的、静静的,荒秃秃的,与别处的小山一样。

三

第二天一早,我又一次投入人流,去探寻莫高窟的底蕴,尽管毫无自信。

游客各种各样。有的排着队,在静听讲解员讲述佛教故事;有的捧着画具,在洞窟里临摹;有的不时拿出笔记写上几句,与身旁的伙伴轻声讨论着学术课题。他们就像焦距不一的镜头,对着同一个拍摄对象,选择着自己所需要的清楚和模糊。

莫高窟确实有着层次丰富的景深(depth of field),让不同的游客摄取。听故事,学艺术,探历史,寻文化,都未尝不可。一切伟大的艺术,都不会只是呈现自己单方面的生命。它们为观看者存在,它们期待着仰望的人群。一堵壁画,加上壁画前的唏嘘和叹息,才是这堵壁画的立体生命。游客们在观看壁画,也在观看自己。于是,我眼前出现了两个长廊:艺术的长廊和观看者的心灵长廊;也出现了两个景深:历史的景深和民族心理的景深。

如果仅仅为了听佛教故事,那么它多姿的神貌和色泽就显得有点浪费。如果仅仅为了学绘画技法,那么它就吸引不了那么多普通的游客。如果仅仅为了历史和文化,那么它至多只能成为厚厚著述中的插图。它似乎还要深得多,复杂得多,也神奇得多。

它是一种聚会,一种感召。它把人性神化,付诸造型,又用造型引发人性，于是，它成了民族心底一种彩色的梦幻，一种圣洁的沉淀，一种永久的向往。

它是一种狂欢，一种释放。在它的怀抱里神人交融、时空飞腾，于是，它让人走进神话，走进寓言，走进宇宙意识的霓虹。在这里，狂欢是天然秩序，释放是天赋人格，艺术的天国是自由的殿堂。

它是一种仪式，一种超越宗教的宗教。佛教理义已被美的火焰蒸馏，剩下了仪式应有的玄秘、洁净和高超。只要是知闻它的人，都会以一生来投奔这种仪式，接受它的洗礼和熏陶。

这个仪式如此宏大，如此广袤。甚至，没有沙漠，也没有莫高窟，没有敦煌。仪式从沙漠的起点已经开始，在沙窝中一串串深深的脚印间，在一个个夜风中的帐篷里，在一具具洁白的遗骨中，在长毛飘飘的骆驼背上。流过太多眼泪的眼睛，已被风沙磨钝，但是不要紧，迎面走来从那里回来的朝拜者，双眼是如此晶亮。我相信，一切为宗教而来的人，一定能带走超越宗教的感受，在一生的潜意识中蕴藏。蕴藏又变作遗传，下一代的苦旅者又浩浩荡荡。为什么甘肃艺术家只是在这里撷取了一个舞姿，就能引起全国性的狂热？为什么张大千举着油灯从这里带走一些线条，就能风靡世界画坛？只是仪式，只是人性，只是深层的蕴藏。过多地捉摸他们的技法没有多大用处，他们的成功只在于全身心地朝拜过敦煌。蔡元培在二十世纪初提出过以美育代宗教，我在这里分明看见，最高的美育也有宗教的风貌。或许，人类的将来，就是要在这颗星球上建立一种有关美的宗教？

四

离开敦煌后，我又到别处旅行。

我到过另一个佛教艺术胜地，那里山清水秀，交通便利。思维机敏的讲解员把佛教故事与今天的社会新闻、行为规范联系起来，讲了一门古怪的道德课程。听讲者会心微笑，时露愧色。我还到过一个山水胜处，奇峰竞秀，美不胜收。一个导游指着几座略似人体的山峰，讲着一个个贞节故事，如画的山水立时成了一座座道德造型。听讲者满怀兴趣，扑于船头，细细指认。

我真怕，怕这块土地到处是善的堆垒，挤走了美的踪影。

为此，我更加思念莫高窟。

什么时候，哪一位大手笔的艺术家，能告诉我莫高窟的真正奥秘？日本井上靖的《敦煌》显然不能令人满意，也许应该有中国的赫尔曼·黑塞，写一部《纳尔齐斯与歌尔德蒙》(Narziss and Goldmund)，把宗教艺术的产生，刻画得如此激动人心，富有现代精神。

不管怎么说，这块土地上应该重新会聚那场人马喧腾、载歌载舞的游行。

我们，是飞天的后人。

余秋雨的《文化苦旅》是一部影响非常大的散文集，其中写到敦煌的篇目，让许多普通人第一次了解到敦煌的历史。其中的《莫高窟》《道士塔》等让绚烂的文化与屈辱的历史相对照，激发文化怀乡的情绪和反思历史的忧愤。一个民族的文化传承，更多的是传承一种责任感，一种珍视文化的精神。

在敦煌（节选）

季羡林

刚看过新疆各地的许多千佛洞，在驱车前往敦煌莫高窟千佛洞的路上，我心里就不禁比较起来：在那里，一走出一个村镇或城市，就是戈壁千里，寸草不生；在这里，一离开柳园，也是平野百里，禾稼不长；然而却点缀着一些骆驼刺之类的沙漠植物，在一片黄沙中绿油油地充满了生意，看上去让人不感到那么荒凉、寂寞。

我们就是走过了数百里这样的平野，最终看到一片葱郁的绿树，隐约出现在天际，后面是一列不太高的山岗，像是一幅中国水墨山水画。我暗自猜想：敦煌大概是来到了。

果然是敦煌到了。我对敦煌真可以说是"久仰大名，如雷贯耳"了。我在书里读到过敦煌，我听人谈到过敦煌，我也看过不知多少敦煌的绘画和照片。几十年梦寐以求的东西如今一下子看在眼里，印在心中，"相见翻疑梦"，我似乎有点怀疑，这是否是事实了。

敦煌毕竟是真实的。它的样子同我过去看过的照片差不多，这些我都是很熟悉的。此处并没有崇山峻岭，幽篁修竹，有的只不过是几个人合抱不过来的千岁老榆，高高耸入云天的白杨，金碧辉煌的牌楼，开着黄花、红花的花丛。放在别的地方，这一切也许毫无动人之处，然而放在这里，给人的印象却是沙漠中的一个绿洲，戈壁滩上的一颗明珠，一片淡黄中的一点浓绿，一个不折不扣的世外桃源。

至于千佛洞本身，那真是琳琅满目，美不胜收，五光十色，云蒸霞蔚。无论用多么繁缛华丽的语言文字，不管这样的语言文字有多少，也是无法描绘、无法形容的。这里用得上一句老话了："只能意会，不能言传。"洞子共有四百多个,大的大到像一座宫殿,小的小到像一个佛龛。几乎每一个洞子里都画着千佛的像。洞子不论大小,墙壁不论宽窄,无不满满地画上了壁画。艺术家好像决不吝惜自己的精力和颜料,决不吝惜自己的光阴和生命,把墙壁上的每一点的空间,每一寸的空隙,都填得满满的,多小的地方,他们也决不放过。他们前后共画了一千年,不知流出了多少汗水,不知耗费了多少心血,才给我们留下了这些动人心魄的艺术瑰宝。有的壁画,就暴露在光天化日之下,经过了一千年的风吹、雨打、日晒、沙浸,但彩色却浓郁如新,鲜艳如初。想到我们先人的这些业绩,我们后人感到无比地兴奋、震惊、感激、敬佩,这难道不是很自然的吗?

我们走进了洞子,就仿佛走进了久已逝去的古代世界,甚至古代的异域世界;仿佛走进了神话的世界、童话的世界。尽管洞内洞外一点声音都没有,但是看到那些大大小小的雕塑,特别是看到墙上的壁画——人物是那样繁多,场面是那样富丽,颜色是那样鲜艳,技巧是那样纯熟,我们内心里就不禁感到热闹起来。我们仿佛亲眼看到释迦牟尼从兜率天上骑着六牙白象下降人寰,九龙吐水为他洗浴,一下生就走了七步,口中大声宣称:"天上天下,唯我独尊。"我们仿佛看到他读书、习艺。他力大无穷,竟把一只大象抛上天空,坠下时把土地砸了一个大坑。我们仿佛看到他射箭,连穿七个箭靶。我们仿佛看到他结婚,看到他出游,在城门外遇到老人、病人、死人与和尚,看到他夜半乘马逾城逃走,看到他剃发出家。我们仿佛看到他修苦行,不吃东西,修了六年,把眼睛修得深如古井。我们又仿佛看到他幡然改变主意,毅然放弃了苦行,吃了农女献上的粥,又恢复了精力,走向菩提树下,同恶魔波旬搏斗,终于成了佛。成佛后到处游行,归示,度子,年届八旬,在双林涅槃。使我们最感兴趣、给我们印象最深的

是那许许多多的涅槃的画。释迦牟尼已经逝世，闭着眼睛，右胁向下躺在那里。他身后站着许多和尚和俗人。前排的人已经得了道，对生死漠然置之，脸上毫无表情地站在那里。后排的人，不管是国王、各族人民，还是和尚、尼姑，因为道行不高，尘欲未去，参不透生死之道，都号啕大哭，有的捶胸，有的打头，有的击掌，有的顿足，有的撕发，有的裂衣，有的甚至昏倒在地。我们真仿佛听到哭声震天，看到泪水流地，内心里不禁感到震动。最有趣的是外道六师，他们看到主要敌手已死，高兴得弹琴、奏乐、手舞、足蹈。在盈尺或盈丈的墙壁上，宛然一幅人生哀乐图。这样的宗教画，实际上是人世社会的真实描绘。把千载前的社会现实，栩栩如生地搬到我们今天的眼前来。

　　在很多洞子里，我们又仿佛走进了西方的极乐世界，所谓净土。在这个世界里，阿弥陀佛巍然坐在正中。在他的头上、脚下、身躯的周围画着极乐世界里各种生活享受:有伎乐,有舞蹈,有杂技,有饮馔。好像谁都不用担心生活有什么不足,衣来伸手,饭来张口。而且这些饮食和衣服,都用不着人工去制作。到处长着如意神树,树枝子上结满了各种美好的饮食和衣着,要什么,有什么,只需一伸手一张口之劳,所有的愿望就都可以满足了。小孩子们也都兴高采烈,他们快乐得把身躯倒竖起来。到处都是美丽的荷塘和雄伟的殿阁,到处都是快活的游人。这些人同我们这些凡人一样,也过着世俗的生活。他们也结婚。新郎跪在地上,向什么人叩头。新娘却站在那里,羞答答不肯把头抬。许多参加婚礼的客人在大吃大喝。两只鸿雁站在门旁。我早就读过古代结婚时有所谓"奠雁"的礼节,却想不出是什么情景。今天这情景就摆在我眼前,仿佛我也成了婚礼的参加者了。他们也有老死。老人活过四万八千岁以后,自己就走到预先盖好的坟墓里去。家人都跟在他后面,生离死别。虽然也有人磕头涕哭,但是总起来看,脸上的表情却都是平静的、肃穆的,好像认为这是人生规律,无所用其忧戚与哀悼。所有这一切世俗生活的绘画,当然都是用来宣扬一个主题思想:不管在什么样的生活环境中,只要一心念阿弥陀佛,就可以往生净土,享受天福。这当然都是幻想,甚至是欺骗。但是艺术家的态度是认真的,他们的技巧是惊人的。他们仔细地描,小心地画,结果把本是虚无缥缈的东西画得像真实的事物一样,生动活泼地、毫不含糊地展现在我们眼前,让我们对于历史得到感性认识,让我们得到奇特美妙的艺术享受。艺术家可能真正相信这些神话的,但是这对我们是无关重要的,重要的是他们的画。这些画画得充满了热情,而且都取材于现实生活。在世界各国的历史上,所有的神仙和神话,不管是多么离奇荒诞,他们的模特儿总脱离不开人和人生,艺术家通过神仙和神话,让过去的人和人生重现在我们眼前。我们探骊得珠,于愿已足,还有什么可以强求的呢?

最使我吃惊的是一件小事：在这富丽堂皇的极乐世界中，在巍峨雄伟的楼台殿阁里，却忽然出现了一只小小的老鼠，鼓着眼睛，尖着尾巴，用警惕狡诈的目光向四下里搜寻窥视，好像见了人要逃窜的样子。我很不理解，为什么艺术家偏偏在这个庄严神圣的净土里画上一只老鼠。难道他们认为，即使在净土中，四害也是难免的吗？难道他们有意给这万人向往的净土开上一个小小的玩笑吗？难道他们有意表示即使是净土也不是百分之百的纯洁吗？我们大家都不理解，经过推敲与讨论，仍然是不理解。但是我们都很感兴趣，认为这位艺术家很有勇气，决不因循抄袭，决不搞本本主义，他敢于石破天惊地去创造。我们对他都表示敬意。

……

总之，洞子共有四百多个，壁画共有四万多平方米，绘画的时间绵延了一千多年，内容包括了天堂、净土、人间、地狱、华夏、异域、和尚、尼姑、官僚、地主、农民、工人、商人、小贩、学者、术士、妓女、演员、男、女、老、幼，无所不有。在短短的几天之内，我仿佛漫游了天堂、净土，漫游了阴司、地狱，漫游了古代世界，漫游了神话世界，走遍了三千大千世界，攀登神山须弥山，见到了大梵天、因陀罗，同四大天王打过交道，同牛首马面有过会晤，跋涉过迢迢万里的丝绸之路，漂渡烟波浩渺的大海大洋，看过佛爷菩萨的慈悲相，听维摩诘的辩才无碍，我脑海里堆满色彩缤纷的众生相，错综重叠，突兀峥嵘，我一时也清理不出一个头绪来。在短短几天之内，我仿佛生活了几十年。在过去几十年中，对于我来说是非常抽象的东西，现在却变得非常具体了。这包括文学、艺术、风俗、习惯、民族、宗教、语言、历史等领域。我从前看到过唐代大画家阎立本的帝王图、李思训的金碧山水，宋朝米襄阳米点山水，明朝陈老莲的人物画、大涤子的山水画，曾经大大地惊诧于这些作品技巧之完美、意境之深邃，但在敦煌壁画上，这些都似乎是司空见惯，到处可见。而且敦煌壁画还要胜它们一筹：在这里，浪漫主义的气氛是非常浓的。有的画家竟敢画一个乐队，而不画一个人，所有的乐器都系在飘带上，飘带在空中随风飘拂，乐器也就自己奏出声音，汇成一个气象万千的音乐会。这样的画在中国绘画史上，甚至在别的国家的绘画史上能够找得到吗？

不但在洞子里我们好像走进了久已逝去的古代世界，就是在洞子外面，我们倘稍不留意，就恍惚退回到历史中去。我们游览国内的许多名胜古迹时，总会在墙壁上或树干上看到有人写上的或刻上的名字和年月之类的字，什么某某人何年何月到此一游。这种不良习惯我们真正是已经司空见惯，只有摇头苦笑。但要追溯这种行为的历史那恐怕是古已有之了。《西游记》上记载着如来佛显示无比的法力，让孙悟空在自己的手掌中翻筋斗，孙悟空翻了不知多少十万八千里的筋斗，最后翻到天地尽头，看到五根肉红柱子，撑着一股青气。为了取信于如来佛，他拔下一根毫毛，吹口仙气，叫"变！"变作一管浓墨双毫笔。在那中间柱子上写一行大字云："齐天大圣，到此一游。"还顺便撒了一泡猴尿。因此，我曾想建议这一些唯恐自己的尊姓大名不被人知、不能流传的善男信女，倘若组织一个学会时，一定要尊孙悟空为一世祖。可是在敦煌，我的想法有些变了。在这里，这样的善男信女当然也不会绝迹。在墙壁上题名刻名到处可见，这些题刻都很清晰，仿佛是昨天才弄的。但一读其文，却是康熙某年、雍正某年、乾隆某年，已经是几百年以前的事了。当我第一次看到的时候，我不禁一愣：难道我又回到康熙年间去了吗？如此看来，那个国籍有点问题的孙悟空不能专"美"于前了。

我们就在这样一个仿佛远离尘世的弥漫着古代和异域气氛的沙漠中的绿洲中生活了六天。天天忙于到洞子里去观看。天天脑海里塞满了五光十色丰富多彩的印象，塞得是这样满，似乎连透气的空隙都没有。我虽局处于斗室之中，却神驰于万里之外；虽局限于眼前的时刻之内，却恍若回到千年之前。浮想联翩，幻影沓来，是我生平思想最活跃的几天。我曾想到，当年的艺术家们在这样阴暗的洞子里画画，是要付出多么大的精力啊！我从前读过一部什么书，大概是美术史之类的书，说是有一个意大利画家，在一个大教堂内圆顶天篷上画画，因为眼睛总要往上翻，画了几年之后，眼球总往上翻，再也落不下来了。我们敦煌的千佛洞比意大利大教堂一定要黑暗得多，也要狭小得多，今天打着手电，看洞子里的壁画，特别是天篷上藻井上的画，线条纤细，着色繁复，看起来还感到困难，当年艺术家画的时候，不知道有多少困难要克服。周围是茫茫的沙碛，夏天酷暑，而冬天严寒，除了身边的一点浓绿之外，放眼百里惨黄无垠。一直到今天，饮用的水还要从几十里路外运来，当年的情况更可想而知。在洞子里工作，他们大概只能躺在架在空中的木板上，仰面手执小蜡烛，一笔一笔地细描细画。前不见古人，我无法见到那些艺术家了。我不知道他们的眼睛也是否翻上去再也不能下来。我不知道是一种什么力量在支撑着他们，在那样艰苦的条件下给我们留下了这样优美的杰作、惊人的艺术瑰宝。我们真应该向这些艺术家们致敬啊！

我曾想到，当年中国境内的各个民族在这一带共同劳动、共同生活，有的赶着羊群、牛群、马群，逐水草而居，辗转于千里大漠之中；有的在沙漠中一小块有水的土地上辛勤耕耘，努力劳作。在这里，水就是生命，水就是幸福，水就是希望，水就是一切，有水斯有土，有土斯有禾，有禾斯有人。在这样的环境中，只有互相帮助，才能共同生存。在许多洞子里的壁画上，只要有人群的地方，从人们的面貌和衣着上就可以看到这些人是属于种种不同的民族的。但是他们却站在一起，共同从事什么工作。我认为，连开凿这些洞的窟主，以及画壁画的艺术家都决不会出于一个民族。这些人今天当然都已经不在了。人们的生存是暂时的，民族之间的友爱是长久的。这一个简明朴素的真理，一部中国历史就可以提供证明。我们生活在现代，一旦到了敦煌，就又仿佛回到了古代。民族友爱是人心所向，古今之所同。看了这里的壁画，内心里真不禁涌起一股温暖幸福之感了。

我又曾想到，在这些洞子里的壁画上，我们不但可以看到中国境内各个民族的人民，而且可以看到沿丝绸之路的各国的人民，甚至离开丝绸之路很远的一些国家的人民。比如我在上面讲到如来佛涅槃以后，许多人站在那里悲悼痛苦，这些人有的是深目高鼻，有的是颧骨高而眼睛小，他们的衣着也完全不同。艺术家可能是有意地表现不同的人民的。当年的新疆、甘肃一带，从茫昧的远古起，就是世界各大民族汇合的地方。世界几大文明古国，中国、印度、希腊的文化在这里汇流了。世界几大宗教，佛教、伊斯兰教、基督教在这里汇流了。世界的许多语言，不管是属于印欧语系，还是属于其他语系也在这里汇流了。世界上许多国家的文学、艺术、音乐，也在这里汇流了。至于商品和其他动物植物的汇流更是不在话下。所有这一切都在洞子里留下了不可磨灭的痕迹。遥想当年丝绸之路全盛时代，在绵延数万里的路上，一定是行人不断，驼、马不绝。宗教信徒、外交使节、逐利商人、求知学子，各有所求，往来奔波，绝大漠，越流沙，轻万生以涉葱河，重一言而之奈苑，虽不能达到摩肩接踵的程度，但盛况可以想见。到了今天，情势改变了，大大地改变了。出现在我们眼前的是流沙漫漫，黄尘滚滚，当年的名城——瓜州、玉门、高昌、交河，早已沦为废墟，只留下一些断壁颓垣，孤立于西风残照中，给怀古的人增添无数的诗料。但是丝路虽断，他路代兴，佛光虽减，人光有加，还留下像敦煌莫高窟这样的艺术瑰宝，无数的艺术家用难以想象的辛勤劳动给我们后人留下这么多的壁画、雕塑，供我们流连探讨，使世界各国人民惊叹不置。抚今追昔，我真感到无比的幸福与骄傲，我不禁发思古之幽情，觉今是昨亦是，感光荣于既往，望继承于来者，心潮起伏，感慨万端了。

薄暮时分，带着那些印象，那些幻想，怀着那些感触，一个人走出了招待所去散步。我走在林荫道上，此时薄霭已降，暮色四垂。朱红的大柱子，牌楼顶上碧色的琉璃瓦，都在熠熠地闪着微光。远处沙碛没入一片迷茫中，少时月出于东山之上，清光洒遍了山头、树丛，一片银灰色。我周围是一片寂静。白天里在古榆的下面还零零落落地坐着一些游人，现在却空无一人。只有小溪中潺潺的流水间或把这寂静打破。我的心蓦地静了下来，仿佛宇宙间只有我一个人。我的幻想又在另一个方面活跃起来。我想到洞子里的佛爷，白天在闭着眼睛睡觉，现在大概睁开了眼睛，连涅槃了的如来也会站了起来。那许多商人、官人、菩萨、壮汉，白天一动不动地站在墙壁上，任人指指点点，品头论足。现在大概也走下墙壁，在洞子里活动起来了。那许多奏乐的乐工吹奏起乐器，舞蹈者、演杂技者，也都摆开了场地，表演起来。天上的飞天当然更会翩翩起舞，洞子里乐声悠扬，花雨缤纷。可惜我此时无法走进洞子，参加他们的大合唱。只有站在黑暗中望眼欲穿，倾耳聆听而已。

在寂静中，我又忽然想到在敦煌创业的常书鸿同志和他的爱人李承仙同志，以及其他几十位工作人员。他们在这偏僻的沙漠里，忍饥寒，斗流沙，艰苦奋斗，十几年，几十年，为祖国、为人民立下了功勋，为世界上爱好艺术的人们创造了条件。敦煌学在世界上不是已经成为一门热门学科了吗？我曾到书鸿同志家里去过几趟。那低矮的小房，既是办公室、工作室、图书室，又是卧室、厨房兼餐厅。在解放了三十年后的今天，生活条件尚且如此之不够理想，谁能想象在解放前那样黑暗的时代，这里艰难辛苦会达到何等程度呢？门前那院子里有一棵梨树。承仙同志告诉我，他们在将近四十年前初到的时候，这棵梨树才一点点粗，而今已经长成了一棵粗壮的大树，枝叶茂密，青翠如碧琉璃，枝上果实累累，硕大无比。看来正是青春妙龄，风华正茂。然而看着它长起来的人却垂垂老矣。四十年的日日夜夜在他们身上不可避免地会留下了痕迹。然而，他们却老当益壮，并不服老，仍然是日夜辛勤劳动。这样的人难道不让我们每个人都油然起敬佩之情吗？

我还看到另外一个人的影子，在合抱的老榆树下，在如茵的绿草丛中，在没入暮色的大道上，在潺潺流水的小河旁。它似乎向我招手，向我微笑，"翩若惊鸿，宛如游龙；荣曜秋菊，华茂春松"，这影子真是可爱极了。我是多么急切地想捉住它啊！然而它一转瞬就不见了。一切都只是幻影。剩下的似乎只有宇宙和我自己。

剩下我自己怎么办呢？我真是进退两难，左右拮据。在敦煌，在千佛洞，我就是看一千遍一万遍也不会餍足的。有那样桃源仙境似的风光，有那样奇妙的壁画，有那样可敬的人，又有这样可爱的影子。从我内心深处我真想长期留在这里，永远留在这里。真好像在茫茫的人世间奔波了六十多年才最后找到了一个归宿。然而这样做能行得通吗？事实上却是办不到的。我必须离开这里。在人生中，我的旅途远远不到结束的时候，我还不能停留在一个地方。在我前面，可能还有深林、大泽、崇山、幽谷，有阳关大道，有独木小桥。我必须走上前去，穿越这一切。现在就让我把自己的身躯带走，把心留在敦煌吧。

1979年10月9日初稿

1980年3月3日定稿

选自人民文学出版社《季羡林散文新编·在敦煌》

1979年，著名东方学家季羡林先生造访敦煌，在六天时间里对敦煌壁画进行了考察。他惊诧于敦煌艺术的辉煌雄奇，遥想丝绸之路的全盛时代，感慨万千中写下散文《在敦煌》，向伟大的敦煌文化致敬，向常书鸿先生等敦煌守护者与研究者致敬。同时，也留下了一颗膜拜敦煌艺术的心。此后一生，季先生致力于敦煌学研究，成就斐然，尤其是他说的"敦煌在中国，敦煌学在世界"的理论，推动了敦煌学的世界交流与融合。

人类的敦煌（节选）

冯骥才

地处中西交流大道咽喉的敦煌石窟，历时千年，拥有的宝藏无法计算。当今世界上哪里还有更庞大、更丰厚、更浩瀚的文化遗存？

总括算来，壁画四万五千平方米，塑像三千余身，藏经洞出土的绝无仅有的中古时代文物五万余件；数量之巨，匪夷所思。而遗书件件都是罕世奇珍，壁画幅幅都是绝世杰作！若把这些壁画按照两米高连接起来，可以长长地延绵二十五公里！而且在历代不断重修中，有的壁画下面还潜藏着一层、两层，甚至更多。愈在里层的愈古老珍贵。将来的科学技术肯定叫我们看到更加绚丽多彩的奇观；将来的敦煌学者肯定叫我们更深广又切身地受益于敦煌。

然而，任何一个学者都会感觉到整个敦煌文明的浩大无边，也会感到每一个具体学科的深不见底。它像一个世界那样，充满着未知的空白与无穷的神秘；对于它，我们已知的永远是远远小于未知。那些在敦煌把一头黑发熬成白发的学者们，最终才会发觉自己以毕生努力所占有的无非是汪洋大海中的一个小岛或几块礁石，从而深深地发出人生的浩叹！

还有一种文化的敬畏！

这个世界上最古老和最辽阔的文化宫殿，其价值无可比拟，它所给予我们的启示，远远超出了它艺术和文化的本身。它的创造者是千千万万中国各民族的民间画工，贡献给它精神素材和创作激情的却是万里丝路上所有的国家和人民。

每当我们回首人类最初相互往来的丝路历史，总不免深切地受到感动。你站在这道路的任何一个地方,向两端望去,都是无穷无尽。一道穿越欧亚非三洲的无比深长的路呵!即使在今天,也很难徒步穿越那些深山大川,茫茫大漠,万里荒原,然而,人类却是靠着这样坚韧不拔的步履,从远古一步步走入今天的强大。这条路是脚印压着脚印踏出来的,而每一个脚印都重复着同样的精神。如果人类在将来陷入迷失,或对自己有什么困惑,一定能在这条古老的道路中找到答案,并因此心境豁朗,昂首举步向前。

历史是未来最忠实的伴侣。

这条曾经跨洲际的最古老的丝路,不会只躺在这荒漠上被人遗忘,它必定还存在于地球上所有人对未来的祈望与信念中。

它永远是人类的骄傲之本,自信的依据与历史的光荣。

这一切又全都折射和永驻在迷人的敦煌石窟中。

如果你静下心来,一定能从莫高窟五彩缤纷的窟壁上听到历史留下的雄浑凝重的回响。它告诉你:

人类长存的真理,便是永远不放弃交流,并在这不中断的交流中,相互理解,相互给予,相互美好地促动。

羽人与天人。犍陀罗的佛与女性的菩萨。佛本生的故事与经变画。西夏文题记与汉字榜书。各国王子和各族供养人像。丝路上各地各国珍奇而美丽的事物。

能够告诉我们这个真理、并使我们深深感动的地方,才能被称做人类的文化圣地。

它一定是人类的敦煌。

它必定是永远的敦煌。

冯骥才先生是著名作家，也是著名的画家、民间文化学者，为民间文化的传承保护做了大量的工作。他的《人类的敦煌》是电视文学剧本，作者从中古史、西北少数民族史、丝绸之路史、佛教东渐史和敦煌石窟艺术史五条线索来书写敦煌，展现了敦煌作为"人类文化圣地"的伟大艺术成就，为敦煌的文化普及做出了贡献。